谨以此书献给有信仰有追求的中国企业家！

Chinese company has too much strategy but too few execution. I am glad to read Mr. Lou's new book with systemic review, brilliant ideas and practical suggestions. It's a must read for any aggressive Chinese entrepreneur。

President of Kotler Markting Group

作者与老师香港科技大学商学院院长陈家强、副院长戴启思

作者与现代营销创始人之一米尔顿·科特勒出席"决胜未来30年"中山大学对话

作者与客户中国黄金第一股、
中金黄金股份有限公司董事长宋鑫

作者与客户世界阿胶老大、
东阿阿胶股份有限公司创始人章安

作者与客户中国六味地黄丸老大、
宛西制药董事长孙耀志

作者与客户中国药物去屑老大、滇虹药业CEO郭振宇博士

作者与客户中国乳业老大、蒙牛集团董事长牛根生

作者与客户中国复合肥老大、
史丹利化肥股份公司总经理高进华

作者与客户中国软胶囊老大、神威药业董事长李振江

作者与客户中国葡萄酒隐形冠军、
新天葡萄酒股份有限公司总经理苏斌

作者与客户中国民航服务教育领域老大、
中国领航教育集团董事长武恒君

作者与客户中国马铃薯淀粉老大、
嵩天集团董事局主席赵立彬

作者与客户品牌代言人、中国第一女子组合SHE

作者与客户品牌代言人、第一彪哥范伟

作者在首尔为韩国企业家讲授"中国特色市场营销"课程

作者在"中国品牌价值竞争力论坛"发表演讲

作者在"中国制造的升级与蜕变论坛"发表演讲

作者主持"2008品牌中国高峰论坛"

作者在"中国—东盟博览会市场营销高峰论坛"发表演讲

作者在"中部品牌创建论坛"发表演讲

【中国企业的历史性机遇】

老大

娄向鹏·著

北京大学出版社

PEKING UNIVERSITY PRESS

图书在版编目（CIP）数据

老大：中国企业的历史性机遇/娄向鹏著. —北京：北京大学出版社，
2009.1

ISBN 978-7-301-14601-9

Ⅰ. 老… Ⅱ. 娄… Ⅲ. 企业管理—研究—中国 Ⅳ. F279.23

中国版本图书馆 CIP 数据核字（2008）第 181273 号

书　　　　名：老大——中国企业的历史性机遇

著作责任者：娄向鹏　著

责 任 编 辑：付会敏

标 准 书 号：ISBN 978-7-301-14601-9/F · 2079

出 版 发 行：北京大学出版社

地　　　　址：北京市海淀区中关村成府路 205 号　　100871

网　　　　址：http://www.pup.cn

电　　　　话：邮购部 62752015　　　发行部 62750672
　　　　　　　编辑部 82893506　　　出版部 62754962

电 子 邮 箱：tbcbooks@vip.163.com

印 刷 者：北京富生印刷厂

经 销 者：新华书店
　　　　　　787 毫米×1092 毫米 16 开本 4 插页 16.75 印张 252 千字
　　　　　　2009 年 1 月第 1 版第 1 次印刷

定　　　　价：39.00 元

序言　老大是一种稀缺资源

做老大，应该成为每一个有信仰有追求的企业家的至爱和痴迷，不仅仅为了财富、霸权和野心，更为了尊严、理想和改变未来的力量。

"第一重要的是做第一！"

当杰克·韦尔奇做出这个最重要的决定的时候，几乎所有人都认为他在说疯话。若干年后，当通用电气成为世界上最成功最受尊敬的企业，当杰克·韦尔奇成为世界上最耀眼最受推崇的CEO时，所有人都闭嘴仰视。

这世界，一向是老大主宰的。

十二集电视政论片《大国崛起》，气势磅礴，振聋发聩，在海内外引起强烈反响。

该片以全球的视野和思辨的眼光，精辟总结了自15世纪以来，世界性大国崛起的历史经验和教训，探求了它们兴衰沉浮的缘由和奥秘，深刻揭示了这样一条历史规律：世界，就是大国主宰的世界。每一个崛起大国的台前幕后，毫无例外地由强大的经济实力担当脊梁。并且，片中明示，中国就是正在迅速崛起的大国！

现在，国外流传一个新的神话：全球经济增长的火车头要更换司机了，从金发碧眼的山姆大叔，变成谦谦如也的孔子门徒。

这已经不是神话，而是正在发生着的事实。

美国《新闻周刊》这样讲到："对于美国人来说，2008年的焦点是大选；对于世界来说，2008年则意味着中国。当奥运会拉开帷幕，中国将步入

1

国际舞台的中心。"

飞利浦全球总裁柯兹雷说："21 世纪是亚洲的世纪。中国的作用非常重要，是世界经济发展的真正动力。"

耐克全球 CEO 马克·帕克说："一段时间以来，我们每次开会，讨论的话题只有一个，那就是中国。"

全世界的目光都在此聚焦！中国，已经强大到再也不能被忽视！中国已经进入大国崛起的加速时刻，中国正迎来一个半世纪以来最最重要和宝贵的发展阶段！

面对大跨越大发展的历史性战略机遇，所有有信仰有追求的中国企业家都在沉思自问：中国的大国之路怎样走？中国企业应该为正在崛起的中国担当哪些责任？！

世界是大国的世界，经济是老大的经济。

象征财富、实力和荣誉的美国《财富》世界 500 强企业 2008 年评选，美国高居榜首，共有 153 家企业入榜。后面依次为日本、法国、德国和英国，分别有 64 家、39 家、37 家和 34 家企业上榜。这个排序，基本上就是全球经济体列强的排序；而《财富》世界 500 强企业的评选，几乎就是世界经济走势的一张晴雨表。

沃尔玛、诺基亚、通用、丰田、可口可乐、耐克、英特尔、微软、IBM、壳牌、高盛、辉瑞、三星、Google、波音、西门子等等，正是通过老大地位，盘踞世界产业链的顶端，扼世界经济之命脉，制定全球商业规则，抢夺资源，攻城略地，赚取最丰厚的利润，并成为支撑国家地位和改变历史的力量。

成为老大，就会在品牌、资源、资本、成本、市场、消费者心智等方面形成全方位的优势富集效应，就会取得最大的竞争优势。这是金牌与银牌的差别。

强者愈强，这是不讲理的老大逻辑！
优势富集，这是做老大的最大价值！

我国经济总量与德国、英国、法国大体相当，为什么经济地位和竞争力偏低？其差距就在企业上！

中国企业进入世界 500 强的速度在增快，但是在世界 500 强中的份额依然偏低，无论入围企业的数量，还是企业营业收入在世界企业 500 强中所占的份额，我国均低于德、英、法这三个国家。而且除了联想，中国入选的几乎是清一色的国有垄断性产业巨头。因此，我们可以说，是企业竞争力的薄弱导致国家经济地位和竞争力的薄弱，我们缺少真正意义上的世界级的企业和企业家。换句话说，中国缺乏世界老大。

做老大，是在经济主宰社会发展的当今世界里，实现中国大国之路的必然选择！

"科技领域内只有第一，没有第二；专利也只有第一，没有第二。希望你们自主创新做到全球第一，要在全球行业内争取第一。"

温家宝总理在广东就经济运行情况进行企业调研时特别强调的这段话，令企业备受鼓舞。

"三年之内要做到行业前三名，否则国资委给你们找婆家，强制重组。"

国务院国资委主任李荣融多次作出这样的表态，使一些央企为自己的命运担忧不已。

一位企业家曾说："如果再过五年、十年，在国际大舞台上仍没有我们的位置，那就是中国企业家的失职！"

我们要说，如果再过五年、十年，在中国这片伟大的土地上还没有产生足够多的具有国际影响力的世界级企业，那不仅是中国企业家的失职，也是中国所有营销人的悲哀！

> 做老大，应该成为每一个有信仰有追求的企业家的至爱和痴迷，不仅仅是为了财富、霸权和野心，更为了尊严、理想和改变未来的力量。

尤其是当全球经济遭遇寒流、世界依然看好中国、中国经济基本面依然健康的时候，很多领域都蕴含着成为老大的战略性机遇，正是中国企业争老大做老大的极好时机。

联想、华为、海尔、中国移动、中国石化、三一重工、潍柴动力、中集集团、蒙牛、波司登、双汇、青啤、格兰仕、国美电器、石药集团、李宁、百度、阿里巴巴、王老吉、中国黄金、福田汽车、宇通客车，等等，正是通过成为中国经济老大，奠定和巩固了市场地位，进而拥有了参与全球竞争，做全球老大，提升中国经济地位的信心和能力，拥有了改变未来的力量。

老大是一种稀缺资源。

但是，很多本土企业家对中国市场蕴含的巨大战略机会认识不足，对老大资源的稀缺性和重要性认识不足，对争做老大位子的紧迫感不强，对国际资本、国际品牌抢夺中国老大资源的野心和"阴谋"缺乏真正洞察，对中国市场完全可以孕育出世界级大品牌，进而在全球当老大缺乏认识、信心和方法！

可口可乐与百事可乐的中国元素之争、百度和Google的中文搜索之争、宝洁和联合利华的品牌垄断之争、康师傅和统一的地盘之争、李宁和耐克的品牌精神之争、国美和苏宁的并购之争、蒙牛和伊利的销售额之争、宛西和同仁堂的道地药材之争，等等。

联想收购IBM个人电脑、阿里巴巴收购雅虎中国、中联重科收购意大利CIFA、中国黄金收购加拿大金山矿业、海尔意向收购通用电气家电、动向买断Kappa，等等。

说到底，这一切都是在争夺老大的位置，都是对老大资源的渴望、夺取和抢占！

老大，是中国企业最值得珍惜的战略性稀缺资源。

老大，是中国企业实现跨越式发展的经营哲学、战略思维和品牌路径。

抢占老大资源，是一场决胜未来的战争！是企业家的重要战略选择！

这个制高点如果你不去占领，别人就会去抢占。

在消费者的心智世界里，只有认知，没有真相，谁站起来，谁就是老大！

在争夺老大的战争中，世界绝不是平的，谁升起，谁就是太阳！

错失老大，对企业家来讲，是一种极为严重的战略性失误和历史性遗憾！

彼得·德鲁克说："每当你看到一个伟大的企业，必定有人作出过远大的决策。"

现在，是中国企业家作出"远大的决策"的时候了。

行动起来，抢做老大，在别人醒来之前出发！

2008·岁末　北京奥运村

1

第二部分　做老大的十大路径

做老大有三类机会：一是抢夺现有王位，二是在行业和品类的新生、分化和升级中做老大，三是抢占没有品牌占据的空白行业和品类。

做老大，不仅要做企业，更要做行业。发现行业，做大行业；推广品类，不排斥竞争；树立行业标杆，做规则标准的主人。

在行业中、品类中已经有了老大怎么办？颠覆它！正因为再强大的对手也有弱点，再小的弱者也有强项，所以世界才会不停地变化并且如此丰富多彩，才会给弱小者提供颠覆老大的机会。

第五章 捕捉大势，乘势而上——做老大路径之三 /70

哪里有变化，哪里就有机会！哪里出现拐点，哪里就会重排座次！做老大的企业家，必须看清趋势，顺应大局，抓住行业拐点和升级的机会，乘势而上。

第六章 群龙无首，抢做黑马——做老大路径之四 /87

一个行业一个品类，如果没有领军的老大，没有公认的代表性品牌，说明这个行业竞争不充分，发展不成熟。这恰恰是后来者的最大机会。

目录

第十章　资源共享，整合为王——做老大路径之八 /147

整合一切可以整合的资源，为我所用，这是一条做老大的捷径！

第十一章　模式驱动，系统发威——做老大路径之九 /165

构建独具竞争优势的商业模式，用创新的商业模式超越单一竞争要素，成就老大伟业。

目录

第十二章　上下合力，入地上天——做老大路径之十 /181

中国市场多样性共存的特点决定了，做老大，必须要既能入地又会上天！

第三部分　做老大的六条军规

军规，就是铁律，就是高压线，是做老大必须遵循的关键点。如果你不想"以身试法"，就不要试图改变无数企业用数不清的金钱换来的铁律。

目录

● 第一部分
老大，中国式的战略机遇

老大是一种稀缺资源，是一种重要的战略性稀缺资源！

一个行业一个品类只能有一个老大，老大的资源越来越少，企业家们应该有责任感和紧迫感。

中国仍然是全球最大最好的市场，要珍惜中国经济的持续快速发展给我们呈现的宝贵机遇。

把握中国，就是把握世界！把握现在，才能拥有未来！

做老大吧，现在，正是中国企业做出远大决策的重要时刻！

第一章

老大是一种战略性稀缺资源

全球并购专家杰克·莱维说："在市场上处于领先地位并拥有主导性的份额是能够持续赢利的先决条件。"

强者愈强，这是不讲理的老大逻辑！

优势富集，这是做老大的最大价值！

老大，是中国本土企业最值得珍惜的战略性稀缺资源，争夺老大稀缺资源的大战已经开始。

一、优势富集，老大的最大价值

成为老大，就代表着企业在品牌、资本、成本、市场、消费者心智等几个方面或者多个方面抢得了先机。而且，只要你还是老大，上述优势资源就会源源不断地"自动"向老大身上汇集，在优势的基础上产生更大的优势，最终，老大吸引了比同行多得多的竞争资源，老大处于领先的位置，地位被加强。这就是老大所产生并且独享的"优势富集效应"。

得了"便宜"的老大们，一般不会大讲特讲这个规律，不会透露他们始终得到这个规律神助的秘密，他们更愿意把成功归功于他们的艰辛与付出。

《圣经》"马太福音"说："凡是有的，还要给他，使他富足；但凡没有的，连他所有的，也要夺去。"

1968 年，美国科学史研究者罗伯特·莫顿（Robert K. Merton）首次提出"马太效应"。马太效应揭示了这样一种社会现象：任何个体、群体或地区，一旦在某一个方面（如金钱、名誉、地位等）获得成功和进步，就会产生一种积累优势，就会有更多的机会取得更大的成功和进步。通俗地讲，即我们通常所说的，强者愈强，弱者愈弱；贫者愈贫，富者愈富；一步领先，步步领先；赢家通吃等。

马太效应在企业竞争中体现得尤为明显：一旦你成为老大，除了你自身所做出的努力之外，许多天赐的优势和资源就会降临到你的身上，这个便宜是老大之外的企业所得不到的。

强者愈强，这是不讲理的老大逻辑！

优势富集，这是做老大的最大价值！

第一重要的是做第一。

——杰克·韦尔奇

所以，老大是最值得珍惜的优势稀缺资源，一旦拥有，它可以让你居于最有利的竞争地位，享受别人垂涎欲滴的资源，获得同行求之不得的良机！

1. 当国际红遇上了中国红

王老吉凉茶，一个原来偏居"两广"一隅的地方药饮，在 2003～2007 年，投入了 6 个亿，用了不到三年的时间，就让全国人民都学会了用它去火，从此王老吉红遍全国。

做一百个第二不如做一个第一，第一会让人们记住。

——恒源祥集团董事长刘瑞旗

从某种意义上说，中国红王老吉和国际红可口可乐棋逢对手。2006 年，王老吉凉茶产销量突破 350 万吨，超过可口可乐，成为中国销量第一的软饮料。在广东、浙江等地，罐装王老吉凉茶已经成为婚宴、招待亲朋的首选饮料。更有意味的数据是：王老吉凉茶在岭南市场占有率、渗透率，其数据与可口可乐在其老家美国的数据相仿。

专业人士推断，到 2010 年，凉茶的年销量有望增至 2500 万吨，超过可口可乐的全球销量，成为全球第一大饮料，全球老大近在咫尺！

无数的人在探求追问，为什么王老吉能够成功？为什么王老吉的成功让可口可乐束手无策？我的回答是，王老吉的成功，归根到底是自己做老大的成功！

王老吉的红色奇迹，是汾煌可乐、非常可乐无论如何也创造不了的。因为王老吉不是可乐，是中国凉茶！它在走自己的路，做自己说了算的老大！

论实力，王老吉不知要比可口可乐低多少个重量级，但是王老吉在多个市场中风头盖过了可口可乐，绝对不是力量对决的结果，这是把握战略机遇瞄准新品类自己做老大的成功！

王老吉华丽一跃，惊煞了国际老大——可口可乐。可口可乐也要搞中药饮料了。显然，国际红可口可乐这个举措是被中国红王老吉逼的，并非出于自愿。现在，只好拿起中药武器与王老吉仓促应战。

2007年10月17日，可口可乐公司专门在北京启动一家中药研究中心，并与中国中医科学院开展长期合作，专门进行草本饮料中药配方的研究。可口可乐公司副总裁、开发和管理部门的主管Applebaum说，他们希望这一研究中心为加强饮料配方、提高创新作出贡献。他说："我们可以利用我们的全球网络以及世界级市场营销经验，配制保健草本饮料，弘扬中国古老智慧和文化。"

2008年4月，可口可乐与雀巢公司合作，推出"原叶"百分百茶泡饮料，这也是可口可乐为中国而改变的被动举措。

把"药"当饮料卖是可口可乐的看家本领，可口可乐最初本来就是一种治疗伤风头痛的药水，没想到，这回在中药的老家，让中国凉茶老大王老吉给自己结结实实上了一课。

王老吉在一个自己能做老大的凉茶品类山头上称王，以凉茶替代可口可乐，从而替换出了市场，把霸王挤向一边，赢得了发展空间。王老吉与可口可乐远不是一个重量级，但是国际红还是惧怕中国红，因为王老吉不是可乐。王老吉的出现，挤占了饮料之王的市场，王老吉卖得多了，喝可口可乐的必然会少，但是可口可乐对此干着急，没有什么好办法。因为王老吉是以不同者的身份参与竞争，不是强攻与对决，这让可口可乐十分难

5

受，无处下手。

做老大，与生俱来地具有强势竞争优势，因为它参与竞争的地位和角度非常有利。

老大无论大小，当你是某一品类的老大，你在市场中就变得更有价值和不可替代，这个价值在行业内和行业外都显示出强大的力量。

一是在本行业内，你是老大，你是第一。王老吉就是凉茶的绝对老大，在凉茶中的竞争位置和身份别人比不了。

二是在行业外，即便你所处的行业、你的企业不那么强大，但是只要你是老大，你就变得更有竞争力，你就可以以替代者的身份出现。这时，对阵双方的实力大小已变得不那么重要了，蚂蚁可以挑战大象。

在针对其他可替代产品市场，你能够与其他品类（包括像可口可乐这样的大品牌）平起平坐，瓜分消费者的钱包。

这就是自己做老大的魅力与力量！王老吉让可口可乐不得不重视的道理就在这里。

有些人仅仅看到了老大风光的表面，以为争老大就是争头衔，即所谓宁为鸡头、不做凤尾。其实，做老大更重要的是其在市场竞争上的价值，即最佳的占位和最佳的竞争角度，只要你是老大，竞争的地位和角度就会一直处于有利的位置！

2. 金牌效应

人们永远偏爱"第一"，这就是"金牌效应"。

中国在奥运会上实现"零"的突破获得第一枚金牌的运动员是许海峰！许海峰的名字如雷贯耳、妇孺皆知，第二位获得奥运会金牌的是谁，没有人关心。就连同获铜牌的同一射击队队员王义夫，好长时间内都生活在许海峰的影子下。直到1991年，王义夫获得世界杯赛总决赛男子气手枪冠军，1992年获巴塞罗那第25届奥运会气手枪冠军后，情况才有所改善。

人们知道第一位驾车飞越黄河的是香港演员柯受良，第二位骑摩托车飞越黄河的是谁？知道的人不多，他是青年农民朱朝辉。他比柯受良也许飞得更快，更勇敢，但影响力、知名度却小得多。

一提起世界第一高峰，连小朋友都知道是喜马拉雅山脉的主峰珠穆朗玛峰，但又有多少人知道世界第二高峰的名字呢？世界第二高峰是坐落于巴基斯坦北部地区的乔戈里峰，尽管它的高度已达到珠穆朗玛峰的98%。

做企业也是一样，老大在社会中有着天然的吸引力和公信力，于是马太效应出现了，社会的天平向老大倾斜，有形的和无形的一股脑儿地全来。比如政府的支持、工商的关照、税务的特惠、银行的偏爱、合作商的厚待、消费者的偏爱，这些资源大多是自然天赐、无偿使用的。就连招聘员工，在同样条件下，人才都爱到老大这边来。这不仅为企业的发展提供了保证，同时，企业面对风险的保险系数也大大增强。

IDG是国际著名的技术创业投资基金，它的投资原则几乎总是锦上添花，偏爱老大。中央电视台《赢在中国》第三季总冠军李书文调侃IDG中国区总裁熊晓鸽道："IDG就是爱大哥的意思，所以你们总是热衷投资行业冠军。"

人们追求平等，但是十有八九不平等。

老大，人人爱，作为创业投资的IDG是如此，社会中的其他单元也不例外，社会资源总是偏向老大一边。

高盛公司全球并购负责人杰克·莱维一语道破："在市场上处于领先地位并拥有主导性的份额是能够持续赢利的先决条件。"乍一听，这有点因果倒置，其实这是在说强者愈强、优势富集的老大规律。

老大在社会中得到最多的关注，得到更多的社会信任和支持，拥有最优的软硬环境，在行业中吸引和占用最多的社会资源，获得更多的发展机会。比如，达能在中国总是选择娃哈哈、蒙牛、SOHO、安踏、九阳这些国内顶尖企业投资，这些企业也能够因此比其他企业获得更多的资源，得到更早更快地发展。

3. 老大打喷嚏，小弟得肺炎

老大，意味着拥有行业最大的主导权和话语权。

通用电气前 CEO 杰克·韦尔奇说："当你是市场中的第四或第五的时候，老大打一个喷嚏，你就会染上肺炎。当你是老大的时候，你就能掌握自己的命运，你后面的公司在困难时期将不得不被兼并重组。"

意思再明显不过了，杰克·韦尔奇追求"数一数二"，不是他对排名有什么特殊的偏好，更不是为了狭隘的虚荣心，而是因为他在获得垄断市场的优势后，能够掌握该行业的话语权。这才是杰克·韦尔奇"数一数二"战略背后的真解。

谁有地位，谁就有权力！

老大的地位，使它在行业中、品类中的言行举足轻重，在技术与工艺、行业发展和整合、市场规则的建立、维护和重建等诸多方面，往往占有最大的权重，拥有最大的话语权，成为主导力量。所以，老大在竞争和发展中能够得到更多的主动和优先，甚至成为标准的制定者而直接受益。

王码五笔汉字输入法，需要记字根，比起后来诞生的许多输入方法复杂得多，却是几乎所有中文电脑必备的输入法。没有人逼着装，为什么还装？因为它是第一个被成功推广并且广泛使用的输入法！没办法，先入为主，用的人就是多，最后演变成事实上的"标准"。

4. 第一等于最好，无需证明

因为第一，所以最好。这是人类对第一在认知上的惯性思维，他只相信他能够辨别的事实。无疑，第一最好辨别！

老大具有天然的信誉度。如果你是最好，为什么不是第一？所以，第一等于最好；最好，就是第一。

因此，在经营中你要想方设法成为第一，这比起让人相信你是更好的要省力得多，可以节省大量传播宣传教育费用。

当你的品牌成为某一品类里的第一（老大）时，消费者往往会不假思索地自动将你的品牌归为最好，甚至认为它是原创、正宗和先锋。他们不需要实验和数据，他们只相信他们感觉到的事实：第一的，当然是最好的。海尔的冰箱、IBM 的笔记本电脑、搜索引擎 Google、汇源果汁、五粮液酒、康师傅方便面、喜之郎果冻等产品，在消费者心里已经达到了这个境界。

老大具有天然的信誉度，这个规律在新创品类中表现得尤为突出。

承德露露长期以来几乎一个产品撑天下，没有特别的营销秘籍，就是因为它是杏仁露品类中的开拓者，是第一。露露已经代表了杏仁露，当其他品牌侵犯该领域时，它们被当然地认为是模仿品。越是全新品类，开拓者身上具有的魔力就越强，就越不容易取代。

"第一就是最好"的规律，在现实当中显示出来的力量相当强大和持久。就产品本身而言，可口可乐不过是一种容易仿制的糖水，但是它在大众心智的可乐阶梯上占据首位并因此有资格代表美国价值，这是你无论把瓶子中的棕色的水做得多么逼真都代替不了的。非常可乐在城市里总也干不过可口可乐，道理就在这里，因为城市消费者已经被可口可乐是正宗第一的品牌认知所俘虏；康师傅率先在大陆确立了方便面老大的品牌地位，结果，在台湾原比它大得多的统一，在大陆一直超越不了康师傅，也是这个规律在起作用。

"第一就是最好"的规律，给行业和品类老大节省了大量的市场说服教育和传播费用。以广告投放为例，创造第一的品牌很容易建立地位，跟进品牌要想达到同等效果，其推广费用翻番也不一定能够达到目的。

不仅如此，老大的一举一动都是有价值的"新闻"，传媒会主动地、争先恐后地传播它，绝不收取广告费。比如，微软公司的技术创新动向、产品升级信息、比尔·盖茨的行踪，等等，每个举动都是新闻，不知有多少新闻媒体抢着要首发呢。所以，在这个眼球经济、传播为王的时代，老大总是能够得到最多的关注度、最大的传播量，占尽了便宜。

5. 老大和老大品牌，一个都不能少

每一个伟大品牌的身后，都是一个老大行业和老大品类。只有老大，才能托起伟大的品牌。老大和老大品牌，一个都不能少！像汇源品牌，代表着纯果汁品类；一提起阿胶补血，消费者一定会想起东阿阿胶品牌。

从创建品牌来说，抢占老大资源，以老大的身份创建品牌，是塑造有价值品牌最重要的成功规律，也是捷径。老大品牌的生命力最为强壮，最应该做品牌。

是老大而不做品牌，太可惜了，是对老大资源的极大浪费，是对企业未来的极端不负责！

一些制造业的隐形冠军、传统行业的龙头企业崇尚低调的做法已经过时，当代社会，做老大就要抢做，称王就要声张。

从应对竞争、持续增长、巩固地位、资源价值最大化角度讲，是老大如果不做品牌，不仅可惜，而且危险！你的隐形王位有可能被抢占、被篡取。

做老大，以品牌的名义！因为品牌决定归属！

谁拥有品牌，谁就能把命运把握在自己手里，否则，无论你做多少个第一，永远是个打工仔，永远不能主宰自己的利益和命运，永远是被选择。

做老大，就是要以品牌占位，以传播称王！

产品可以换代，资产可以重组，帅印可以更迭，只有品牌可以世代传承，历久弥新。

当老大品牌一旦成为行业代名词，就仿佛有了护身符，具有超凡的生命力。据美国一家研究机构对 25 个行业领导品牌的跟踪研究显示，从 1923 年至今，有 22 个品牌近八十年来一直雄风不倒，稳居行业第一位置，只有 3 个品牌因运作不善而失去了领导地位。

总之，老大最容易做品牌，老大最应该做品牌！

抢得一个老大的位子，代表一个品类，让品牌在品类中扎根成长，这是品牌建设中最重要的原则和工作。品牌因品类而生，因品类中的老大而生！在品类中塑造品牌，让品牌代表品类，是最佳品牌之道（详见第九章、第十六章里的专门论述）。老大和老大品牌，一个都不能少！

6. 做不了老大，老二也难保

如果连比尔·盖茨都说"微软离破产只有13个月"，中国哪一个企业敢说自己四季平安？许多企业家都有这样的体会，做企业，如逆水行舟，不进则退。不做老大，可能连老二也不让你做成！所以，做企业就是要争上游，做老大，才最保险。

可惜的是，有许多企业家至今还以"有多少钱办多少事"为信条，崇尚自我滚动、自我发展，以为种好自己的一亩三分地，与世无争就会平安无事，结果错失发展良机，最终落得被动应战，甚至被动地被兼并的境地。

 案例

大中电器在上世纪90年代初开始享誉京城，到2001年时，在北京的对手只剩下国美一家，当时苏宁在北京还谈不上影响力。2005年，大中电器达到了自己的顶峰，因其明显的门店优势，在北京家电零售市场占据了40%左右的份额。

但是当国美、苏宁等竞争对手在全国市场上跑马圈地时，一直本分地遵从"有多少钱，做多大生意"的张大中选择了精耕北京市场，想继续将这个份额做大，这似乎没有什么错。在国美、苏宁等竞争对手纷纷上市与资本握手之时，张大中依然选择了等待。

如果不能在全国市场取得规模优势，在北京市场取得绝对的规模优势当"北京王"也是一个不错选择，把市场份额从40%提高到60%、70%，大中的价值就会完全不一样，可是此时张大中的战略发生了摇摆。

不知是看到国美在北京比自己强大，感到畏难，还是认为外埠市场对手弱，容易开拓，反正从2002年起，大中迈出了异地扩张的步伐。但是，大中的这一步比国美、苏宁足足晚了三年，更要命的是，大中扩张的步伐既慢力度又不集中，这注定是错误的战略。

到了 2005 年，当大中想要向全国发力大举扩张时，已经为时已晚，基本上是开一家亏一家，伤了元气。此时的国美、苏宁已经基本完成高速扩张，国美新开了 143 家店，苏宁新开了 140 家店，"解放"了全中国。这时，国美、苏宁开展了北京攻势，大中的老家告急，无奈，张大中下令撤销了北京、天津、河北以外的所有分公司，被逼退缩回了北京。至此，大中无论在北京还是在全国，已经全无优势。

2006 年，大中败局已定，铁定要卖了，先与苏宁谈妥以 30 亿元的价格出售。就在苏宁拖着不急于出手之际，2007 年 12 月 13 日，国美即发布公告参与并购大中。国美以 36 亿元总价，以超过苏宁、大中君子协定中 6 亿元的差价成交，国美在最后时刻将苏宁逼退，正式宣告家电北京连锁市场"三足鼎立"时代的结束，进入"（国）美苏（宁）争霸"时代。大中不是老大，结果连老二也做不成。

这是一场争夺老大的典型商战。

对于国美来说，如果苏宁收购大中，其在北京市场的占有率将超过国美跃居第一。"卧榻之侧岂容他人酣睡"，况且是在国美的大本营北京，在最后关头，黄光裕显示出了志在必得的魄力：无论苏宁出价多少，国美都会加价 20%。

虽然多花了些钱，但是国美大获全胜，吞并了大中，拦截了苏宁，巩固了国内家电零售连锁业王者的地位，这是一场战略性的胜利。

二、橙色警报：老大资源正在迅速减少

老大是一种稀缺资源！因为"狼"多"肉"少。

先说"肉"少。

老大之争、营销之争、品牌之争，归根到底是在消费者头脑里展开的，都在消费者心中拼命争夺尽量靠前的位置，因为消费者大脑处理信息的能力很有限。

在大脑里，消费者自动将商品分类，每一类只记住一两个品牌，其余被排斥、被过滤、被遗忘。消费者大脑像一个拥挤的小阶梯，每一个阶梯代表一个品类，而每个小阶梯上最多站两个人，一个人就代表一个品牌。

企业家们应该注意到，市场竞争已经从大众消费领域蔓延到小众消费领域，从主流常规产品领域扩展到冷僻偏门领域，从传统品类发展到创新品类。老大的位置，如果你不占领，别人就会去占领，你不去在行业中召唤领军，别人就会抢先发声、坐享王位！

一个行业一个品类只有一个老大。老大，是中国本土企业最值得珍惜的战略性稀缺资源！

种种迹象表明，老大资源正在迅速减少，橙色警报已经拉响，争夺老大稀缺资源大战已经开始。

一是制造冠军图谋国内闹翻身。

中国大陆这个世界的加工厂集聚了大量的制造冠军，领域涉及如服装、鞋帽、箱包、玩具、雨伞、塑料小商品、打火机、文具、纽扣等。还有不少军团形成的冠军：个人电脑产量全球第一，超过日本；机械制造量全球第一，超过德国；笔记本电脑产量全球第一，超过中国台湾地区。这些显赫的地位并没有换来优厚的报酬，因为他们没有品牌或品牌力很弱。他们处在产业链的最底层，为人代工，受人压榨，受累最多，获利微薄。近来由于受到反倾销、人民币升值、出口退税率调整等因素影响，利润更加走低，这就迫使制造冠军们醒悟：再也不能这样活！他们纷纷揭竿而起，一场"翻身求解放"，做掌握自己命运冠军的高潮已经到来。

福建晋江运动鞋的创建品牌运动早已经如火如荼，拥有 19 枚中国驰名商标、9 个中国名牌，"国字号"品牌占全国同行一半以上。

文具产业冠军宁波贝发集团的贝发笔走到哪里，商标就注册到哪里。在占领了北美、欧洲、中南美、中南亚、东亚、俄罗斯、非洲等绝大部分销售市场后，返做国内，在文具行业率先挥起了奥运营销大旗。

宁波服装出口企业开始了轰轰烈烈的"造牌运动"。"太平鸟"提出了

"专卖"的概念，"杉杉"找了刘翔做形象代言人，"爱伊美"全力打造大衣、西服……目前，宁波纺织服装行业涌现了14个中国名牌和7个中国出口名牌……

中国企业打造自有品牌运动如多米诺骨牌一发而不可收。

二是全球化的背面，国际资本的产业霸权。

中国开放的政策，巨大的市场，使国际资本以其特有的警犬般的嗅觉接踵而至。国际资本凭借雄厚的实力，在所有非行政垄断领域，对本土企业大肆并购，外资尤其喜欢国内高盈利性的行业排头兵企业和大型上市公司的国有股份。用意很明显，无非是看中其潜在的市场价值，一上手就能摘桃子，或者看准时机抛售所持股份，从股票升值中赚取巨额利润。

案例

1999年，国际风投大鳄摩根士丹利等入股中国电池老大南孚，本来几家外方持股49%。可是摩根士丹利通过转让、增资手段，对南孚的控股竟然达到了72%。在海外上市未果后，他们以1亿美元的价格将所持南孚电池的全部股份卖给美国吉列公司。外方股东一下子赚了5800万美元不说，糟糕的是南孚这回落到了竞争对手的手里。吉列公司不仅生产"Mach3"剃须刀，还生产金霸王电池，吉利公司2003年8月11日宣布，他们已经买下中国电池生产商南孚电池的多数股权——南孚成了它的子公司了。

全球钢铁巨头米塔尔入股华菱管线；比利时英博集团将福建雪津啤酒收入囊中；中国前五大水泥企业中，除了浙江三狮外，其他四家企业已悉数打上了外资的烙印；跨国零售业巨头更是跑马圈地，家乐福、沃尔玛、欧尚、麦德龙、易初莲花在中国境内遍地开花，拥有多数资产控制权；目前，世界上最大的10家工程机械公司，已有9家全面进入中国；汽车工业更是外资活跃的领域，我国一汽、东风、上汽三大集团等9家独立厂商的背后都有跨国汽车巨头的影子，通用、福特等6家巨型跨国公司和相对独立的本田、标致－雪铁龙以及宝马公司在我国都找到了合作伙伴，并且已经控制了95%以上的市场。这些跨国公司几乎都把全球市场的重心转移到东方，因为他们正是在中国市场的成功才获得了全球市场的成功。中国，是全球经济巨头角逐的"大猎场"。

而外资企业转移的中国制造业，大多处于价值链的低端，中方参与生产的只是价值链中技术含量低、适合大规模组装的部分，由此更加削弱了中国产业的现代化。

大量事实说明，跨国公司并购中国国企，决不是帮助国企脱困。其主要目标，是绕过关税壁垒，实行生产"本地化"战略，进而实现市场控制和产业霸权。更危险的是，有的外国企业注资中国企业目的根本不是要经营企业，而是直接通过资本运作和控制，短期增值后，然后马上套现走人。所以，外资投资和并购不仅是企业自身的事情，它关系到我国老大资源由谁拥有、为谁谋利、国家经济命脉由谁掌控的战略问题！

三是国际品牌强势登陆，抢占利益丰厚的中高端市场。

据联合国贸发会议统计，中国吸收外资已连续十多年居发展中国家首位，2006年居全球第四位。世界500强企业中已经有480多家在中国投资。

跨国公司利用我国政府给予的超国民待遇和地方的各项优惠外资"土政策"，专门找行业内的知名企业谈合资合作，争取控股，然后展开对我方品牌的收购。许多历经数十年辛苦经营创下的国内著名品牌，纷纷被外资企业品牌所取代，随之，外资品牌通过原国产品牌的信誉和渠道，不费吹灰之力大举进入了我国市场。

我国很多知名品牌在外资的并购案中受损，中国饮料行业8大公司已有7家被可口可乐、百事可乐收编；联合利华"雪藏"京华，立顿一路高歌；轮胎橡胶的多家大企业被外资收购并形成垄断；大连电机厂外资并购案、西北轴承厂外资并购案、佳木斯联合收割机厂外资并购案、无锡威孚外资并购案、锦西化机外资并购案等，都因为并购不当导致了民族品牌的消亡。许多著名品牌因外资并购已经从人们的视线中消失，如活力28、熊猫洗衣粉、扬子冰箱、孔雀电视机和香雪海冰箱等品牌。

国际品牌占据利益最丰厚的中高端市场，从手机、平板彩电、计算机，到矿泉水、奶粉、内衣甚至涂料，数不清的领域均是如此，几乎在所有领域的中高端市场，都被国际品牌所把持。

四是国内企业纷纷觉醒快速抢位。

国内企业纷纷觉醒并快速抢位，这里有在工业领域打造品牌的三一重工、潍柴动力；有把传统食品现代化的三全、思念；有在传统领域抢先发力做老大的凉茶王老吉、乌江榨菜；有在传统领域创新品类的华龙今麦郎、柒牌中华立领；有在跨国巨头称雄的洗化业火箭般腾飞的纳爱斯；有隐形冠军抢先发声的山楂品类的承德怡达；有在高度均质的农副产品领域创品牌的北京德青源鸡蛋、大连咯咯哒鸡蛋；有原来一直在幕后做原料，现在走到前台推出终端产品的马铃薯深加工行业的嵩天集团、火龙果深加工行业的广西高丰农业；有创新营销创新品类的石药集团、进入快销渠道推广果维康维 C 含片、中国黄金集团开创实物黄金投资和零售市场；还有厨房里闹革命的"双汇"、地方特产深加工的宁夏红、大寨核桃露，等等。

五是部分老大位置已根深蒂固，很难撬动。

国内越来越多的行业和品类出现了老大，其中一部分老大已经根深蒂固，很难撬动，老大资源日渐减少。

经典营销理论认为，当一个品牌在行业中的市场占有率达到35%及以上时，这个品牌在市场上就具有支配地位，一旦确立了这种地位，再想撼动非常困难。比如微波炉业中的格兰仕，格兰仕在各大 KA 系统门店占有率均在50%以上，这种牢固的地位让对手想想都会头痛。

分众传媒斥资 3.25 亿美元并购其在楼宇视频广告领域最大的竞争对手——聚众传媒。收购后，分众传媒将拥有一个覆盖全国的视频联播网络，包括 60000 块液晶显示屏和超过 30000 座商业楼宇，遍布全国 75 个城市，再也没有哪个对手对分众形成威胁。

亚都空气净化产品的市场占有率达到80%以上，九阳豆浆机在国内外市场占有率均超过80%。巨大的市场令美的、海尔、澳柯玛、荣事达等大家电巨头纷纷染指，但是亚都、九阳稳若泰山，跟进者却进退两难……

一家独大的市场虽然是高度垄断，但也还是有机会。消费者倾向丰富，喜欢有选择，这要看你的定位和差异化功夫。其实，比一家独大更难对付的是双寡头市场，即市场竞争进行到最后形成了两个有竞争关系的品牌，两者占有的市场份额达到绝对支配地位。

如果说独家垄断的市场还给对手留有丰富市场机会的话，那么双寡头市场是经过充分竞争后形成的市场局面，双寡头局面一旦形成，说明这个市场的竞争水平非常高，而且市场格局趋于稳固，后来者难以破局。国内这样的市场有：

蒙牛、伊利雄居的液态奶市场，洽洽、真心领衔的瓜子市场，思念和三全领跑的速冻方便食品市场，双汇、雨润主导的低温肉制品市场，立邦、多乐士称霸的墙面漆市场，浪莎、梦娜比拼的袜业市场，国美、苏宁雄居的家电连锁零售业市场，新浪、搜狐把持的门户网站市场，Google、百度争宠的搜索引擎市场……

老大的资源越来越少，能够成为老大的机会也在迅速减少。老大的位子不是你想不想坐的问题，是形势逼迫着你一旦有机会有能力就必须抢占的问题！你不抢占，有人会抢占，错失老大对于企业家来讲，是一种极为严重的战略性失误！

一个行业一个品类只能有一个老大。这个位置一旦被占据，很难轻易被扳倒。所以，老大的资源值得珍惜，应该抢占！与其将来与别人争，不如现在就占！行动得越早，胜算就越多！

● 第二章

老大机遇在中国

2008 年被称为21世纪中国元年，21世纪一定是中国的世纪！中国，是成就老大最好的机会市场！

"中国正处于消费经济的拐点，消费类产品的需求会呈爆炸性增长，很多领域都蕴含着建立帝国的机会。"这就是中国市场最具吸引力的地方！

把握中国，就是把握世界！把握现在，才能拥有未来！做老大吧，现在，就是中国企业做出远大决策的重要时刻！

一、把握中国式战略机遇

1. "姚明"现象的深层思考

中国在北京 29 届奥运会上名列金牌榜第一，毫无疑问是体育大国了，但是即便是这样，也好像没有姚明一个人在 NBA 所产生的影响力大。

不仅是他的球技、他东方式的含蓄风度、迷人的微笑以及面对媒体时过人的智慧，也不仅是他改变着中国人在世人心中赢弱矮小的固有印象，证明中国也能够与世界头号强国 PK，展现着自信。最重要的是，姚明是崛起的中国的符号！全世界都在看好他身后的已经相当强大的中国，以及中国再也不能被忽视的巨大价值！

这就是姚明现象！21 世纪两大决定性力量碰撞：中国的迅速崛起和跨国资本的扩张，姚明成为它们之间融合的最好的桥梁。如今，姚明已经是百事、锐步、威士（Visa）、麦当劳等世界上最大跨国公司的广告宠儿，因为他就是中国的符号！

世界喜欢姚明，世界需要中国。

"姚明现象"在经济领域也广泛出现。以银行业为例，中国工商银行按市值排名，已经是世界第一大商业银行，远远超过排在第二的花旗银行。这并不是中国工商银行的经营水平和抗风险能力无与伦比了，而是因为投资者看好工商银行巨大的顾客群以及它发展的潜力！而这个潜力是来自中国！

> 中国本身已经成为一个国际市场。
> ——全球战略大师陈明哲

中国石油的市值已经超过美孚、BP 等老牌石油公司，显然不能据此说明中国石油的经营业绩和竞争能力已经达到世界一流水平了，无非是大家对中国石油在本土市场的垄断地位以及对中国能源市场的广阔前景寄予了极高的希望。

"姚明现象"也同样出现于各行各业。实事求是地讲，中国完全达到国际顶尖水平的人才还不多，但是，中国人现在已经在不同的场合，以不同的形式得到了国际同行的重视。越来越多高规格的国际组织、学术会议、商业论坛在中国召开，并积极邀请中国的学者、企业家参加。

世界银行之所以聘请北京大学教授林毅夫出任首席经济学家兼高级副行长，除了因为他在发展经济学上有着杰出学术成就外，更重要的是，他懂中国的经济，中国的成就和经验对世界具有重要的影响和借鉴意义。而中国 30 年的改革开放实践，恰恰是世界发展经济学诞生的摇篮和土壤。

> 世界不能没有中国，世界需要中国！

中国不只有姚明，中国还有巨大的快速增长的市场；中国有制造，未来还会向世界贡献惊人的创造。2008 年被称为中国元年，我完全可以肯定地说，21 世纪一定是中国的世纪！

中国的企业家可以自信地向全世界大喊：我来了！

19

2. 搭上全球上升最快的电梯

柳传志很早就看到，中国经济的大发展是企业成长最实的基础、最好的机遇、最大的空间。他在2002年联想全体党员大会上说："联想一定要看清形势，树立雄心，一定要在中国这个经济大发展的大潮之中抢占潮头，借机要有大发展。10年20年以后，中国经济又翻两番的时候，中国必须要有一些超大规模的企业出现，成为中国企业的领头羊，那就是你们！"如今，柳传志的雄心变成了现实。

✒ 案例

中国空气净化产业的开创者、亚都科技创始人何鲁敏讲过一个故事。当年他公派留学在日本一家企业做研修，这家企业的老板对他说，他之所以能够赚钱，是因为坐上了日本经济快速增长的这个升降机（电梯），把自己的事业和国家的经济发展捆到了一起。在全世界，还有两座这样的升降机，一个在中国，一个在印度。这位日本企业家劝他抓住机会，搭上这中国这部升降机。

一席话改变了何鲁敏的事业轨迹，他从日本留学回来不久就正式辞职，开创了空气净化器产业，并且成为2008北京奥运会供应商，在奥运史上也是第一次。

日本老板的判断是对的。中国经济的强劲发展已经成为带动全球经济的第三大动力，人均GDP超过了2000美元，社会结构、市场结构都发生了质的改变，加上2008年奥运会的强势带动，凸显出了一个巨大的全球绝无仅有的战略机遇。

中国是全球上升最快的电梯，搭上它！

3. 今天的中国老大，明日的世界巨人

在许多领域，只要在中国做成老大，在世界上就会无人能敌，就能成长为世界巨人。

联想做成了中国和亚洲的 PC 老大，接着，才有能力有资格并购 IBM 个人电脑业务，跻身全球 500 强行列，才有了联想现在与戴尔、惠普展开的全球争霸赛。

柳传志在 2001 年接受《新闻晨报》采访时说："联想的目标就是要成为一个世界性的品牌和企业，现在是第一阶段。我们先做中国国内，做好了国内，我们再考虑海外的运作。现在可以肯定地说，我们一定会使联想电脑成为品牌机！"

✒ **案例**

....

2006 年 5 月 8 日，网络设备老大华为技术有限公司正式更换企业标识，国际化战略提速，由中国的华为向世界的华为转变，由"廉价的华为"升级为"技术与品质的华为"，让通信产业跨国巨头敬畏，纷纷主动与华为寻求合作。

2008 年 5 月，中国家电大哥大海尔也启动了并购通用电气全球家电的计划，不管结果能否如愿，但中国老大的这种发展态势和路径已经清晰可现。

....

投资阿里巴巴的日本软银集团董事长兼总裁孙正义说："未来中国将成为全球最大的互联网市场，如果谁不能在中国做到最大，它就不能成为全球最大的互联网公司。未来全球最大的互联网公司，首先要在中国市场是最大。"

成立仅仅 8 年的蒙牛在液态奶领域已经超越世界液态奶巨头帕玛拉特，成为世界老大。

中海油向美国的行业主流企业发起了收购邀约。

分众传媒以美国从来没有出现过的商业模式登录纳斯达克。

百度以极高的占有率成为中国市场的行业领袖并开始进军日本市场。

2008年，阿里巴巴上市，成为全球最大的B2B公司。

……

还有更多的像新希望集团、统一企业、三一重工、潍柴动力、华北制药等中国领航企业正在瞄准世界老大全力冲刺。

格力集团CEO董明珠说："国际化不是走出去。国际化的灵魂是在中国保持领先于行业的优势，中国崛起所释放出来的市场空间正是国际化最具价值的所在。如果不是在中国，西门子为什么要花1亿欧元在北京望京盖总部大楼?！"

把握中国，就是把握世界。为什么？因为中国就一个字："大"！两个字："太大"！当改革开放把这个全世界的最"大"转变为生产力和创造力的时候，所释放出的能量和规模是可怕的。

美国前国务卿奥尔布赖特说过，对任何一届美国政府来说，中国太大，美国不能予以忽视。她在刚出版的新书《给总统当选人的备忘录》中指出，现在"崛起"几乎已经变成"中国"的同义词。即将于年底（2008年）产生的美国新领导人必须先做好功课，准备好如何与中国这个世界新强国打交道。

中国，消费市场超级巨大。13亿的巨型消费市场，从低到高再到极度奢侈，涵盖了各个消费人群。

中国，所能调动和提供的低成本劳动力等资源的规模超级大，能够同时满足世界任何规模的大企业的需求，在中国制造为人做嫁衣的同时，管理者和劳动者的素质和能力也得到了历史性提升，为未来的中国创造奠定了最基础的根基。

在中国赢，在世界容易胜！

中国，刚刚摆脱了贫困、向着富裕奔跑的劳动者超级多，数以亿计，这是一股不知疲倦的力量，蕴含着TNT级的巨大生产力，这是任何一个国家和民族所无法比拟和无法抵挡的，已经渗透到世界各地的每个角落。现在，你无论去世界什么地方，总能遇到中国人的身影。

中国，高智慧人才超级多，数以千万计。这批人才是改革开放后培养起来的，风华正茂，正值智慧和能力的青春期，他们的创造力已经在中国和全世界的各个领域显现出来，他们所释放出来的创造力是核爆炸级的，其威力不可计数，无法限量。

这些正是支撑中国老大们实现中国创造，推动中国经济第二次飞跃，成就世界巨头的资源和软实力。随便什么事，在中国只有想做，一定能够做成全球第一！

当跨国巨头纷纷在中国安营扎寨，我们为什么不看好自己脚下的这片土地？

中国企业家更幸运的是：他们最了解中国市场，只要成为今日之中国老大，就有充分的机会和可能成为世界巨人、甚至是世界的老大！

4. 中国元素，全球看好的机遇和价值

在经济全球化的今天，蓬勃发展的中国已经是世界的中国。中国元素，代表着机遇和价值、定位和差异，意味着最大的市场，最丰厚的利益，最具前景的未来。蒙牛的迅猛发展、百度在美国纳市受到追捧、2D民族大型网游《巨人》、《征途》黑马杀出，味千拉面香港上市市值提升到90个亿。甚至为好莱坞创造巨额财富的两部最成功的动画片《花木兰》和《功夫熊猫》都是地道的中国元素，均以强大的中国为背书①。

越是中国的，将越是世界的，越是世界的，越重视中国！

案例

奥运会前夕，百胜餐饮集团旗下的肯德基兄弟品牌——东方既白，

---

① 背书原指票据（多指支票）背面的签字或图章，是一种备注，提供依据之用。这里是引申义，是担保、证据支撑的意思。

在上海经过3年实践，高调进驻北京。通过首都机场这个中国的窗口，向全国乃至全球的客人展示洋造的中式快餐。

此前，百胜是将国外成功、成熟的品牌肯德基、必胜客等拿到中国，而这一次，一个跨国餐企首次在中国创立的一个完全本土化的全新品牌！

....•

东方既白，代表东方亮了，代表了高标准中式快餐的诞生和崛起。可惜，品牌的背后是百胜，是洋餐企巨头。

"连做洋快餐的百胜都专门开辟中餐，并且意欲做大，再次证明中式快餐的远大前途。"中式快餐品牌真功夫董事长蔡达标对此深有感触。

《销售与市场》副总编刘春雄教授说："没有对国家和国民的认同，就不会有对该国企业品牌的认同。"当全世界都在看好中国、离不开中国，成为最重要的超级大国之一的时候，中国的国家品牌将获得历史性的放大和凸显，国家品牌就成为企业品牌最坚实的背书。中国，必将成为下一轮世界名牌的集中出生地。在全世界都在探寻中国传统文化，利用中国元素、挖掘中国市场已经成为潮流的时候，本土企业对此更应该给予极大的珍惜和高度的重视。

中国元素在全球被放大、增值，同时，世界任何异域的产品和文化只要来到中国，就能在中国巨大的市场中找到共鸣人，找到生存的空间。

中国是一个高速发展的国家，昨天的西方市场，可能就是今天的中国市场。放眼全球，寻找商业灵感，没有什么不可能！

红透中国的《超级女生》实际上是美国平民选秀节目《美国偶像》的翻版，风头正劲的《男人装》源于英国的《男人帮》，淘宝网克隆Ebay，国美学习百思买，复星追赶通用电气和长江实业，等等。

高尔夫、会员制、卡式消费、楼宇媒体、瑜伽，还包括摇滚、街舞、美国大片文化产品，凡是国外有的，不久就会在中国出现。我们完全有理由相信，私人飞机、游艇会是中国富豪的下一个消费热点。

没有晚到的商人，只有看不清时局的盲人。无论从什么角度说，中国都是巨大的机会市场。

5. 今年永远是明年最好的机遇

经常听到经营者抱怨，说现在的市场越来越不好做。对此，我总是反复向企业家们表达两个观点：

第一，抓住机遇，首先是抓住现在，今年永远是明年最好的机遇！

等待和抱怨没有任何意义，抱怨只会失去现在的机遇，增加明年的抱怨。过去的"好"时代不会再有了，市场参与者越来越多，市场竞争难度越来越大是常态，今年就是明年的"好"时代！所以，我们没有时间抱怨，必须以最快的速度把握现在，把握现在就是抓住机遇，把握现在才能拥有未来！

第二，中国是全世界最好的市场！

因为中国拥有世界上最大的发展市场、最蓝的蓝海、最长的长尾①和最可爱的消费者。懂得了这一点，就会认同沈南鹏先生说的"中国的很多领域都蕴含着建立帝国的机会"，这是千真万确。

未来5年，是中国企业跨越式发展的黄金战略机遇期！

在中国市场发展阶段上，远远没有从"大乱"走向大治，许多品牌弱不禁风，许多品类群龙无首，许多领域仍是空白，许多行业亟待整合。这是历史呈现给中国企业和企业家的宝贵礼物，这是全球绝无仅有的战略机遇！把握住它，实现跨越式发展！

6. 全球危机，中国最有能力闯关

（1）低迷中，世界依然看好中国。

---

① 2004年10月，《连线》杂志主编 Chris Anderson 首次提出"长尾理论"（The long tail）来解释下面这种经济模式：通过数字化网络，使小批量个性化产品的生产销售能够取得类似"大规模"那样的成本优势，使原来被认为非主流的、需求量小的商品销量也能够和主流的、需求量大的商品销量相匹敌。

2008 年，美国次贷危机引发了全球性经济衰退，还有能源和原材料价格上涨，致使世界经济低迷走弱，我国出口型企业受到大面积影响。在国内，房地产市场、股票市场走低不振，加上雨雪冰冻和特大地震等重大自然灾害，都不同程度地影响着中国经济。再加上出口退税、人民币升值的影响，导致生产成本大增，物价上涨，一部分企业倒闭转型，中国经济正在经受着考验。

但是，经济低迷中的世界依然最看好中国。全球的金融动荡对中国的直接冲击很有限，因为我们的金融机构在次贷资产上的投资很有限。过去十年，我国的金融风险控制系统已基本上建立起来，国有银行通过改组、上市，已经按照国际标准建立起一套风险管理体系，保证我们金融体系自身的健康。

我国正在抓紧经济转型，把经济增长的动力从依赖出口创汇，依赖投资转换到消费上去，我国内需市场不可限量。

我国消费持续增长。2003 年以后，我国消费增长每年保持在 10% 甚至更高，2008 年上半年，全国 31 个省份中除西藏外的 30 个省份消费增长都在 16% 以上，其中有 25 个省份消费增长在 20% 以上。但是，我们居民消费在 GDP 中所占的比重 2007 年只有 35%，而在其他国家占 70% 以上，所以这块潜力非常大。

以医药市场为例，中国 2008 年的市场规模共相当于美国的 1968 年，中国正在复制美国医药黄金时代。美国在 1960 ~ 2006 年的 46 年间，消费者医疗健康的支出增长了整整 77 倍，而美国同期的 GDP 仅增长了 25 倍。

我国现在正面临人均 GDP 破 3000 美元的消费升级时代，人口红利及老龄化社会的到来，全民医保，"健康中国 2020" 战略的实施带来的增量是巨大的。其中城镇居民新增医保 2.4 亿人，以人均 40 元计，则带来近 100 亿元的增量；而 "新农合" 约有 7.2 亿人，以人均 50 元（政府 40 元＋个人工 10 元）计，这方面的增量在 360 亿左右；进城务工人员的大病医疗保险，这方面约有 0.7 亿人，按企业人均缴费 200 元计，将带来 140 亿的增量。整体合计新医改所带来的增量至少在 600 亿元左右，这简直就是一座金矿。

亚洲首富、日本软银集团董事长兼总裁孙正义说，尽管全球经济确实在下滑，中国经济、特别是中小企业都会受到影响，但中国前几年经济增长速度非常快，因此即便受到影响，相对其他国家仍会保持较快速度增长。"10年前软银的投资重心在美国，5年前投资重心在日本，而现在投资重心在中国。"

（2）困境中，铸就更强的老大。

老大之所以成为老大，一定是在诸多方面暗合了做老大的原则和方法。当这些企业成为老大之后，老大法则进一步强化显现。在每一个新的市场条件下，包括目前全球性经济低迷，老大企业总是能够超越同行，从容应对，最有条件率先求变。

> 先者生存，老大恒强。

2008年，钢材原料价格大涨，空调全行业受损，每台空调钢材成本上涨30元，在这种情况下，空调老大格力电器上半年净利润仍同比增长了104.67%。原来，销售中格力电器的高毛利率新品占到20%～25%，这使得格力在原材料涨价的情况下，毛利率仍然能够基本持平而毛利额节节攀升。显然，任何紧急应对涨价的高明措施也不会换来这样的好结果。

一般情况下，对于行业龙头而言，行业的不利局面对其都是有利的，因为，这种局面可以进一步提升行业集中度，提高市场份额。

格力电器董事长甚至提出，材料多涨一点对格力更有利，因为很多对手是很难承受的，他们让出来的市场份额相当部分可以被格力拿到。

老大，珍惜已经做成的老大，坚持一切做老大的原则和方法，你就会因做了老大而更强。

二、中国是全世界最好的市场

为什么说中国是全世界最好的市场？理由有四：

1. 中国内需市场之大，全世界绝无仅有

占全球五分之一人口的中国是全球最大最好的市场！不用"入侵"别的国家。这个自备的大市场，几乎在每个行业每个品类里都足以养活起无数的世界级的大企业，足以使它们从小到大，从弱到强。联想最初能够在市场中立足，靠的是汉卡，是中国最先用电脑的人把联想养大。

中国 13 亿多人口，蓬勃发展的经济和巨大的消费市场，就像一列加速奔跑着的工业化、城市化和现代化巨型列车，城乡居民的收入在增加，消费结构在升级，产生了巨大的市场需求。如果你用 Google 搜索"全球潜力最大的市场"，拥有 180 多万条信息说的是中国，比如：住房、汽车、电子通讯、旅游和教育等市场。

欧洲最大的汽车公司大众，在中国的汽车销量已经超过德国。据预测，到 2010 年中国汽车需求将超过 900 万辆、移动电话用户将突破 6 亿人。

中国还是一个让人匪夷所思的大市场，中国的 VCD 市场、小灵通市场、背投电视市场、保暖内衣市场，都曾被专业人士预言做不成做不大，结果，这些市场让勇敢者赚得盆满钵溢，淘到了第一桶金。

✒ **案例**

"我看到了大海！"国际银行卡组织 JCB 大中华区首席代表大冈俊文用这样六个字形容中国的信用卡市场。随着刷卡环境的不断优化，我国银行卡呈现爆发式增长，整个银行卡产业的产值将超过 2000 亿元，信用卡产业迎来了黄金时代。

即便是这样，我国信用卡产业与发达国家相比，仍相去甚远，人均不足 0.038 张。而在韩国、日本等国家，人均持卡量在 3~4 张左右，市场潜力真是深如大海。

中国从来就没有小市场，几乎任何一个市场（包括每个品类、每个级别）都足以达到规模效益。所以我总爱说，中国是个全球绝无仅有的最好市场，中国企业和企业家应该暗自庆幸。

要感谢中国的大市场，感谢中国的消费者。小灵通在中国发展到接近一个亿的规模，这在哪个国家能行?! 随便找一个欧洲国家，这个数量足以让他们国人每人拿两三部小灵通，包括婴儿。

处在全球最大市场中的中国企业，很多时候不必舍近求远。做市场首先要在中国赢，在中国市场赢，就赢得了通往全球的第一张入场券。

2. 中国增量市场之大，任何人无法忽略

如果你对中国巨大的市场空间还不知足，那么我告诉你，这个市场因为中国经济的持续增长还在迅速膨胀着，仅增量市场就大得惊人。

近 15 年来，中国的居民可支配收入增长速度比发达国家快 3～5 倍。以牛奶行业为例，中国每年新增饮奶人口相当于一个欧洲国家的总人数，这是任何一个国家都不可能出现的市场神话! 这是全世界打着灯笼也找不着第二个增长空间如此之大的大市场!

国家统计局 2008 年二季度经济数据显示，在投资、消费和出口拉动经济增长的"三驾马车"中，消费是我国上半年经济平稳较快增长的功臣。上半年，社会消费品零售总额 51043 亿元，同比增长 21.4%。扣除物价因素的影响，上半年社会消费品零售总额实际增速为 13.5%，比 2007 年同比提高了 1.3 个百分点。在中国经济遭遇雪灾、地震和全球性经济危机等诸多不利因素的情况下，2008 年消费领域的好势头就更显得难能可贵。

从投资与消费的增长关系上看，若扣除价格因素影响，2008 年上半年城镇固定资产投资增速与社会消费品零售总额增速之差同比缩小到只有 1.3 个百分点，投资和消费关系趋向改善。

"三驾马车"中消费的作用日益强大，其能量正在加速地释放，对中国经济导入并长期行驶在又好又快的发展轨道上，是一个重要的正面力量。

3. 竞争处在浅表激烈状态

（1）品牌格局尚未定势。

竞争激烈不等于竞争水平高。许多企业经营者把竞争无序、市场秩序混乱与竞争激烈、竞争水平高等同起来，其实这是误区。

我国众多行业、众多品类进入的门槛低，品牌集中度很低。市场虽然混乱，但是由于没有形成"寡头垄断"，市场格局不稳定，许多市场的竞争表面激烈但水平不高。目前，低行业集中度的企业，仅仅靠价格战、资源战、人海战进行恶性竞争，在品牌诉求、传播方式、终端促销上出现了严重的同质化，这是一种典型的浅表性激烈竞争特征。这是问题，也是机会，为行业整合和后来居上提供了契机。

以我国肉制品行业为例，2006 年，行业前三强双汇、雨润、金锣的加工总量不到我国生猪屠宰总量的 5%，而美国前 3 家肉类加工企业总体市场份额已超过 65%，所以我们的行业整合空间非常大，机会非常多。

再看看我们的内衣制作行业，浙江义乌有内衣制造企业 350 多家，东阳也有 200 多家，还不算广东汕头的上百家企业。像内衣这样集中度极度分散的行业在我国还有很多，突围做老大的机会正是在这些低集中度的行业中。

从区域上看，以 GDP 中部第一、全国第五的河南省为例，该省进入全国 500 强的企业，排名全在 160 位之后，缺少营销收入 1000 亿元以上的航母级战略领航企业。一句话，该省行业集中度低，企业在全国的位次决定了它们的竞争力不足。2008 年 8 月，河南省抛出 3000 亿元招商大单，整合大型国有企业，力争 3~5 年内，形成年营业收入 300 亿以上的企业集团 7~8 户，500 亿以上的 5~6 户，1000 亿以上的 3~4 户。

有的经营者总爱说，这个行业乱得很，没法儿干。这是一种极端错误的想法！

市场不集中，行为不规范，机制不健全，不是抱怨的时候，这正是后来者大干快上的时候！是后来者整合行业肃清对手的时候！是建立行业壁垒、抬高竞争门槛的时候！再不抓住这个机会，只有到非洲找这样的机会，可惜非洲市场远远没有中国市场大！

（2）诸多市场老大虚位。

许多经营者过分关注进入的行业是否足够大？总担心不够自己"大展宏图"的。其实，大市场中一般早已经有了大对手，市场虽大，但不属于你。比市场大更重要的是，自己是否有机会成为该项目或行业的第一。因为第一，才是绝对的成功，说明你在市场中立稳了足。

《孙子兵法》说："昔之善战者，先为不可胜，以待敌之可胜。"意思是说，会打仗的人，先要做到不会被敌人所战胜，然后待机战胜敌人。

找一个适合的市场，首先确立地位，取得成功，做成老大，然后，再伺机在相邻的品类、相关的行业图谋做大。

在中国市场，有许多"老大空白"市场，正虚位以待。

● 行业空白。对这类市场要做的是"抢做品类第一"，第一个跳出来，以某种第一的面目出现。比如：脉动之推"运动饮料"；分众的视频电视之楼宇广告；马上就会加速增长的外国人学中文市场；个人健康管理市场等。

● 区域空白。中国企业深谙此道。许多与跨国公司根本不在一个重量级上的中国企业，实事求是地从二、三级市场做起，从区域市场发家，避开与国际强大对手正面对抗，先周边、后中心，先农村、后城市。中国没有小市场，区域市场照样走出了许多中国领先企业。比如，娃哈哈"非常可乐"占领二、三级市场；红桃 K 等保健品进攻农村市场，等等。

● 消费需求空白。比如：最近几年出现的一些消费新需求：音乐手机 = 手机 + 听音乐；MP3 = 听音乐 + 录音 + U 盘；空调扇 = 风扇 + 制冷，等等。创意加科技一旦与消费需求挂上了钩，没有不成功的。

● 中国特色空白。比如，国外对于装修材料控制的标准很高，建材对人的健康基本没有影响，因而国外不会有针对装修后消除"甲醛"的市场需求，而国内这种需求很大，这就是"中国特色"。为此，亚都科技研制出了消除空气中甲醛的"装修卫士"，新立邦漆能够分解甲醛物质，都大受欢迎。百度立足于以中文为母语背景的人群、阿里巴离不开国内中小企业繁多的产业环境等，都是中国特色市场空间。

● 品类品牌空白。众多产品有品类无品牌，比如各地名茶、各地的特色熟食（烧鹅、卤鸭、熏肉、豆腐皮、豆腐丝）、各种粮食、无数的水果、数不清的中成药……许多产品处在原生态状态中，所谓的品牌仅仅是生产者自己的记号而已，消费者并没有认知。

4. 中国消费者，全球最可爱

在中国，消费者能够允许你犯错误。中国的某自主品牌汽车，新车返修率一度高达40%。就是这种企业，在中国居然还能活下来。在产品质量提高后，换了新品牌，又咸鱼翻身了。这种事放在欧美成熟市场是不可以想象的，根本不可能给你犯错误和改正错误的机会。全世界上哪儿找中国这么可爱的消费者呀。

中国消费者的宽容和大度，容易满足性和自我保护意识的模糊，以及初级的消费水平和对品牌认识的薄弱，甚至还包括国家监管的不完善和行业标准的缺失，这些问题不是企业抱怨的理由，相反，恰恰是中国本土企业大干快上的机会！是大大的机会！是中小企业后来居上、修成正果的机会！

本土企业真的要诚心真情地善待可爱的消费者，他们不仅是自己的衣食父母，还是企业成就老大的中流砥柱。被专家预言后来被实践证实的确是过渡产品的 VCD、背投电视，不知带火了多少企业，用掺用塑料薄膜做成的保暖内衣不知富了多少小企业和经销商。可惜的是，我们的许多企业只知赚钱，不会做事。不知有多少可以借赚钱的机会成就伟大企业的战略机遇，被随便地忽视了、糟蹋了。

推销是你找客户，营销是让客户找你！消费者是最可爱的人，真正伟大的企业总是善待消费者。

不认真对待消费者的企业，消费者终会离你而去。因此，我们看到，许多赚到钱的企业总是在不停地找机会，为什么，因为你也清楚，你正在

吃饭的这个饭碗，有可能明天就被消费者打碎。

罗兰·贝格咨询公司说："许多企业家之所以屡屡受挫，是因为他们总是在赶时髦，总是用力追赶下一个商机。他们可能不知道，留住老客户，这要比增加一个新客户便宜许多倍。"

5. 2000 美元背后的升级效应

2006 年，我国人均 GDP 达到了 2042 美元，首次超过了 2000 美元，预计到 2020 年将达到 3000 美元。人均 GDP 超过 2000 美元究竟意味着什么呢？

如果说 GDP 反映的是国家经济实力和市场规模，那么人均 GDP 反映的就是国民的富裕程度和生活水平。

根据国际经验，一个国家人均 GDP 2000 美元以下的是经济起飞阶段，人均 GDP 超过 2000 美元，意味着这个国家的经济发展步入了加速发展阶段。

人均 GDP 达到 2000 美元后，人们对经济前景将普遍看好，对经济发展的信心增加，投资将会保持良好的态势。世界许多国家和地区此时的经济往往都能继续保持较高的增长速度，而且持续时间较长。例如韩国在人均 GDP 超过 2000 美元后，其经济保持了 11 年的高增长，年平均增长率高达 8.8%。

此外从国际经验来看，人均 GDP 从 1000 美元到 2000 美元，再从 2000 美元到 3000 美元，所用的时间在逐渐缩短。例如，实现前一个阶段德国用了 9 年，而后一个阶段只用了 6 年，日本则分别用了 6 年和 3 年。而中国人均 GDP 从 1000 美元增长到 2000 美元仅仅用了 3 年时间。这说明中国经济增长在加速。

消费结构和产业结构正在发生历史性升级。目前，中国是世界上消费市场增长最快的国家之一，已成为世界第一大手机市场、第一大新车销售市场、第一大国内旅游市场和第一大宽带市场，也是第二大黄金饰品市场以及第三大奢侈品市场和医疗市场。过去的奢侈品现在许多已经变成了居民的必需品。

原来买不起的，现在买得起了；原来买便宜的，现在也能买贵一些的了；原来不讲品牌，现在也开始看牌子了。

这种消费结构的变化，明显体现在居民对汽车、住宅和高档次旅游这类代表着资产和财富的市场需求快速增长上，还有，金融投资市场膨胀。从国际上看，人均 GDP 在 3000～5000 美元水平时，轿车的千人拥有量达到 100 辆左右，并一直呈上升趋势。人均 GDP 800～8000 美元时期，也是房地产起飞和快速发展时期，并将延续到人均 GDP 13000 美元的水平才会出现下降。我国的现实情况正是按照这个规律走的。

变化，意味着机会，意味着洗牌。

红杉资本中国基金创始人沈南鹏先生说："中国正处于消费经济的拐点，消费类产品的需求会呈爆炸性增长，很多领域都蕴含着建立帝国的机会。"

中国的变化急速而巨大。我们的父辈无法想象我们现在过的生活；将来，我们孩子的生活也会与我们的生活有太多的不同。

许多现象表明，在其他国家已形成主流的消费趋势开始在中国出现。这些消费趋势在中国与在其他国家的出现方式不同地是，主流的消费者行为同时出现在中国的大、中、小各级城市里。

红杉资本中国基金创始人沈南鹏先生说："中国正处于消费经济的顶点，消费产品的需求会呈爆炸性增长，很多领域都蕴含着建立帝国的机会。"

企业家们一定要对这场消费大升级有深刻的认识，认识得越深刻就越主动，否则就有可能被竞争对手超越。

▶▶▶ 结语

这是一个令全世界都怦然心动的伟大变革和升级的时代，一个令全世界都欲罢不能的超级白金市场。我们每一个人都被这种"中国式幸福"所包围。问题的关键是，我们万万不能"生在福中不知福"，务必深刻认识和捕捉中国式战略机遇，深刻洞察和把握消费结构和消费心理的重大位移，以最快的速度抢占老大位置，创建品牌，建立帝国，创造属于这个时代，是中国的荣耀和自豪。推动国家的繁荣昌盛，是我们责无旁贷的责任，我们将无愧于这个伟大的时代，无愧于这个世界上最可爱的消费者。

● 第二部分

做老大的十大路径

做老大,是无数中国企业的梦想。那么,如何成为老大?机会在哪里呢?

我发现,做老大有三类机会:一是抢夺现有王位,二是在行业和品类的新生、分化和升级中做老大,三是抢占没有品牌占据的空白行业和品类。

做老大，是无数中国企业的梦想。

那么，如何成为老大？机会在哪里呢？

我发现，企业成为老大有三类机会：

第一类，抢夺现有王位。瞄准机会，把原老大拉下马，后来居上篡取王位。

每个行业每个品类，或大或小，或隐或显，都会有事实上的老大。其中有一些老大对老大地位的重要性认识不深，对自己已经获得的老大位子并不珍惜，他们有的小富即安，不思进取；有的危机意识淡漠，疏于防范。这是挑战者的天堂。

挑战者有的以新老大的姿态举起行业大旗，呼风唤雨；有的瞄准原老大弱点，攻其不备，一举颠覆；有的捕捉经济趋势，抓住行业拐点，借势反超。这是一场场精彩绝伦的王位争夺战。

原来压力锅的品类老大是"双喜"占据的，结果后来被曾是双喜 OEM 厂的苏泊尔取代；原来"春兰"就是国产优质空调的代名词，现在已经被"格力"超越；"长城"曾经是国产电脑的首席代表，现在人们想起的只有"联想"。

这里的关键词是目标赶超，是后来居上。

第二类，发现新需求，开拓新行业，在行业和品类的新生、分化和升级中做老大。

随着经济的发展，收入的提高，人们的需求越来越升级和细化，原来

37

想也不敢想的事现在敢想甚至已经实现了；原来粗放、简单的产品就能满足的需求，现在要求越来越细化、越来越高了，因此，行业越分越细，品类越来越多，提供了无数诞生新老大的机会。

以交通工具为例，从自行车升级到摩托车，现在汽车又开始大量进入家庭。自行车从改革开放之初的28吋、26吋、加重和轻便等简单的几种分类，变成小轮的、山地的、变速的、折叠的和电动的，品种和品牌多得难以计数。从自行车到摩托车再到汽车，每一个行业、每一个品类山头都应该有老大品牌去占据。

再以家用电器为例，在改革开放初期，消费者可能只想拥有收音机（红灯牌）和电风扇（钻石和华生牌），而发展到今天，家用电器品类已经扩大到电视机、空调、冰箱、微波炉、电脑、空气加湿器、豆浆机等几十种，随之造就了许多新老大：彩电市场诞生了长虹、康佳；冰箱诞生了海尔、科龙；空调品类诞生了格力、美的；微波炉诞生了格兰仕；电脑诞生了联想；空气加湿器诞生了亚都；豆浆机诞生了九阳……甚至于连无绳电话也诞生了步步高。

这里的关键词是洞察，是眼界，是开拓与坚守，是做新行业，在做行业中做老大。

第三类，抢占没有品牌占据的空白行业和品类。

除了行业分化、需求细分产生新品类，为企业提供了做新生老大的机会外，还有一类做新生老大的机会。这类机会是，这个品类早已存在，已经长驻在消费者的头脑中，但是这个品类中没有被哪一个品牌牢牢地占据着。那么谁率先发现并占据这个品类，谁就是老大！

这种机会大量存在于传统行业和品类中。例如，"糊"作为一种传统食品在中国已经存在几千年，但是直至20世纪80年代，广西南方食品公司率先在这个无人关注的品类中做品牌，以一条"黑芝麻哎——"广告的大传播，使"南方"黑芝麻糊一举进入消费者心智，占据了糊类品类高地。

食用油市场也存在类似情况：改革开放前，家家户户都是拎着个瓶子去粮油店买油，哪有什么品牌一说。金龙鱼敢为天下先，率先推广小包装食用调和油，现在已成了食用油第一品牌。

王老吉，突破延续了上千年凉茶在街边叫卖的传统，把凉茶装进了罐里，上央视，进商超，将偏居两广一隅的地方药饮卖到了全国，将黄振龙等同类地方名牌抛在了后面。

同样，梳子我们用了几千年，几乎从来没有想到要有什么品牌。现在，"谭木匠"开始爬上这个传统商品的阶梯，用短短的十年，在全国开设了几百家专卖店，一把小小木梳撑起了一个巨大的商业王国。

这里的关键词是品牌，是发现空白并以创新的方式占领空白点。

不是所有的付出都有收获，不是所有的奋斗都会成功，绝对的捷径并不存在。但是，有智慧的我们并不需要一切都从头开始，前人摔过的跟头也用不着自己再摔一遍。所以，我从众多成功与失败企业的案例中，发现总结出做老大的十大路径，供企业家们参考。

> 爱因斯坦说过："现实不是单一的，它多到不胜枚举。"

经验终归是旧的，理论总是滞后的，但是我希望大家更多地关注其中的创新；举例总嫌蹩脚，也不够全面，但是我希望大家从中得到些许借鉴和启示；经典似乎总是超常完美的，但是我希望企业家们把握好自己的差异化优势，并且不断地强化它。

不甘平庸和寂寞的企业要想成功和超越，从根本上说只需掌握两条，一是总结借鉴前人的经验教训。经验用来借鉴，教训引以为戒。这至少可以让你不犯低级错误，这是成功的前提。就像赛车，至少要保证方向正确和车子不出大问题一样。二是整合创新。站在前人的肩膀上，用不同于前人的方法超越，就像给赛车换上涡轮增压发动机，别人从直道超车你却在弯道超车一样。

做老大的路径一定不止十条，但这是最重要的十条。

第三章

发现行业，先者生存——做老大路径之一

做老大，不仅要做企业，更要做行业。

没有行业，企业就像鱼没有了水。所以，老大就有了一个"义不容辞"的责任：发现行业，做大行业；推广品类，不排斥竞争；树立行业标杆，做规则标准的主人。

这也正像霸王和帝王的区别：霸王追求一城一池、贪图现实享乐；帝王谋划国计民生、实现长治久安。

一、老大要做老大的事

俗话说，老大要有老大的样，老大要做老大的事。

做企业也是同理，做企业不仅是企业自身的事，还是行业的事，甚至是国家的事。做老大，一定是目光远大，把企业与行业的发展甚至是国家的命运紧密联系在一起，义不容辞地承担一部分社会责任，老大的皇冠才会落在头上。具体地说就是：发现行业，做大行业，制造标杆，引领行业走向。

这不是学雷锋，这是实用的规律。说老大的话，做老大的事，老大的王冠、领军的地位就会变得水到渠成。

1. 先者生存，做大行业

● 先者生存，优势富集。

发现一个行业比发现一个产品市场更重要。

历史上每次大的商业机遇来的时候可以称之为历史节点。最初进入历

史节点者，只要比别人多付出一点点成本，就能形成优势，这种优势会随着历史发展产生新的优势，新的优势继而产生更新的优势，如此循环，最终优势富集起来，最初进入节点者便会突显出来，成为行业"巨无霸"。用同济大学王健教授的话来说，叫做"先者生存"。

> 小老板做事，中老板做市，大老板做势。
>
> ——王志纲

上个世纪90年代中国家电市场爆发，接着饮料、电脑、保健品、服装、牛奶市场接二连三地爆发，一个个"新"行业形成，可以说，当今中国各行各业数得出来的大品牌，几乎都是在90年代发现行业做大行业从而奠定其江湖地位的。

到了20世纪头几年，房地产、汽车、网络、游戏、新媒体等行业再次爆炸，又形成无数的新兴行业和行业老大。

案例

在纳爱斯之前，肥皂是什么样？块大，粗糙，蜡黄，裸奔，再加上味道实在不敢让人恭维，许多地方还给它一个俗名叫"臭肥皂"。当时，各种地方货各居一方，根本没有全国性品牌，好像也没有人认为肥皂是个值得打广告做品牌的东西。可是，名不见经传的纳爱斯将自己起飞的起点和突破点锁定在洗衣皂上，他们认为，肥皂的问题正是纳爱斯的机会！

纳爱斯给洗衣皂来了个洗心革面：品质——玲珑剔透，去污超强；颜色——蓝色；造型——中凹；品类——超能皂；形象及品牌名称——雕牌，意喻去污的迅捷。纳爱斯彻底改变了消费者对肥皂的认知，在广告的配合推动下，雕牌洗衣皂成为肥皂的替代者，肥皂行业改朝换代，由纳爱斯统领。

纳爱斯一不做二不休，雕牌透明皂面市。这一次，形状由大变小，一手可握，同时，改革香味，变为淡淡的清香，品质感提升，再配以中档的价位，一上市，迅速被消费者接受，原来肥皂可以如此美丽。从超能皂到透明皂，纳爱斯彻底更新了行业，让当初并不看好的同行大跌眼镜，等醒悟过来，纷纷上马之时，已经错过先机。雕牌透明皂当仁不让地成为洗衣皂第一品牌，大雕从此腾飞。

· ·

无独有偶，罗莱家纺能够在家纺行业后发先至，也同它总是步步领先于全行业有关：在其他家纺企业还在专注于产品质量、生产技术的时候，罗莱家纺早已转向时尚化、艺术化、个性化、多元化产品的设计、研发；在整个家纺行业品牌意识淡漠的时候，罗莱率先引入专业品牌咨询机构打造品牌；在大多数企业还没有开打广告的时候，罗莱率先发力打广告，并且大手笔投资启用明星形象代言人。因为是行业第一家，噪音干扰很少，能够轻松进入并且占领消费者的心智，同时也树立起行业领袖的至尊地位。

先者生存，优势富集，这是规律。做企业，谁率先领会和运用这个规律，谁就犹如得到上帝的帮助。这是许多老大成功的最大秘密！

● 做行业者做老大。

老大企业的发展必须着力于行业的发展，也依靠着行业的发展。没有行业，企业就像鱼没有了水，就不可能有广大的市场和适宜的生存环境。所以，老大要做行业，眼界不能太窄，如果你总是干那些鸡鸣狗盗之事，可能一时捞点钱，但是不可能成就老大伟业。

发现行业并且做大行业，是老大的一个特征！

案例

· ·

马云的淘宝战胜易趣，与其说是传奇般免费闪击战的成功，不如说是马云发现市场大干快上的成功！马云没有死盯着竞争对手易趣，而是着眼于将市场做大。数字最能说明问题，易趣在 2003 年占有 C2C（用户对用户）90% 的市场，其市场规模是多少？仅为 19.2 亿元。可是到了 2006 年，淘宝超越易趣的那一年，这一规模达到了 312 亿元。

马云认为，2005年前后的中国C2C市场，根本还不是一个该不该收费的问题。我国在交易信用、物流配送、互联网普及、电子商务人口等方面，中国消费者与美国消费者没处在同一个世界中，但这是个"水库"。把这个"水库"尽可能快地挖深挖大，才是最最重要的工作！

对于这个行业，马云与通过收购易趣来中国"割稻子"的梅格·惠特曼相比，显然中文和英文一样流利的马云看得更加清楚。

2003年，中国电子商务市场随着整个互联网行业的复苏，开始重新进入高速增长期。非典的突然爆发，电子商务加速。马云的淘宝毅然选择在这一年切入C2C市场，可谓天时地利人和。在这样一个高速成长的市场上，原来的市场规模已经微不足道，原来的市场霸主算不得辉煌。谁能抓住激增市场，谁就可以在未来称王。

··●

马云成功的真正答案是，发现市场，不与竞争对手死拼，看准时机在行业大发展时发力，做大市场，一举称王！

哈佛商学院一项浏览器大战的案例研究表明，在某种小众技术成为大众需求的过程中，市场老二努力去吸引原有的那一小撮早期使用者，远不如直接去吸引尚未接受这种新技术的大众更有效。市场增量很快就会超过原有的市场总量，后来者就面临一个机会窗口，让自己成为市场的标准。

在IE和Netscape竞争的案例中，微软根本无需去争取原有的Netscape用户，它只需通过PC机捆绑策略，就成功地把大量从未用过浏览器的新用户发展成浏览器的使用者。大量的使用者使微软IE成为自然而然的市场主流和标准，这时，原来Netscape的忠诚用户也会跟着投诚。反观Netscape，它的收费策略，再加上它对原有市场份额的过分自信，让它在一个高速增长的市场上失去了对新用户的吸引力，从而把大片尚待瓜分的新土地拱手让给了微软。

1987年创建亚都公司的时候，何鲁敏根本没有想到自己其实是在为中国做一个全新的行业。何鲁敏上清华大学时的专业课本中，空气加湿的内容只有2页。20多年过去了，空气净化行业实现了产业化，亚都在开拓行业的同时也成了这个领域独领风骚的老大。

43

社会发展与进步无尽头，新行业的出现也无止境，只不过行业机会大爆发的时代不会常有，新兴行业的门槛也会越来越高。

● 大责任成就大事业。

要想成为令人尊敬的行业老大，需要具备两种常人所没有的素质。一是能够引领行业的发展，为员工描绘宏伟的事业发展蓝图，展示行业前景与趋势，即站得高、看得远，具有前瞻性；二是承担社会责任，在经营企业为赢利而战的过程当中，能够很好照顾到全社会、全人类的利益，说白了，不能唯利是图。能够把企业利益、行业利益、社会利益协调起来，同行愿意追随左右，消费者拥戴这个品牌，在行业在社会中具有凝聚力、号召力与亲和力。

大责任，是一种大智慧，只有大智慧，才能成就大事业。

中国乳品行业的领头企业蒙牛和伊利均具备这一气质，作为后来居上的蒙牛更胜出一筹。

蒙牛的牛根生在创业之初就把眼光放得高远，他说"小策略看对手，大策略看市场"。他总是站在行业的高度处理企业的发展和竞争问题。

他有一句"名言"："提倡全民喝奶，但你不一定喝蒙牛奶，只要你喝奶就行。"他明白，只有把这个行业的市场做大了，大家才都有饭吃。

他与伊利搞统一战线，认为蒙牛和伊利是兄弟，互相间应相互促进。把统一战线做大了，行业内部规矩了，行业发展了，对自己的发展也有好处。

抱着这样的心态，蒙牛在冰激凌的包装上，打出了"为民族工业争气，向伊利学习"的字样，并向内蒙同行倡导共建呼和浩特市为"中国乳都"。蒙牛的做法，迫使伊利也不得不把注意力从蒙牛转移到整个乳品行业的发展上。

蒙牛与伊利携手，在为内蒙的乳业、中国的乳业发展做出巨大贡献的过程中自身也得到了成长壮大。

案例

1999 年蒙牛创业之初，当年年底实现销售收入 4365 万元，此时伊利的销售额是 12 亿元；2000 年蒙牛实现销售收入 2.94 亿元，伊利是 15 亿元；2001 年蒙牛销售收入达到 8.5 亿元，伊利销售额则一下窜至 27 亿元；2002 年蒙牛达到 20 亿元，伊利达到 42 亿元；到了 2006 年蒙牛实现销售收入 162.5 亿，伊利实现主营业务收入 163.39 亿元。

真是眼界有多宽，市场就有多大。

在蒙牛的追赶中，伊利也得到了长足的发展。有人开玩笑说，伊利也该像自己的对手尊敬自己一样，在产品上写着："感谢蒙牛"。

这就是行业领袖的作用和作为！做大了行业规模，提高了行业集中度，提高了行业的整体水平，拉动了一方经济。

蒙牛一不做二不休，在 2006 年领衔发起的"中国牛奶爱心行动"等社会公益和慈善事业，向全社会倡议"每天一斤奶，强壮中国人"，并带头向全国 1000 所贫困地区小学免费送奶。活动发起后，蒙牛的送奶队伍走过了全国 31 个省市自治区的边远地区，全国已有超过 600 所小学的孩子们感受到了牛奶带去的关爱与温暖。

此事也在社会上产生了极大的反响，不少中外企业纷纷加盟，被媒体誉为"健康希望工程"。不用说，蒙牛更让人尊敬。

拥有大智慧的企业家们明白，多承担一些社会责任其实并没有让他们吃亏。当加多宝集团向汶川地震灾区捐出 1 亿元人民币后，不少销售终端的"王老吉"饮料很快销售一空。消费者以手中的人民币对其勇于承担社会责任的行为投了赞成票。可见，具有社会责任感的企业更容易赢得客户。很多大学生求职者也深深认同这样的道理——"有社会责任感的企业更具雇主品牌魅力，能给我更好的工作发展空间"。可见，具有社会责任感的企业对人才也更有吸引力。

2008 年 9 月 16 日，这一天，被牛根生称为乳制品行业最为可耻的日子。以三鹿为首的中国乳业三聚氰胺结石奶丑闻被全面揭开，伊利、蒙牛等乳制品也因含有微量三聚氰胺而名列黑榜，消费者被彻底惊呆了。在全行业遭遇最严酷危机的时刻，谁能够担当重振行业神威、重拾消费者信心的重任？

危机面前，乳业企业们彻底乱了阵脚，他们本能地拿起公关武器各自为战：有的极力掩饰事实，避重就轻，逃避责任；有的试图择清自己，表明自己也是无辜和受害者；最好的也不过是在传媒中信誓旦旦地表决心。要拯救这个行业，这已经不是哪个企业技术性公关所能解决的。

领军企业此时要从国家信誉与民生大计的高度，做行业的事，扎扎实实做一些实事，喊口号和表决心已经没有人相信了。乳品行业，蒙牛和伊利最有资格担当这个神圣的职责，比如：在全行业引进美国 FDA 检验标准、引入社会（新闻媒体监控）机制；在全国建立食品安全不良反应监测系统（就像药品不良反应监测系统）；联合全社会的食品企业，建立食品安全基金，救助因不良食品而受害的消费者……我们期待着。

真正的企业领袖，必须站在全行业全社会的高度，以常人所不能的远见卓识，以降福大众的大度与品行，并且下属被其超群的德行魅力所吸引而凝聚在一起，谋取全人类的福祉，这才是伟业得以成就的保证。这也正像霸王和帝王的区别：霸王追求一城一池，贪图现实享乐；帝王谋划国计民生，实现长治久安。

2. 推广品类，不排斥竞争

同行不一定是冤家，尤其是已经做了老大或者具有相当实力想做老大的企业，一定不要排斥竞争，要把精力放在推广品类上。

率先开辟新品类或者打出品类代表性品牌的旗帜者，将引来众多跟随品牌。不要怕这些品牌沾光，这些跟随品牌的到来，可以使新品类做得更大，各个品牌都能得到好处，而领先品牌得到的益处最大。

低劣的"卡脖子"式的竞争不应是行业老大所为。在混沌的行业中，谁能先人一步将眼光放远，将行业的盘子做大，为整个行业开辟出道路，解脱参与厮杀的所有企业，谁就将领袖群雄，在相当长的一段时间内轻松领跑。

20 世纪 80 年代初，可口可乐以 35% 的市场占有率控制着美国的软饮料市场，而且所有的人认为市场已经足够成熟，游戏围绕着争夺其余 10% 的市场份额展开。此时百事可乐风头正健，证券分析专家几乎要为可口可乐唱挽歌了。在大家束手无策时，罗伯特·格祖塔（Roberto Goizueta）来了，他的见解振聋发聩："在人们的肚子里，我们的份额是多少？"他问大家，"我不是说可口可乐在美国的可乐市场占有的份额，也不是说在全球的软饮料市场占有的份额，而是在世界上每个人都需要消费的液体饮料市场所占的份额！"他的话让大家恍然大悟，在这个如此大的市场里，可口可乐眼下的市场份额少到可以忽略不计。

罗伯特·格祖塔给可口可乐带来了观念的革新：他们的敌人不是百事可乐，而是咖啡、牛奶、茶、水。可乐行业巨大的市场空间超出任何人的想象，可口可乐拥有无可限量的市场前景。正是基于这种认识，可口可乐调整了自己发展的战略，迎来了它历史上新的发展高峰。

案例

在江中集团健胃消食片的高调推广品类之前，消化不良用药市场简直就像处女地，远未成熟。消化不良用药分为胃动力药和助消化药，在胃动力药上，西安杨森的吗叮啉一枝独秀，而消化酶则是助消化药的代表。消化酶（包括酵母片、乳酶生、食母生）整体品种销量非常大，但在品牌上一片荒芜，"过时、陈旧、没有品牌"是消费者对助消化药品类的印象。

再看销量。作为胃动力药首席代表的吗叮啉，虽然以年销量五、六亿元遥遥领先，但还是矬子里的将军，与整体消化不良用药市场份额比，所占份额相当有限，与"领导品牌"极不相称。吗叮啉通过医院渠道走专业路线，其销售区域主要集中在江浙、广东等经济相对发达地区，留有大量的市场空白；在助消化药阵营里，江中健胃消食片当时年销售额约为1亿元，是助消化药里最好的，其次，地方品牌只有两广的保济丸、山东的小儿消食片等在当地有一些影响力。也就是说，江中健胃消食片所在的市场，从品类角度上看，简直就是如入无人之境，是一个大品类中的大市场。此时，江中集团只要树起品类的战旗，以日常助消化药品类代表的身份出场，一定会占据品类的制高点，成功树立"日常助消化药"第一品牌。

江中集团董事长钟虹光力排众议，决定在2002年大投入，全力推广江中健胃消食片，打响品类品牌抢位战。

江中集团在渠道上，寻找市场薄弱点、空白点，健全地级市场网络，重点地区增设地区经理；健全县级市场客户网络，由地区经理管辖；各级渠道专项促销活动配合和支持。

在广告传播中，江中集团运用"名人代言"，启用了具有亲和力、"风趣而不落于滑稽"的郭冬临，以期用名人拉升知名度。2002年，江中集团广告以投放超过1个亿的力度，在央视及各省级卫视全面开花，黄金时段铺天盖地，一时间"江中牌健胃消食片"如雷贯耳，知名度迅速打开，市场迅速扩大。当年，江中牌健胃消食片的销售额攀升到4亿多元。

江中健胃消食片的品类品牌大旗刚一擎起，立即引得众多同行对"助消化药"市场的关注和投入，纷纷跟进。其中有武汉健民的健胃消食片，有哈药六厂的乳消牌健胃消食片等。结果，相似品牌的跟随并没有影响江中集团做老大，江中健胃消食片只用了两年就将年销售额从1亿元猛增到7亿元，洞穿了OTC类单一药品年销售额不过6亿元的行业魔咒。

从做大品类做大行业的角度讲，所有同一品类下的竞争品牌都是盟友，都站在同一阵营，共同抢夺着消费者对其他品类的注意力。正是这种协同效应能够将整个品类打造成众所周知的主流产品，所以，不能一概排斥竞争。

康师傅、娃哈哈系列果汁饮料、汇源真鲜橙、可口可乐美汁源果粒橙、农夫果园等品牌的涌现，表面上侵犯了统一鲜橙多的市场，但是如果没有它们的介入，低浓度果汁品类不会这样"旺"，领先品牌统一鲜橙多也不会像现在这样成功；如果没有激活、尖叫等品牌的跟风，维生素水品类不会得到那么大的关注，脉动也不会有现在这么好的销量。

很多企业之所以做不大活不长，其中一个重要的原因就是，它们希望行业里的竞争对手都死掉，只剩自己。但是没有同行就不会造就广泛的消费市场，就极难培养出消费习惯和消费潮流。而没有消费的市场，企业怎么活？

当年长虹囤积上游原料彩管，想借此饿死同类企业，结果激起全行业的强烈反响，最终，长虹的目标没有实现，反而由于高价囤积彩管给自己带来了负担，被压得好久喘不过气来，赔了夫人折了兵，其声誉在行业中降至最低点，从此，长虹再也没有回到老大的位子上。

二、树立行业标杆，做规则标准的主人

1. 创造机会，改变规则

全世界对中国乒乓球的强大没有办法，国际乒联为了改变中国"独霸"乒坛的局面，好让别国也能有机会获得冠军，只好频频改变规则。小球改大球、变21分制为11分制、禁胶等等，这些规则的变化，或多或少地对中国乒乓球产生了不利影响。规则和标准的改变对老大的影响最大！

曙光集团董事长说："创新的核心不能沿着行业领袖的脚步亦步亦趋。如果我们追随跨国公司的战略，我们永远也不会赶上它们。在同一个方向上，我们无法超越它们。当行业出现重大的技术变革的时候，我们选择在另外的方向上突破，可能更容易取得成功。"

技术换代、产业升级的机会不是说有就有的，可遇不可求。怎么办？

没有机会创造机会！学习国际乒联，现在的玩法玩不赢就换一种玩法，改变规则！谁最早创造和领悟新的游戏规则，同时培养出新竞争环境下的核心竞争力，谁就能在下一轮竞争中取得主动。

案例

我们知道，相对于西门子、爱立信这些拥有数百亿资产的百年老店，华为刚开始就是一个可以忽略不计的"未成年"，它在传统市场上几乎没有市场份额。华为如何超越？按照西门子、爱立信的足迹追赶吗？华为不会有希望。因为西门子也好，爱立信也罢，不会自己革自己的命，它们一定会按照自己的线路逐步升级，让原有的客户接着买产品。华为怎么办？华为选择了颠覆。

华为为自己创造了两个机会，一个是光纤技术，一个是R4软交换技术。它像两个墙头，华为翻过了它，一举切入到了产业的最前沿。

华为在推广自己开发的程控交换机时，由于跨国公司非常强大，华为只能选择在对手暂时无暇顾及的农村市场开荒。中国农村市场空间广阔，但是由于地形复杂多样，传统电缆成本高、维护复杂，很难实现大面积覆盖。华为决定走别人未曾走过的路，将当时最先进的还没有完全商业化的SDH光传输技术用到了这个领域。即用大的光传输，把信号送到乡，从乡到村再用无线传输，结果，这套方案非常实用，得到了广泛推广，包括后来的"村村通"项目。

如果说光纤技术是硬件颠覆性技术的话，那么它的最终实现靠的是华为R4软交换技术，这更是一项颠覆性技术。

R4软交换技术就是，无论你是什么网，过去用的硬件无论是诺基亚、西门子的，都没有关系，也无论是2G、3G或是从2G到3G，完全能够通过R4软交换实现。

如今，华为在全球3G新增市场的份额持续上升，已超过31%。在移动软交换市场份额达到43.7%，居业界第一。在3G到来的时候，华为实现了任正非十年前发出的誓言：世界通信行业三分天下，华为占其一。

·· •

我们不仅要善于发现机会，我们还要善于创造机会，主动出击，率先
改变规则，破坏原有市场格局，以一种新的姿态重新制定行业标准或者竞
争秩序，让原来的老大不适应，自己借机做老大。

国美、苏宁颠覆了传统家电零售行业的运营规则：在采购上抛开代理
商由厂家直供，低价"出货"，采用大批量包销定制获得优于传统家电零
售终端的进货资源。它们一路开店，一路搅局，是个十足的坏孩子，但就
是这样的坏孩子从小舢板成长为家电航母。

老百姓医药连锁是个"坏孩子"，它神秘地绕开代理商，从医药生产
厂家直接采购，引发医药终端零售价格"地震"。

小灵通是个"坏孩子"，没有"移动牌照"却拼力低价疯抢中国移动、
中国联通的用户。

奇瑞、吉利是个"坏孩子"，它们不信国有和跨国企业为了独享市场
说的"利润微薄"的鬼话，采用先"借腹生子"，后上户口的办法，硬是
在夹缝中成长壮大。

奥克斯空调是个"坏孩子"，通过"爹娘革命"、"空调成本白皮书"
等事件行销手段把空调成本、价格曝光于天下，终于在 2002 年"挤"入
空调"五强"行列……

宏图三胞是个"坏孩子"，以 WDM（W——沃尔玛，D——戴尔，
M——麦当劳）模式使通讯数码产品价格不断"跳水"，成为数码产品的
"终端王子"。

与其说它们是行业规则的"破坏者"，不如说它们是"创新者"，改变
规则为己所用，成为新规则的主人。

2. 抢市场，让全行业不得不用事实做标准

提起秦始皇最伟大的成就，人们往往最先想到的是长城，其实，他做
得比修长城更伟大的贡献是统一度量衡。只有在度量衡统一之后，国家才

得到了空前的统一和强大！

行业老大、品类老大也是一样，老大应该树标杆，树行业标杆、品类标杆，成为规则的制定者和垄断者，唯此，才能稳立潮头，引领行业走向。

标杆是什么？标杆就是全行业必须（或者说不得不）向我看齐的规范和标准！

● 把生米作成熟饭。

怎样才能成为规范和标准的制定者呢？要领导指定你来制定吗？做梦吧！那是计划经济时代的事了，市场上没有人会主动请你来制定，此等好事要拼死相争才能得到。

抢市场，将生米作成熟饭，用事实说话，让全行业不得不用事实做标准。

从技术角度看，微软视窗（Windows）操作系统并不是一种了不得的技术，市场上经常看到的破解版和微软总也补不完的漏洞补丁就是证明。但是为什么只有微软成功了？因为比尔·盖茨最先敏锐地察觉到了这个行业"只有第一，没有第二的"特性，他深知，标准与规则对于电脑操作系统市场的重要性如同人的生命。

比尔·盖茨快速下手，通过一系列强有力的市场推广手段，抢市场，广应用，在 Windows 平台上积累了一大批应用软件，有了大批用户，使其应用程序接口成为事实上的标准。至此，马太效应出现，其他操作系统很难再取代它，此时对手无论拿出多么完美的软件都回天无力。在之后的日子里，全行业和消费者只能听任微软牵着鼻子走，你怨声载道也无济于事。这种地位不是哪个公司可以撼动的，甚至国家对它也奈何不得。

标准的形成不在于你的技术有多高级，原创也不是什么关键，比技术和原创更重要的是要更多的人应用！当你的技术成为事实上的标准之后，其力量比法律力量还要强大！这又是一种"先者生存"。

在 2008 年尘埃落定的高清 DVD 的标准之争也非常典型。

新一代 DVD 格式有两支主导力量，一个是索尼推出的蓝光 DVD，一个是东芝研发的 HD－DVD，两种制式互不兼容，互不相让，两大阵营在高清 DVD 市场上上演了对决之战。

为了在竞争中取得主导权，2002 年，由索尼牵头，飞利浦、松下加盟成立了蓝光协会，希望在硬件支持方面压倒 HD－DVD，而东芝则基本是孤军作战，直至随后获得 IT 巨头微软支持，阵容才有所增强。

在得到最关键的好莱坞片商支持上，索尼占了先机。索尼本来就是好莱坞六大制片商之一，而东芝一时间两手空空。

由于蓝光 DVD 技术开发较 HD－DVD 晚，因此，在播放器和电影的数量、普及面上，一开始 HD－DVD 领先于蓝光。但是没有过多久，蓝光阵营的合纵连横效应开始显现，特别是索尼在娱乐消费领域的巨大优势，让蓝光 DVD 迅速进入并站稳市场。

正当两大阵营的竞争陷入胶着状态之时，蓝光阵营的领导者索尼作出了一个打破僵局的决定：在其最新主打游戏机 PS3 内嵌蓝光 DVD 光驱。

索尼的这款 PS3，既可以玩游戏，又可以看高清碟，从而让蓝光格式借此潜入市场。这是抢占市场、让事实变标准的高招，也是一场冒险的豪赌，但是索尼赌赢了。

内嵌蓝光 DVD 光驱的索尼 PS3，使僵持近一年的两大阵营力量均衡的局面打破，PS3 成为压垮骆驼的最后一根稻草。蓝光 DVD 在声势与影碟销售上从弱势转为领先。

持续了近两年的 DVD 标准之争，最终以早已在娱乐消费领域布局的索尼胜出而告终，这是使用者的投票决定的胜负，这也是 HD－DVD 失败的重要原因，DVD 产业的蓝光时代正式来临。

谁有事实上的市场，谁就拥有标准！

从微软和高清 DVD 的例子中我们看到，将生米作成熟饭，让市场的事实成为标准是何等的重要，这是现代市场条件下标准形成的重要规律。

山东东阿阿胶集团从上个世纪 80 年代开始严格企业内控标准，并和国家有关部门联合探索、攻关和升级制胶技术和工艺。当成为阿胶类产品的绝对老大、占有国内市场 75% 和国外市场 90% 的市场份额后，因为质量和市场领先，企业标准直接成为国家质量和工艺标准，入选国家药典。此举刷掉了一大批"浑水摸鱼"的小企业，东阿阿胶集团得到长足发展并始终领跑中国乃至国际阿胶行业，连续 7 次荣膺"中国最具发展力的上市公司 50 强"称号。

* 将黄金标准据为己有。

对于许多事物的好坏评判，很多时候其实在大家的心里存在一个公认的标准，我把它称之为黄金标准，比如说一个优秀教师，大家共识的标准是，知识丰富，专业精通，寓教于乐，富有爱心，而像在地震时自己先跑的老师"范跑跑"就会被唾弃。

什么是好中药，当然是药材地道的才是好中药。我们的年度服务企业河南宛西制药将这个黄金标准据为己有，说"药材好，药才好"，同时，整合中药历史资源，抢注仲景商标，将消费者心中的黄金标准一股脑儿地与宛西制药画上了等号。结果，宛西制药的"仲景牌六味地黄丸"一飞冲天，成为品类老大。药材好，药怎能不好？谁能比张仲景正宗？宛西俘虏了消费者的心。

许多企业已经在利用这个规律，占据消费者心智资源中的黄金标准：专业设计最好用的电脑：苹果电脑；最轻薄的液晶电视：三星；最炫的视听播放器：ipod；最好的牛奶：来自草原的蒙牛、伊利……

知识产权比知识本身重要，技术标准比技术本身重要，拥有消费者心中标准比实际标准重要。

中国为什么要加入 WTO，一方面是会得到贸易上的利益，更重要的是我们会获得在制定世界贸易规则时的发言权。这个比利益更重要。

任何一个时代的财富英雄，都是在那个时代即将来临的时候，深刻洞察并紧紧抓住那个时代所赋予的历史机遇，制定那个时代某个行业或领域的"规则"，然后不惜一切代价而行之，方成天下英雄。

> 技术、功能、质量、价格、服务不是不重
> 要，但只有老大控制了标准，才有话语权，
> 才有主动权，也就有了更强的竞争力。

比尔·盖茨制定了信息化时代计算机操作系统行业的"规则"，IBM制定了信息化时代计算机硬件行业的"规则"，沃尔玛制定了工业化时代商品零售领域的"规则"，麦当劳制定了工业化时代快餐饮食行业的"规则"，阿里巴巴制定了信息化时代中小企业电子交易平台领域的"规则"，Google 制定了信息化时代搜索引擎领域的"规则"。可口可乐、夏普、索尼、飞利浦……用它们超乎常人的智慧眼光，审时度势，以其超人的智慧制定某个行业或领域的"规则"，从而聚起世界级的财富。

3. 创新引领，让全行业跟着你跑

炊具行业老大苏泊尔，以自己超越于同行的核心安全技术，在 1995 年配合国家相关部门推出新的压力锅标准，并在行业内先行一步执行。仅此一举就刷掉了一大批产品低劣的竞争对手，纯洁了行业，苏泊尔在压力锅市场迅速崛起，成为炊具行业公认的第一品牌。

接着，苏泊尔在行业内首创"超微晶化"不锈铁锅技术，既解决了铁锅易生锈的难题，又保证一定量的铁离子析出，既洁净又健康，为铁锅带来了一次革命！世界卫生组织向全世界推荐来自中国的苏泊尔铁锅。

苏泊尔的创新，让全行业忙不迭地跟着它跑，而它自己却一切尽在掌握中。

> "变则通，通则久，是以自天佑之，吉无不利。"
> （《周易》）——善于变化才能得天地之佑。墨守成
> 规只能原地踏步，大胆创新方能基业长青。

波司登深知这一真谛，通过大胆突破与创新，在羽绒服行业一路领跑，连续 12 年全国销量遥遥领先，旗下的雪中飞、康博、冰洁等品牌也占

据了行业第 2、5、9 名的位次，形成了强大的"波司登品牌联合舰队"，创造了神话。

波司登品牌从诞生到成为行业老大，突破了国内外各个强大品牌的攻势，最后形成"波司登版图"，其力量就来自于"三次创新革命"：

（1）"轻薄革命"：上世纪 90 年代中期，波司登率先把时尚化、休闲化、运动化设计理念引入羽绒服行业，改变了羽绒服臃肿、单调、不透气的传统，赋予了羽绒服"轻、薄、美"的新概念。从此，波司登不仅一举成为了领军品牌，而且对全行业形成了示范和引领效应。

（2）"绿色革命"：2000 年开始，波司登在业界掀起"绿色风暴"，推出了绿色环保型羽绒服、生态抑菌型羽绒服，充分迎合了现代人对健康的重视，对环保与时尚的偏爱。从此，波司登与国际市场接轨，中国的羽绒服走向了世界。

（3）"科技革命"：波司登与中国科学院等单位一直保持着密切的合作，2004 年率先将"纳米技术"运用于羽绒服，全球第一款中科纳米·抗菌羽绒服问世。这种羽绒服具有拒水、拒油、拒污、抗菌、防霉、除异味和自洁净功能，又一次推动了羽绒服行业的升级换代。

创新，是波司登保持品牌活力的关键，使波司登实现了一次次的飞跃。同行都在研究波司登，但永远不知道波司登的下张王牌是什么，只能跟在它的后面跑。我们有理由相信，只要创新，波司登的这一纪录还将继续保持下去。

● 第四章

瞄准龙头，以长击短——做老大路径之二

在行业中、品类中已经有了老大怎么办？颠覆它！

世界万物是一个环形的链，就像生物链一样，没有绝对的强者和永远的老大。

正因为再强大的对手也有弱点，再小的弱者也有强项，所以世界才会不停地变化并且如此丰富多彩，才会给弱小者提供颠覆老大的机会。

一、瞄准龙头的弱点，实施颠覆

1. 对方的失误，是自己的机会

在顶尖级体育比赛中我们经常看到，比赛双方的实力与水平早已难分伯仲，那么比赛比的是什么，比的是谁不犯错误或者少犯错误，比的是一旦对手发生哪怕是一点点失误，立即抓住不放，而自己只需发挥正常，凭借一点点优势就足以胜出。

图谋老大的企业，要密切关注先行者们的行为，从中发现其失误或者犯错的征兆。一旦发现，就应该迅速采取有效的措施，扩大挑战者的成果，最后取代先行者的地位。

案例

联想集团在全球个人电脑市场，正在谋求领导者地位，除自身努力之外，还需要戴尔、惠普们的"配合"。

57

戴尔被称为"那是一家没有文化的公司，除了销售额，什么都没有"。为了销售业绩，大家会不择手段，于是出现了"邮件门"事件（戴尔公司一员工在邮件中试图阻止客户购买联想电脑，称"购买联想产品，就等于支持了中国政府"）。

该恶劣行为经媒体曝光后，在全球掀起轩然大波，戴尔形象陡降，与之形成鲜明对照的是，联想被普遍认为是一家"有思想，有文化，有追求"的公司，代表着未来。"邮件门"事件之后不久，2006 年 8 月戴尔中国总裁兼亚太区副总裁麦大伟"投诚"联想，担任联想亚太地区总裁、联想集团高级副总裁，负责亚太地区包括销售、市场、运营以及服务与支持在内的所有面向消费者的业务，麦大伟等人成为联想海外战略新一轮的发动机；短短两周，戴尔又有 4 名亚太高管同样选择了"倒戈"。

目前，联想在戴尔后院美国市场已全面发力，戴尔亚太高层一连串的震荡，不用怀疑，一定会相对提升联想在海外市场的能力，为联想的进攻带来胜利的机会。

这些年，惠普也非常"配合"，不断地在"帮"联想的忙。惠普从卡莉·菲奥莉娜时代就没有破案的"泄密"内耗事件，延续到了邓恩这里终于演变成"电话门"丑闻。邓恩在接替前 CEO 卡莉·菲奥莉娜上任后，聘请私人侦探非法获取董事及记者的电话记录，以追查公司反复出现的高层会议泄密事件。泄密"主犯"查出来了，但是，长着满头金发的 60 岁邓恩也付出了惨痛的代价，由于采用的是非法调查手段，这位惠普全球董事长则不得不以离职了结她一手导演的"电话门"事件。"电话门"使惠普董事会近年不断地内斗曝光于大众，令这家企业面临着数十年来最严峻的信任危机。

而在戴尔、惠普麻烦不断的时候，联想却向全球大举进军，在其后不久的 2007 年 9 月 30 日，联想宣告并购 IBM PC 成功，成为全球第三大 PC 公司。

···

有时候，领先者的失误或犯错是挑战者成功的唯一原因，挑战者千万不可错失这样的机会。

领先者的失误和短板有两种：一是领导者实力强大掩盖了短处，二是领导者市场地位高所引发的短处。针对这两类短处发起进攻，领导者一般无还手之力，因为这时的领导者陷入一种两难困境：如果反击，就会伤害自身。最经典的案例是百事可乐针对可口可乐经典形象的攻击，戴尔电脑针对所有依靠分销体系的个人电脑制造商的攻击。

在中国市场上，双汇颠覆春都也是这样的经典案例。

🖋案例

1992年当双汇介入火腿肠行业时，春都已经霸占火腿肠行业六年，是绝对的老大。1997年亚洲金融危机爆发，市场突然紧缩，火腿肠行业降价声一片，但当时的行业龙头春都不降。表面上春都自恃强势品牌，不降价照样能卖货，而实际上，由于它产品单一，降价就意味着降利润，春都的软肋暴露无遗，这个机会被双汇抓住了。

双汇与行业一起坚决降价，但是同时强力推出高档新产品"王中王"。由于新产品没有对手，属于高价高利润产品，双汇用"王中王"的利润支持普通肠打价格战，结果，低端产品赢得了市场，高端产品赢得了利润，春都无法接招儿，从此一蹶不振，双汇成功篡位。

基于有过颠覆老大的历史，双汇提出"要让对手高不可攀"。后来，双汇一直坚持与对手保持差距在一倍以上，坚持行业通吃，在"厨房里面闹革命"，构筑起产业链竞争优势，尤以创导"冷鲜肉"令人瞩目，还进入了高端的低温肉制品市场，以此避免了单一行业单一品类的竞争，让后来者一直追赶不上。

🖋案例

当爱国者进入MP3市场时，日韩企业已经盘踞其中，华旗资讯瞄准行业龙头弱点，推出领先一步的差异化产品，跨越了韩流，实现了超越。

当时垄断市场的韩国 MP3 在使用时需要安装驱动程序，还要有专门的电脑连接线，这让使用者很是头痛。这些老牌企业认为：这不是它们的责任，以后微软自会解决。这个机会被华旗资讯抓住了，它们将 USB 的移动存储技术嫁接过来，直接加入到 MP3 播放芯片中，实现了 MP3 即插即用，不用说，省去装驱动程序麻烦的爱国者大受欢迎。2002 年 8 月，爱国者经典 MP3V 系列诞生，仅过了八个月，爱国者 MP3 市场占有率就超过了三星。之后，华旗资讯在该领域一路领先，它们率先推出彩屏 MP3、MP4 和"月光宝盒"等拳头产品，连续三年销量第一，奠定了华旗资讯在数码视听领域的老大地位。

2. 找准大象的鼻孔

领导者无论多么强大，都会有自身的短处存在，这就像大象的鼻孔。小蚂蚁不用自卑，只要找到大象的鼻孔，钻进去，蚂蚁就能战胜大象。

垄断行业中能够打得进来吗？

大家知道，与行业老大抢饭已经相当不容易了，如果你面对的是垄断行业，想往里挤会如何？在全球一家独大的无菌包装行业里，本土企业照样找到了大象的鼻孔，他就是无菌包装行业的泉林。

 案例

说起无菌包装，有的人可能还有点犯憷，一提起蒙牛液态牛奶像小枕头一样的包装，大家就全明白了。就是这种包装，来自瑞典的全球著名利乐公司，一个业外人士大多不知道的跨国公司，隐藏在饮品公司的身后闷声挣大钱，在中国无菌包装行业竟然占有 95% 以上的市场份额，被泉林包装董事长洪钢称之为"唯一的存在"。

知己知彼，方能取胜。行业垄断型企业，最怕的是那种不信邪的人，这种人能够耐得住寂寞，潜下心来捉摸你。洪钢就是这样的人。

利乐在广告中称"拥有5000多项技术专利，并有2800项正在研发和申请当中"。其实这是"遮人耳目""转移视线"的营销伎俩，核心技术并没有在这里。泉林研究发现，利乐在四十多年前起家缘于一项瞩目的发明，之后成功的关键是，在专利之外构建了一整套"高不可攀"的进入壁垒，以此坐享垄断收益。

为了使客户对利乐产生依赖，利乐推行"全面客户解决方案"，利乐公司的罐装机上的电脑只识别利乐纸质材料上的密码，用其他公司的包装纸，罐装机就不工作。说白了，利乐玩的是捆绑销售，拒绝拆零。它们将昂贵的包装机械低价销售给客户，同时约定，客户必须在若干年内按照约定价格购买约定数量的包装材料之后，设备才归客户；甚至在一些合同中还订有"客户不得在未来若干年内购买第三方包装材料"的条款。此招数从头到尾地把竞争挡在了门外，从而客户成了利乐的"长工"。

利乐在中国建立了800多条生产线，客户包括伊利、光明、三元、蒙牛、娃哈哈、汇源等中国的乳业及果汁饮料行业巨头。这些生产线不停地开工生产，利乐源源不断地向它们提供利乐包装纸，就源源不断地赚钱。利乐的盈利几乎全部来自于包装纸的销售。这就是利乐赚钱的秘密！

利乐的秘密瞒不过洪钢透视般的眼睛："我要打破这种用'垄断'构筑的虚假优势！"

从哪里下手呢？无菌包装行业的产业链包含三大块：无菌包装机械、无菌包装材料以及售后技术服务和零备件供应，利乐公司只在无菌包装机械和零备件体系上具备一定优势，包装材料的劣势被利乐掩盖了起来。再仔细分析用户乳品企业的成本结构，包装材料的成本竟然占了产品总成本的40%～50%。以250ml牛奶为例，牛奶的成本大概是0.45～0.55元，而包装材料的成本居然也接近0.5元。牛奶是资源性农产品，价格是呈刚性上升的，乳业能够减成本的地方只能是包装材料了。每个无菌包装盒每节约1分钱，对于企业而言一年就是几千万的净利润！中国乳业激烈的竞争，微薄的利润，使企业对包装成本降低的需求非常迫切。

洪钢找到了蚂蚁挑战大象的象鼻子口！从包装材料上突破！

2005 年 5 月，以目光犀利著称的鼎晖国际基金斥资数千万美元成为泉林包装的战略投资者。鼎晖是通过投资蒙牛乳业才得知泉林的。鼎晖对泉林包装的投资打破了不投资亏损期企业的惯例，显然是看好泉林的未来。2006 年一家更大的国际基金也投资了泉林包装。

目前，国内乳品企业选择泉林包装的年销售量已经突破了 20 亿包。

2004 年在上海浦东举行的国际包装展览会上，泉林展出他的"无菌枕灌装机"，向包装机械挺进。从此，泉林也具备了向企业提供以灌装机和包装材料为载体的全面解决方案的能力。相信不久，泉林将与垄断老大利乐展开全面的竞争。

正如 2006 年 CCTV 中国经济年度人物候选人推荐辞对洪钢的评价："泉林包装把竞争带进了无菌包装行业，向外商的一统天下发起冲击。""改变过去没有选择的时代，给您带来了更多的机会和无限可能！"这也是泉林包装的广告语。泉林就是中国的利乐，已经不容置疑，泉林也是世界的泉林，我们有理由期待。

> 凡用兵者，攻坚则韧，乘瑕则神。攻坚，则瑕者
> 坚；乘瑕，则坚者瑕。　　——《管子·制分》

最近，原来躲在食品企业后面悄悄赚大钱的利乐也做起了广告，不知是为了讨好中国媒体和消费者以消除涉嫌垄断的影响，还是主动争取成长型中小企业客户，反正利乐再也不能高枕无忧了。

二、瞄准原老大的长脖子，与其对着干

企业越来越成熟，经营越来越完善，给我们发现并抓住对手弱点和失

误的机会越来越少。龙头企业、标杆品牌，如果没有明显的弱点供我们利用，怎么办？

老大的优势与长项是其"软肋"，与它对着干，你有可能成功。发现老大的优势和长项，把它的优势与长项当作劣势，与其对着干，就会拥有地位。

注意，这里说的是对着干，不是比着干。

为什么要对着干不是比着干？

第一，老大的优势和长项，要实现追赶和超越谈何容易！就算你追赶得上也不会有多少人相信和买账。老大的优势和长项越是明显、越是深入人心，追赶的策略越是没有希望奏效。就像你要表白自己的烤鸭比全聚德还正宗一样，不会有人相信。

第二，老大的对立面是老大力量最薄弱的点。如果你站在它的对立面，老大对你则无能为力。因为老大的优势和长项是不能改不能丢的，一改就不是它了。所以，老大的优势和长项是它的"命门"，老大越是强大，特点越是鲜明，挑战者越容易在它的对立面找到机会。

第三，对着干可以让挑战者借老大之力在市场中轻松建立地位。因为当消费者对老大熟知时，对老大的对立面是什么等于一点就通。

案例

百事可乐是一个最典型不过的好例子。由于百事出生晚，不幸地要与比自己早生12年的世界上最出名的可口可乐竞争，百事一开始是以可口可乐的廉价代用品出现的，这很像我国本土企业常用的套路。

百事针对可口可乐6.5盎司的包装展开推广——"百事可乐真正好，12盎司装得满！一分钱，两份货，你的饮料百事可乐！"这对于领导品牌来说太好办了，在百事推出12盎司的罐装可乐后，可口随后就撤掉了6.5盎司的产品，推出与百事相似的包装，优势又重新回到可口可乐一边。

真正使百事可乐得以长足发展的，是后来它发现了一个可口可乐所不能复制的"对立"战略——年轻人的可乐。由于可乐是可口可乐首创，它自然地被公认为是经典的老牌的。它拥有100多年的历史，它的配方全世界只有7个人知道，至今仍被锁在亚特兰大某个地方的保险柜里。百事这回站到了可口可乐的对面，将自己定位为"新一代的选择"。可口可乐能够说自己不经典吗？不能，可口可乐只好看着百事招呼着年轻人踏上腾达之路。

按照老大的优势所做的提示来瓜分世界吧！承认老大的优势！强化老大的优势！将自己置于老大的对立面，你才有望把它剩下的生意全部争取过来！既然老一辈的人喝可口可乐，年轻的人喝百事可乐，那谁还会喝皇冠可乐（Royal Crown）呢？

百事可乐曾经弱小得三次请求可口可乐收购，而"新一代的选择"却把对手逼得阵脚大乱，甚至一度连自己为之骄傲的神秘配方也不想要了。可见，对着干的力量有多么强大。如今，百事可乐已经与可口可乐平起平坐。

中国电视传媒谁最大，毫无疑问是中央电视台。它是中国唯一的国家级电视传媒机构，是权威、正统的象征，具有某种垄断性质。它与地方卫视的地位能够改变吗？绝对不可能，中国政体不允许它改变。在这种情况下地方卫视怎么办，难道永远生活在央视的巨大身影之下吗？不，湖南卫视与央视对着干，率先开辟出属于自己的一片蓝天。

案例

央视是权威的、正统的，当湖南卫视把这些优势当作劣势的时候，它们的思路豁然开朗。地方卫视在权威、正统上根本没有可能超越央视，那么，它的对立面是什么？是活跃是娱乐！这也正是央视的"软肋"，是最不可能以此定位的。

于是，从1997年起，湖南卫视陆续推出了《快乐大本营》、《玫瑰之约》、《晚间新闻》、《新青年》、《音乐不断》、《今日谈》等一系列名牌栏目，在全国掀起"快乐旋风"、"玫瑰花香"。

2004 年，湖南卫视首开"大众娱乐"之先河，隆重推出"快乐中国超级女声"活动，从此，"草根明星"，"互动式娱乐""海选"等"全民参与，大众娱乐"席卷全国。

至此，湖南卫视"以娱乐、资讯为主的个性化综合频道"的定位形成，"青春、靓丽、时尚"的品牌形象清晰在目。

根据央视市场研究股份有限公司和央视—索福瑞的统计，2004 年湖南卫视各项指标全线飘红，全国平均收视率排名位列包括央视在内的国内所有卫星频道第六名、省级卫视第一名；全国频道收视排名前30 位中，湖南卫视占据了 10 个；湖南卫视的观众满意度、渗透率、期待度、栏目竞争力、人气指数等各项评价指标，全都名列省级卫视第一。

除常规节目之外，湖南卫视还承办一年一度的中国金鹰电视艺术节，出品摄制了传奇大戏《还珠格格》，进一步强化了湖南卫视"中国第一娱乐电视"的定位。

· ·

记住，对手越强大，特点越鲜明，越是深入人心，用对着干的方法竞争对挑战者的帮助就越大，就越容易成功！

多年以前，通用在电力业的配电变压器品类里是领导品牌，它们生产断流器与保险器分开的产品。西屋电器（Westinghouse）于是与之相反，把电压和电流保护两者结合在一起，推出了"全自保变压器"（Completely Self Protecting，CSP）。

通用没有封锁西屋的竞争行为，而是任由它对立存在，只是强化自己的理由："断流器与保险器分开会更有效"。但很显然，组合件更为方便，结果西屋电器虎口拔牙，一举扳倒了横行天下的通用电气，成为了第一品牌。

CSP 变压器真的是不是更好？这已经不重要！但它的定位与通用不同，站到了领导者的对立面，这是后进品牌最为可行的战略！

海尔进入美国市场时面对的是通用、惠而浦（Whirlpool）和美泰克

65

（Maytag）等本土大品牌，而自己没有一丁点知名度，消费者甚至连 Haier 这个词怎么念都不知道。海尔美国贸易公司建立后，张瑞敏一直在冥思苦想怎样才能真正打入美国的主流市场。

海尔通过调查得知，当时在美国市场，200 升以上的大型冰箱被通用、惠而浦等企业所垄断，160 升以下的冰箱销量较少，通用等厂商认为这是一个需求量不大的产品，没有投入多少精力去开发。然而海尔发现，美国的家庭人口正在变少，小型冰箱将会越来越受欢迎，比如独身者和留学生就很喜欢小型冰箱。海尔没有与惠而浦、通用、美泰克等主流产品比着干，而是独辟蹊径，推出 50 升、76 升和 110 升三种规格的小型冰箱。

海尔推出的小冰箱，不仅很快获得消费者的青睐，也折服了美国最大的家电零售商沃尔玛。2003 年，沃尔玛开始销售海尔的两种小型电冰箱和两种小型冷柜。目前，海尔小冰箱在美国市场上的份额已达一半以上。

正是"对着干"的小冰箱策略，让海尔冰箱在最难啃的美国市场站住了脚。现在，海尔正在谋划乘胜追击：收购通用全球家电业务。这又是一起"蛇吞象"的典型案例，我们拭目以待。

在已经有老大的市场里，许多人不知道这在绝大多数情况下是一场"对着干的战争"，总以为是比赛，只要做得更好就一定能赢。

人们陷入了这样的误区：领导品牌能做到最大，说明它们的方法好、有效。为什么不学习，让我们做得更好呢？

这样的想法，其错误在于，你误入了领导者倡导的标准和轨道，成为领导者的跟随者和模仿者，失去了发展出自己战略的机会。这种情况胜算很低，因为你这是在和对手已经成功成熟的长项比赛，结果可想而知！

在我国正在重演这种故事。

飘柔是领先的品牌，可是丝宝集团大力度推出的洗发水，请出当红明星舒淇却说："一顺到底才叫爽"。在消费者看来，飘柔才是顺爽，结果"顺爽"不过是模仿飘柔品牌而已，再大的投入也只是热闹一阵子。

承德露露先入为主，成为杏仁露第一品牌，怎么做才能与承德露露竞争获得一席之地呢？很可惜，我们至今尚没有发现对立者出现，包括宗庆后所操作的娃哈哈杏仁露也没有找到破解路径，所以，承德露露至今一家独大。

在已经有绝对老大占据的市场里，在老大特点鲜明的市场里，要想成功地与领导品牌展开竞争，正确的做法就是站在它的对立面，向顾客提供不同甚至是相反的东西。标榜自己能比对手做得更好，能够解决对于解决不了的问题。

总之，如果一个品牌要想后来居上成为领导者，最佳的做法是找到最主流的品类代表和已经在人心中形成的固有概念，对此发起冲击，就像凉茶冲击汽水一样（汽水是外解渴，凉茶是内去火）。根据这个逻辑，激活、尖叫等品牌的做法不是最佳，它们只是强调产品的独特性，没有联想，没有对比，也就是没有参照物，完全从零开始建立产品属性和概念，要想成为主流产品实在是难上加难。

三、趁原老大的成功模式老化，伺机赶超

成功，有时是成功者的绊脚石。

成功者的经验、模式无疑是宝贵的，但是，正是因为企业是靠这些成功的，企业在未来的竞争中，又往往被这些东西所累。在局势已经发生变化了的时候，老牌的成功企业凭经验办事、固守模式、不思创新等问题开始出现。颠覆者的机会来了！

三星和索尼的起落最能反映这种变化。

索尼的成功在于它独有的战略：针对不同顾客生产不同的电子产品，然后高价销售，强调产品技术的原创性，索尼对产品细节有一种近乎狂热的追求。

索尼模式高度依赖设计师的天才而不是有效率的设计和研发管理，

它过度追求细节完美，步调缓慢，其研发出来的产品虽然经典，但经常与消费者需求产生落差，而且成本居高不下，像一个垂暮的老人。

三星敏锐捕捉到数字技术时代新技术更新加速的特征，产品开发的重心从提供新功能、完善细节，转向快速推出新产品、快速满足消费者当前的需求。为此，三星把非核心部件和下游业务转移或外包到低成本区去做，采用的是采购——制造——销售全球化战略，大大加快了新产品推出的速度和密度，有效地压缩了成本。这时，索尼的步伐显然已经跟不上了。日本本土的生产成本比周边地区高出 5 倍之多，在这样一种巨大的成本落差面前，任何增收节支、开源节流、提高效率的管理手段都是杯水车薪。有多少人会想要一件经典但是落伍的电子产品呢，于是三星成为数字时代的新贵。

案例

当中国燃气热水器市场"神州"、"万家乐"二雄厮杀得难解难分时，与万家乐同处顺德的万和创始人卢氏三兄弟还在创业初期，正在幕后为万家乐做着热水器的配件。在做配件的过程中，万和看准市场空间，成功研制出新一代技术，并且向万家乐推荐，结果惨遭拒绝。万和猛醒，为什么总是为人作嫁，何不自己上马走到前台？于是，万和发明了中国第一台超薄型水控式全自动燃气热水器，引领中国热水器进入了"水阀一开、热水即来"的时代，当年被列为"国家星火计划"项目，引发"二万"之争。

后来，万和相继发明了第一台微电脑控制强排热水器、第一台强制给排气热水器、第一台冷凝式热水器等。十多年来，万和燃气热水器已十次填补国内技术空白，万和在刚开始进入国内燃气灶市场即获得了快速发展，连续六年蝉联国内市场销量第一，将"老东家"万家乐抛在了后面。与其说是万和超越了万家乐，不如说是万家乐的迟钝和僵化葬送了自己。

凭借燃气热水器积累的深厚实力，万和在业内首创"三环精控"、

"内燃火"燃气灶，2007年9月获"中国名牌"产品称号，连续两年燃气热水器产量、燃气灶海外出口量位列国内第一，一举冲入世界燃气具业产销量前三甲，实现了"中国燃气具领导者，世界燃气具制造中心"的宏伟目标。

···

领先的企业会老化，这或许是一种必然；曾经风光一时的业务模式会老化，这是时代发展、商业环境变化的结果。这两种"老化"肯定会发生。新兴企业既没有领先型企业的辉煌光环，也没有它们背负的无数次成功的"负担"，也就没有了它们的自负，只要能够敏锐地踏准时代的节拍，就完全能够赶超，后来居上。

第五章

捕捉大势，乘势而上——做老大路径之三

哪里有变化，哪里就有机会！哪里出现拐点，哪里就会重排座次！
做老大的企业家，必须看清趋势，顺应大局，抓住行业拐点和升级的机会，趁势而上。
诺基亚成功最关键的因素是什么？是选择！如果诺基亚选择做胶鞋，那么无论多么专注专业，多么美轮美奂，多么国际化，也不可能实现今天这样的增长速度！
当战略性拐点或升级出现时，企业家的任务是，预判并抓住它！

　　哪里有变化，哪里就有机会！哪里出现拐点，哪里就会重排座次！

　　改革开放后中国的崛起，就是抓住了全球经济的拐点：恰遇全球经济一体化加速，全球产业重新布局的巨大机会，中国大量廉价的劳动力与大规模制造相结合，形成了成本优势洼地，全球的制造环节流向中国，最终成就了全世界躲不开离不了的中国制造。

　　切入的时间决定一切，一步错，步步错。做老大的企业家，必须看清趋势，顺应大局，对行业和产品的未来准确判断，抓住行业拐点和升级的机会，趁势而上。

一、预判行业拐点和升级，抓住它

　　企业家应该具有昆虫的复眼，全方位地收集企业内外、行业内外和国内国外的信息，敏锐地预判并抓住影响行业走向的关键点。比如，出现什么样的新技术甚至是新政策将会引起改朝换代。抓住了这个关键点，利用它，放大它，可以一举颠覆老大，篡取王位。

1. 成功首先缘于选择

诺基亚成功最关键的因素是什么？是选择！首先是在最关键的时刻选择了做正确的事！

诺基亚选择的恰恰是上世纪 90 年代以后全球发展最快、最活跃的领域——移动通信，这个选择成就了诺基亚的奇迹！它选准了选对了！试想，如果诺基亚选择做胶鞋，那么无论多么专注专业，多么美轮美奂，多么国际化，也不可能实现今天这样的增长速度。

> 成功靠的不是解决问题，而是利用机会。
> ——《大趋势》作者约翰·奈斯比特

其实不仅仅是诺基亚，综观历史，凡是短时间内超常规发展起来的企业，都是抓住了当时最前沿、最活跃、最代表发展方向的东西。比如 20 世纪初的汽车工业，通用、福特押上了这个赌注，迅速崛起；20 世纪 60 年代的家用电器，造就了日本的索尼、松下等一批世界级公司；20 世纪末以电脑和网络为主体的 IT 产业，更是神话般催生出了一大批世界级的崭新企业：英特尔、微软、思科、亚马逊、Google，以及中国的联想、阿里巴巴等。

以新技术为内在驱动力的行业，尤其要站在时代潮头，善于抓住技术换代产业升级的战略机会点，以创新者、颠覆者的身份切入市场，从而实现改朝换代。韩国三星的全面崛起首先要归功于三星领导者前瞻性的战略眼光。

上个世纪末，三星准确地预见到数字时代和信息时代即将来临，从模拟演变到数字将是整个消费电子行业的发展方向。为此，三星提前进行了战略布局。

三星出售了非核心资产，集中财力投入到数码产品的研发上。1999 年投入 12 亿美元，2000 年投入达 17 亿美元。这些投入所做的技术储备、产品储备为三星电子向数字时代冲击提供了强大的保证。仅仅不到 10 年，三星就从一个低成本制造、低技术产品的企业，成为全球成长最快、最受尊敬的公司。2006年美国《商业周刊》公布的全球品牌100强排行榜上，韩国三星排名第20位，居索尼之上6位。

成功就是顺应潮流先行一步，我只是一个先期进入者。

——刘永好

俗话说，男怕入错行，女怕嫁错郎。要想成功，首要的是正确地选择。

中国国际海运集装箱公司（中集集团）在25年前，预测到经济高速发展对海运的需求将呈爆炸性增长，尤其是集装箱运输会成为主导运输方式。当时集装箱制造在中国尚不成规模，拥有巨大的市场空隙，中集集团抓住机会，仅用了16年就快速成长为占世界标准集装箱供应市场份额50%的行业领袖。

比亚迪公司发现动力市场中的电动机械动力市场有很大的发展空间，它以电动工具、无绳电话、电动玩具用电池为突破口，绕开需巨额投资的水力、火力发电的动力项目，10年时间成为世界电动工具、无绳电话、电动玩具专用的电池大王，市场份额分别占45%、72%、30%，获取了世界性的竞争能力。

每个行业在发展中都会出现一些具有战略性价值的拐点和升级。拐点出现后，行业发展加速，竞争焦点出现位移。企业如果能够预判并抓住这个拐点，就会在短期内获得脱胎换骨式的成长。

2. 以快应快，与时代共舞

昔日被称为经典的品牌，它们是花费了数十年、上百年的时间和成千上亿美元才成就了今天，而今在社会环境、经营条件以10倍速变化和发展的数字时代，现实容不得品牌新军用老品牌的办法谋求成功，它们必须快速成名才能免遭淘汰。因此，紧跟时代潮流，密切关注时尚流行元素，快速地给自己的品牌增加契合时代的时尚元素，迎合新兴消费群体的消费需求和心理，已成为当代树立名牌的重要途径。

把时间之针拨回到 7 年前，Google 还只是一个在小圈子内流传的无名之辈；2 年前，Skype 才刚刚呱呱坠地，毫无品牌知名度可言；9 年前的苹果公司正处在奄奄一息的状态，品牌价值每况愈下；十几年前，星巴克还只是盘踞在美国西雅图的小型咖啡连锁店。

用一飞冲天来形容这些新时代品牌毫不过分，在品牌价值快速飙升的背后，是这些品牌打破常规的创新，以及迎合潮流的快速变化。

苹果电脑 CEO 史蒂夫·乔布斯在 2008 年 1 月 9 日发布了备受业界关注的 iPhone 智能手机，同时宣布苹果电脑公司正式更名为苹果公司（Apple Inc.），从电脑生产商转型为消费电子公司。

乔布斯说："我的大部分时间都花在前瞻性的工作上。在我们的高层管理队伍中，有很多优秀的人才，我把公司一半的日常工作交给他们。"乔布斯不断强调，创新不是生产时髦产品，而是超前一步生产概念性产品。在预见未来产品方面，他对自己的眼光自信到狂妄自大的地步。

iPhone 只是苹果带给消费者众多惊喜中的一个。2008 年 5 月初，苹果 CEO 史蒂夫·乔布斯宣布同 20 世纪福克斯、沃尔特迪斯尼影业公司、华纳兄弟、派拉蒙影业公司、环球影业家庭娱乐和索尼影业娱乐等众多公司签订合作协议，这就意味着，在类似《钢铁侠》这样的大片发行 DVD 的当天，苹果的用户就可以在 iTunes 网站下载这些电影，在苹果的产品上尽享大片。

在乔布斯的经营哲学里，苹果始终是也必须是一家能"全盘掌控"的公司，"对未来的消费类电子产品而言，软件都将是核心技术"。这样的苹果才不至于像戴尔、惠普或索尼那样，因为等待微软最新操作系统的发布而延迟推出硬件产品。这样的苹果不用看着微软干着急，而可以随意修改系统，还可以为 iPhone 和 iPod 制作特别的版本。《福布斯》文章称，乔布斯堪称是科技行业的"终结者"，没有什么能阻挡他前进的脚步，苹果股价过去十年上涨了 38 倍以上。

谁能够掌控未来核心趋势，谁就能够成为新时代的宠儿。中国快速成长和升级的市场，已经并且还会不断地给企业带来机会。

在食品行业，由于经济的发展，人们的生活形态和生活节奏发生了变化，于是方便、速食、休闲食品大行其道，品类巨头和行业黑马纷纷涌现。在方便面中呈现出三足鼎立之势：康师傅、统一和华龙，在速冻食品中有三全、思念和龙凤独占鳌头，休闲食品行业让雅客、达利、福马、亲亲、盼盼等一批福建食品企业群赫然崛起。

在中药业，中药的科技化、方便化、时尚化已成潮流，一批现代中药企业拔地而起。这里有以滴丸领先技术的天津天士力，有以软胶囊为核心竞争力的神威药业，还有以规模最大浓缩丸生产基地和六大 GAP 药材生产基地名震全国的河南宛西制药。

经济发展，百姓收入增加，消费就开始升级，原来奢侈的消费品变得寻常普通，走入百姓家中。一些原来看起来前瞻的被称为 GDP 式的企业获得了发展。中国空气净化产业的开拓者亚都，就是和中国的 GDP 一起成长起来的。

20 年前，中国人均 GDP 刚 290 美元，当时没有多少人愿意买空气加湿器这个"奢侈品"。好在抗挫折极强的何鲁敏一路坚守下来，终于守得云开日出时。何鲁敏感叹，亚都就像青春励志的韩剧一样，伴随着中国的 GDP 一起成长起来了。

空气加湿器、净化器这个产业在国外叫 IAQ，即室内空气品质行业。这种产业也被称作 GDP 行业，因为它的市场容量和人均 GDP 呈正比例关系。一般人均 GDP 在 4000～5000 美元的时候，这个行业才会出现比较大的增长。亚都是超前的，亚都坚持住了，终于迎来了大发展的春天。2007年，全国仅加湿器的销售就达到了 300 万台，其中亚都的产品超过 150 万台，占据市场的半壁江山。

坚持使何鲁敏抓到了一个最重要的机遇——奥运。

案例

在 2003 年"非典"肆虐的时候，北京奥组委在东四十条附近的青蓝大厦办公。亚都给这个写字楼安装上了亚都高效空气净化器，有效地过滤空气中的病毒，保证了奥组委工作正常运转。

3 年之后，北京奥组委在开发奥运会市场时首先想到了亚都。何鲁敏认为这是向世界推广亚都的一个绝好机会。2006 年 5 月 11 日，北京亚都室内环保科技股份有限公司签约成为北京 2008 年奥运会空气加湿净化器独家供应商。

亚都公司负责奥运会场馆、附属设施的空气品质设备和服务的提供。经过亚都空气净化器的处理，奥运场馆的空气质量可以达到世界卫生组织最严格的标准。目前，亚都的产品已经入住了"水立方"等比赛场馆。

在此领域，通用一直是奥运会的顶级赞助商，而通用的产品目录中已经覆盖了空气净化器，亚都居然能够胜出，着实不易。把空气品质设备作为单独一个门类专门设立供应商，这在奥运史上还是第一次。何鲁敏充满信心地对外界表示，亚都要在五年内做全球老大。

··●

诺基亚、三星、苹果、中集、比亚迪等企业给我们一条重要的启示是，选择最新兴的领域，掌握最前沿的技术，是一条追赶的好路径。因为，只有最新兴的领域才能有充分的发展空间，只有最新的技术才有大大高于传统产业的丰厚利润！做老大，那必将是自然的结果。

二、中国制造的出路只给有准备的人

我总是说，不怕变，变，才会有机会，但是机会总是留给有准备的人。

中国制造遇到了前所未有的危机。近年，人民币持续升值、生产要素价格上涨以及周边国家低端加工贸易的快速发展，导致加工企业尤其是出口型企业的生存受到前所未有的重压。这是压力，是坏事，但又是动力，可以让"坏"事变成好事。这种局面逼迫中国企业向高端市场进发，这是中国制造向着中国创造转变的拐点！

毫无疑问，这个转变的难度会大于中国以往任何一次产业升级。"中国制造"企业走到了产业转型的十字路口，甚至是生与死的分水岭。

温州平阳县的水头镇，曾经是全国规模最大的猪皮革加工基地，生皮产量一度达到全国的1/4，由于原料和用工成本大增，致使企业的利润很低，一尺皮赚到一两角就不错了，哪一道工序做不好都要亏本。即便这样的低价，客户还是说太贵了，印度、越南那边都比这里便宜，皮子生产企业不具备外贸出口的竞争能力。由于同样的原料和成本上涨的原因，及出口退税、贷款利率的调整，下游皮具生产企业用皮量锐减。水头镇的出路在哪里？

一部分企业退出了该行业，转行去开煤矿。山西省60%的中小煤矿，经营权都掌握在温州人手中，而这其中大概有三成以上是水头镇人在经营，继续留守在水头镇的制革企业如何生存？

温州平阳远东皮革公司总经理王楚说："包括一些世界品牌像耐克、阿迪达斯，还有温州鞋王，像奥康，及东艺、吉尔达，国内十大鞋王有七八家，都是我们在供货。"在公司刚起步的时候，平阳远东皮革公司也和水头镇的绝大多数企业一样，生产的是没有任何花样设计和技术加工含量的兰湿皮，随着固定客户和大客户逐渐占据了远东公司订单的主打地位，它们加工的产品逐渐转向高档、高利润的皮革深加工行业，利润率达到50% ~80%以上。

现在，王楚已经到越南办厂，越南的劳动力和土地资源以及税收成本还不到温州当地的一半。他说，东南亚现在已经不仅是一个低成本生产地，更是一个新兴的市场，一年可以做到将近2000万美金的营业额。

如果企业在形势已经开始发生变化时再采取行动，显然已经晚了。做订单受制于人，这种情况经营者不是不知道，但是只要多少还有钱赚，很多企业就没有去考虑做技术贮备和品牌积累。

机会，包括转折，只给有准备的人。

人民币升值，产业升级，这次机会一定属于提前开拓国内市场、提前开发高端产品、提前打造自己品牌的企业。

伴随着人民币升值，具体带来的变化有三：

第一，产业升级加快。人民币升值意味中国各种资源（特别是土地和劳动力）的价格将上升，市场结构、产业结构必将升级。

一方面商品结构的升级加速，过去单单依赖价格生存的企业将进一步被挤压或者从此失去生存空间。另一方面，人民币升值改变了国际市场与国内市场的相对价值，国内国际市场趋于一致，改变了国民经济增长过度依赖单一需求的局面，国内企业将同等地面向国内国际市场。在对外出口制造方面，国内企业成本优势逐渐丧失，出口企业必须调整方向才能生存，比如其市场从南美洲国家向欧美国家转移，专做高端生意等。

这个升级，必将促进中国价格更多地融合全球价格，中国制造更深入地参与到全球创造的产业链条中。其实，这是中国企业又一次向海外市场扩张进行重新布局的大好时机。

第二，推动技术创新。多年来，中国的生产资源消耗大，能源消耗高，尤其是对劳动使用量很大，重要的因素是这些生产要素的价格偏低。人民币升值的结果是使国内生产资源价格上升，这就极大地刺激了企业对技术创新的需求和依赖。人民币升值之后，出口产品必须要更多依靠技术创新率提升产品价值，获得竞争力。中国企业赖以生存与竞争的低成本优势一去不复返了，原来引以为豪的"性价比优势"的基础已没有了，中国制造必须向技术创新寻求帮助，中国制造必须向中国创造转变！不变也得变，不变就得死，别无他途。

第三，增进国民福利。人民币升值会使进口商品的价格相对下降，出境旅游等变得相对便宜，这些都会直接地增加国民的消费福利水平。同时，人民币升值会明显地提高国内金融资产的价格，金融市场的结构发生变动，国内百姓将获得更大的财富效应，国内的消费需求将增长和升级。在需求的拉动下，国内市场会获得更大更深的拓展，企业将在国内市场拥有新的增长机会，众多出口冠军企业将转出国内市场。

维持现状是一种短视的表现，抱怨更是毫无用处，企业家只有尽早抉择，改变赢利方式，才能在人民币升值的过程中得以生存和发展。

中国制造业大升级、大洗牌的时刻已经到来，那些技术创新、产品升级、自创品牌、摆脱价格拼杀的企业又将获得一次大发展。东方国际（集团）有限公司副总裁钟伟民说："最重要的是提高产品的技术含量，增加产品的附加值。创新，提升技术含量是我们目前必须做的。"

三、看懂国家政策风向标

国家政策是行业走向重要的风向标。

最近三年，壳牌实现了在下游的润滑油业务上两位数的增长速度，并在石油产业链的上中游快速低调地进行了多项战略布局。壳牌首先考虑的是中国政府需要什么，壳牌能够提供什么。"不能够不理国家战略，壳牌愿意玩什么就玩什么，那是浪费时间。"壳牌中国集团主席林浩光说。

在林浩光的领导下，壳牌中国正表现出这种本土智慧。壳牌不仅在中国长期处于封闭状态的石油产业链上游一点一点取得进步，而且在中游和下游也不断扩大市场。油页岩技术、煤层气技术、煤气化技术、煤液化技术等都是壳牌基于中国政府兴趣点而开展的，并且以此换取了众多项目。"要确定壳牌在中国的重要发展领域是什么，壳牌战略是什么，首先要知道中国的发展重点是什么，包括公共安全、能源效率与节能减排等一系列环节。"

在争取大项目的同时，林浩光在许多新领域展开投资，它们往往是政府并未对外资作过多限制甚至鼓励外资进入的领域，比如加油站、润滑油、沥青等油品业务，以及煤层气、煤气化、煤液化、替代能源等新技术领域。在这样的经营思路下，壳牌在中国的面貌逐渐焕然一新。

现在，壳牌中国集团不仅拥有横跨内蒙古和陕西长北气田的开采权，参股杭州城市天然气管网，还通过收购，扩大了在中国润滑油和沥青市场的份额，并且成为第一家进入油页岩开采、煤层气经营的外资能源公司，并与中国石油天然气集团签署了战略合作协议。

2006 年 3 月，壳牌收购了科氏材料中国（香港）有限公司，科氏中国的 6 家工厂弥补了壳牌沥青在分布上的不足，使壳牌在华的沥青业务增加一倍以上。7 月，壳牌与神华集团联合利用壳牌煤炭间接液化核心技术，共同在宁夏开发相关项目，总投资 60 亿美元。接着，壳牌收购了中国民营润滑油巨头统一石化，使壳牌全球成品润滑油产量增加 8%。这次收购还具有战略意义，壳牌不仅获得了拓展中低端市场的品牌，而且对嘉实多、昆仑等竞争对手形成钳制，建立了壳牌在中国润滑油市场的优势。

中国是仅次于美国的第二大润滑油市场和未来最大的能源消费市场，壳牌已经决定把战略核心转向亚洲尤其是中国。为此，2007 年壳牌在西方市场剥离了高达 120 亿美元的企业资产，拟定了"东进战略"，其战略转移的投资重点将集中在石化下游市场以及新能源领域。

林浩光有一张壳牌中国战略规划图："壳牌在中国发展最大的秘密，就是这么一张纸"。他说，他自己非常认真地研究了中国政府的政策，从十一五计划到能源白皮书等，以便从中发现壳牌在中国的重要领域应该是什么。

壳牌在中国的核心领域就是能源供应与安全、环保、能源效率，其中包含了中国提倡的节能减排、替代能源等多个方面，十分符合中国的国家政策。这就是这家国际能源巨头在短短两年内在中国赶超竞争对手的另类智慧！

在我国，更有在新兴行业开拓的企业，义不容辞地承担起社会责任，顺应社会大势，把握行业走向，走在国家政策的前面，促进和影响着国家政策的制定，从而也使自己的企业成为了最大的受益者，在促进社会进步的同时，促进了自己企业的发展，实在是高明之举。这家企业就是皇明太阳能集团，该集团董事长黄鸣是《中华人民共和国可再生能源法》的提案人。

 案例

黄鸣是全国人大代表，他从 2003 年开始，每年都组织一个强大的

"两会秘书班子"，协助他一起从事研究、提案、传播工作，他把这项工作叫做"两会战略传播"。

"两会战略传播"对自己的太阳能企业只字不提，而是全心对国家的大政方针、宏观调控、行业政策、工作重心进行研究和提案，每年的议案都能提到"点"上，引起媒体的广泛关注和中央电视台的深度报道。

六年中，他们的代表性提案是：

2003 年：修改节约能源法；2004 年：制定建筑节能法；2005 年：中国可再生能源法；2006 年：建设社会主义新农村；2007 年：社会精英应多受节能教育；2008：节能减排与社会责任。

黄鸣明白，企业承担社会责任与获取利益之间不仅不矛盾，而且社会责任的效应很快就会转化成品牌声誉和企业可持续发展的竞争力，这是对国家政策风向标的一种主动的掌控。

2006 年黄鸣提出的建设社会主义新农村的议案，得到 30 多家媒体的竞相报道，产生了巨大的轰动效应。随后皇明集团带头发起向落后农村捐助太阳能热水器活动，首批在山东 13 个村建了"新农村太阳能集体浴室"。此举产生了良好的示范效应，使皇明快速启动了农村市场，带动了皇明太阳能工程市场和零售市场的快速发展。

黄鸣毫不掩饰地说："我要借势'两会'高端平台，通过中央媒体，树立皇明高层次的领袖品牌形象，提升皇明品牌知名度和美誉度，打造一个具有社会责任感的大品牌；

"我要借势'两会'高层平台，影响国家政策导向，推动中国可再生能源领域相关的立法工作，引领太阳能产业快速发展；

"我要借势'两会'高层平台，打造黄鸣作为产业思想者的形象，树立黄鸣个人品牌。"

市场对黄鸣的回报是丰厚的，短短十几年，皇明从国内领跑到世界领航，连续六年以每年递增 30% ~ 80% 的速度快速奔跑，带领这个新兴行业从稚嫩走向成熟，成为世界太阳能产业的领航者。

我国 30 年的市场经济，不可能像西方国家一样具有完备的政策法规体系。我国在建立社会主义市场经济体制的过程中新问题新情况层出不穷，许多管理市场经济的政策法则在逐步地建立健全完善之中，国家每一项新法规新政策出台，都会对行业对企业产生深刻影响。在中国做市场，经营者必须每天看中央电视台的《新闻联播》就是这个道理。企业家尤其是要关注新政策。

例如，2007 年国家强力推行的节能减排工作，将给七大行业带来压力，换个角度说也是机遇。七大行业包括：电力行业、轻工行业、制药行业、仪电仪表行业、家电行业、造纸行业和照明行业。

例如，每天《直销管理条例》和《禁止传销条例》出台，提高了进入门槛，强力规范行为。只有雅芳、安利、天狮等大型规范企业获得了经营许可，大批中小企业无法进入直销市场，必然形成寡头垄断局面。

例如，国家强制执行的制药企业 GMP 认证，一大批没有条件没有实力的企业被淘汰，通过认证的企业欢欣鼓舞，将 GMP 证书当作优势。可是当 GMP 认证在全国结束，通过 GMP 认证的企业瞬间站在了一条大家都一样的起跑线上，入围的制药企业们在技术、实力和营销上的升级，使得竞争度不仅没有降低而是提高了，新的竞争在更高层次上展开。

再例如，国家《制药工业污染物排放标准》于 2008 年 1 月 1 日起实施。按照新的排放标准，一家大型制药企业每年用于治污的费用将达亿元，中型企业也要花费几千万元。为了达标，制药企业只能在环保上加大投入，成本由此大增。一些实力不济的中小企业如何消化巨大的环保成本？药品制造行业将开始新一轮的洗牌，强者将更强。

世界上唯一不变的就是变。变，既是机遇，又是挑战。变，对于后来者来说更多的还是机遇，要看你怎样认识，拿什么应对，怎样挑战。

四、新兴市场，偏爱新兴企业

行业拐点、技术升级出现后，老牌企业最容易恋旧，因为它们是现有市场的既得利益者，它们并不想改变现状。事实证明，新兴企业获得的机会和成功往往更多一些，因为它们没有什么可失去的，它们一心向前，追求成功。

行业的拐点在许多时候是以新兴市场的面目出现的，但是由于新兴市场一开始是小的，是稚嫩的，主流企业因为有现成的饭吃，在起初往往容易忽视甚至压抑新兴市场产品。主流企业甚至想依仗雄厚的实力，等市场见好后，后发力也不迟。因此，这些企业很少能够像当初企业那样再一次站到行业创新的潮头浪尖上，等发现技术或市场发生了突变，其在所属行业的领袖地位也已经失去了，这在商业领域几乎成了不变的规律。

柯达就是一个典型的反面例证：在数字化大潮中，它起了个大早，赶了个晚集。

✎ 案例

早在 1976 年就研制出了世界上第一台数码相机的柯达，直到 2003 年才下决心做出追赶数码影像快车的决定。而这一年，数码时代已经席卷全球。除了柯达，日本的索尼、佳能、富士、奥林巴斯、尼康等厂商，已经早早占据并牢牢把持着数码相机的绝大部分市场份额。而在数字冲印市场，富士这个老对手则占据了上风。到这时柯达才发现，在全新的数字影像领域中已没有自己的位置，但传统的影像行业已经是人去楼空。

柯达像历史上没落的封建贵族，守着数码相机的高端技术却不积极推广，指望通过这种消极的做法来延长传统胶卷的生命，幻想着自己依然能够像过去一样赚取丰厚的利润。

历史前进的列车没有人能够阻挡，数码技术的兴起和传统影像市场的没落不会因柯达而止步，刘永好说得好，"成功就是顺应潮流先行一步"，因循守旧者终将被淘汰。

许多行业新的挑战者正是以技术换代和产业升级作为发力点，以创新者的形象抢先占位，颠覆市场的。中国企业在这方面多有建树，TCL 就多次采用此种战法，屡获成功。

TCL 以前是做电话机的，当它要介入电视机行业时，寡头垄断格局已经基本形成，传统市场已经饱和。但此时恰逢大屏幕彩电兴起，TCL 以大屏幕彩电为切入点，以创新者的形象开始颠覆彩电行业。

同样，TCL 介入电脑行业时，恰逢英特尔改变策略，扶持新锐企业以抗衡行业巨头。于是，TCL 与英特尔联手，率先在国内推出"奔Ⅱ"电脑，同样以创新者的形象颠覆了电脑行业。

TCL 推出手机时，手机行业正处于从功能诉求向时尚诉求过渡的转型期，当国产手机以价格作为主要竞争要素时，TCL 推出"钻石手机"、"铂金手机"，再一次以创新者的身份颠覆市场。

从 TCL 成功切入新行业并站稳脚跟的案例中，我们得出一个结论：当行业升级或转型时，行业会被重新定义，人们会在心智上接受颠覆者。TCL 虽然在彩电、电脑、手机行业是后来者，但总是避免以追随者的形象出现，而是以产业升级或市场转型为基点切入，以创新者的形象出现，一开始就占据消费者的心智，被消费者接纳。

华帝燃具在创业的时候，发现了高端市场尚处空白，虽然华帝是一个后来者，虽然实力很弱，但是华帝果断以组合营销直接切入高端市场，一下子脱颖而出，彻底颠覆了燃具固有的市场格局，谋求到了属于自己的地位。如果华帝按照传统的思维定式，认为自己是一个新企业、小企业，所以就应该先做低端市场，那就白白错过了市场机遇，几乎肯定无法取得如此大、如此快速的成长。

老牌企业有老市场，只要老市场还能产粮，常常会不思进取，活得滋润时更不会贸然出击。而新兴企业不同，它一无所有，革命性就强。毛泽东闹革命时总是依靠穷人发动穷人的道理就在这里。新兴企业发现和抓住新兴市场而崛起的例子很多。

 案例

步步高进入电话机市场时，严阵以待的厂商已有上百家了，其中 TCL 更有"中国电话大王"的称号，步步高如果与对手们展开正面竞争是很难取胜的。步步高采取了什么战略？它发现在电话机行业里面有一个空白点，这就是无绳电话。随着手机的普及，固定电话一定会升级成"无绳"，这是一个新兴的市场。

其实无绳电话也不是没有人做，侨兴等比步步高要早得多。但是没有品牌代表这个品类，能够占据消费者心智，于是，步步高一马当先，"步步高无绳电话，方便千万家"。现在，步步高成为了无绳电话机的领导品牌，成为无绳电话的代名词。

步步高抢在老牌电话机企业之前，将新兴市场据为己有，在市场上有了立足之地。虽然无绳电话是个小品类，但只要你占到高端无绳电话机市场的根据地，在低端有线电话机市场的说服力还用说吗？

许多正反两方面的经验教训提醒着老牌领先企业，时刻保持企业的先进性，要不断地自我汰旧、自我更新，这是领先品牌恒久不败的重要法则。

自己淘汰自己，是对人性弱点的最大考验，它需要企业决策者具有高瞻远瞩的眼光、壮士断腕的勇气和勇往直前的魄力。同时，还需要用战略抉择形成的企业文化，促使企业的每一个阶层群策群力，坚定执行。现实中，真正做到这一点的企业少之又少。

只有偏执狂才能生存，要做就要做彻底！做老大是这样不容易，因为即便是柯达这样的老大公司也找不到弥补过失的"毓婷"（事后补救的良药）。

✒ 案例

电脑制造业一向是升级换代最迅速的行业之一，是个新技术频出的行业。1999 年 5 月成立时只有两个人，被称"软盘命运的终结者"深圳朗科公司抓住了机会。

电脑外部存贮最早的产品是被称为 A 盘的 3.5 吋软盘和被称为 B 盘的 5.25 吋软盘。这种盘容量低，寿命短，容易坏，需要专门的驱动器。邓国顺和成晓华凭着满腔的创业激情和扎实的专业功底，成功研制出了世界上第一块 USB 接口的芯片闪存设备——朗科优盘，只用了5年时间就让软盘驱动退出了历史舞台，开创了一个崭新的行业。朗科为此成为中国本土 IT 企业为数不多的拥有自有知识产权的企业之一。

近年来，朗科在闪存盘领域始终深耕细作，坚持以自主创新为企业之本，曾先后推出全球第一枚光盘闪存盘、全球第一枚电视闪存盘等领先产品，不断拓展闪存盘的应用功能和应用领域，也不断改变着世界移动存储行业的格局，造就了朗科全球移动存储领导厂商、中国闪存盘产业第一品牌的地位。

目前，朗科年销售额已近 10 亿元，不仅占据了国内移动存储市场大部分份额，产品还远销到北美、欧盟、中东、日本、东南亚等全球数十个国家与地区。

··•

中国汽车消费市场迎来了爆发式增长，有这样巨大的市场托底，中国的汽车产业能够借此打翻身仗吗？有可能，但实在难。欧美发达国家的汽车工业已经发展了 100 年，在传统技术领域占有绝对的优势，中国汽车与外国汽车的竞争是不对等的，之间的差距很大。要实现超越，确立自己在汽车工业领域的强国地位，就必须找到另外一条跑道。这个机遇已经来临，这就是新能源汽车！

面对全球性能源与环保的巨大挑战，新能源汽车开始显露出巨大商机。自上世纪 90 年代以来，汽车技术变革的焦点和核心已经从汽车功效的提升和完善，转向了寻找新能源及新动力系统的研发。这方面，我国与世界的差距不大，在氢电转换、大容量电池等方面可以与处于世界先进水平的企业平起平坐。我国的比亚迪、奇瑞、吉利等汽车企业，有可能在这一轮的市场瓜分中脱颖而出。

已经有专家预测，电动汽车是我们实现超越的突破口。没有多少支持的民间自发形成的电动自行车，已经形成一个庞大的市场，保有量高达 5000 万辆，这为电动汽车的升级打下了良好基础。这也是中国特色的一条主道，因为我们的能源是以煤为基础的，中国新能源汽车的突破口也在于此。2015 年左右，我国将迎来第一个新能源产业高峰期。

这一现象印证了亨利·亚当斯"加速度定律"所言非虚："中国的市

场存在跳跃式发展"。这就是颇具中国特色的市场特征。

每个市场每当发展到一定阶段就会有一个临界点出现，此时就是产业升级到来的关键时候，新兴企业颠覆市场、行业重新排座次的机会就会呈现，改朝换代来临，新老大粉墨登场。

移动网络成了投资大亨日本软银集团董事长兼总裁孙正义心目中超越Google的途径。"手机的速度8年间增长了375倍；一年之前，最大的社交网络电脑还占到90%访问量。但现在60%是从手机访问社交网络。"孙正义说，"我们希望成为世界上排名第一的移动互联网公司。这是我从50岁到60岁下一个10年的远景和目标。我们将会凝聚亚洲的力量，然后制造全球的成功。"

孙正义瞄准目标了，你有目标了吗？你是下一个新老大吗？

第六章

群龙无首，抢做黑马——做老大路径之四

一个行业一个品类，如果没有领军的老大，没有公认的代表性品牌，说明这个行业竞争不充分，发展不成熟。这恰恰是后来者的最大机会。

一步先，一片天！

在群龙无首、集体沉默和集中度高度分散的行业和品类中，谁先行一步发声，谁就是老大！

在争夺老大的战争中，没有资历辈分，只有速度声调，谁升起，谁就是太阳！

一、不成熟背后的机会洞察

1. 成熟与不成熟的机会比较

不少人总爱抱怨自己所处的行业不成熟，竞争不规范，殊不知这正是后来者的机会！

为什么？

所谓不成熟，这个行业一定是处于"两低一无"的状态。"两低"，即市场准入的门槛低，市场集中度低。"一无"，即无强势领军品牌。

这样的市场，低门槛与低集中度互为因果，就像个大集市，进进出出，"畅通无阻"，一片乱象，这个行业一定是不成熟的。同时，因为"两低"，所以，我们在市场上看不到雄踞行业之首的强势领先品牌，也就没有领先品牌做行业，没有率先垂范的品牌规范行业、清洗行业、建立行业门槛。大量中小品牌在市场中你争我夺，甚至假冒产品横行。这正是后来者的好机会！

营销大师科特勒认为，一个成熟的行业应有三家兼营公司和十来家专营公司。科特勒是基于对西方发达市场的研究后得出的结论，这一结论不一定完全与中国国情对得上，但是，这里揭示的规律对我们是有借鉴作用的。

不成熟市场的最大价值：充满做老大的机会！

——娄向鹏

一个行业成熟不成熟，后来者有没有机会成功，市场集中度能够说明问题。要想在一个成熟的市场里称雄会非常困难。

一个市场走向成熟的标志是"两高一有"：市场集中度高，进入门槛高，（有）强势品牌方阵出现。在这个市场里，经过竞争，霸主品牌出现。霸主品牌为了保持自己的地位，下大力肃清市场，使市场集中度提高。同时，在技术上、规模成本上扩大优势，建立壁垒，甚至不惜动用行政力量提高市场准入门槛。

电视机行业现在是公认的成熟行业，最早几乎每个省都有一家电视机厂，现在，只剩下创维、海信、TCL、厦华、长虹、海尔等几家了，加上进口和合资品牌，不过十多家。液态奶原来全部分散在各个省市县，现在，全国性品牌只有蒙牛、伊利、光明。这就是成熟行业。

微波炉行业不可能出现黑马，因为微波炉行业已经高度集中，格兰仕占据了国内60％以上国际40％左右的市场份额，这就是为什么众多巨头携巨资进入微波炉行业都铩羽而归的原因。

从世界范围看，市场竞争最后形成的一个稳固的格局是，两大巨头雄居市场，两者占有的市场份额达到绝对支配地位，形成垄断局面。就像胶卷中的柯达与富士，汽水中的可口可乐和百事可乐，方便面中的康师傅和统一，家电连锁零售业中的国美和苏宁……这才是成熟的市场！这才是最难插足和颠覆的市场！除此，不要轻言市场已经成熟。

对于后来者，哪种市场更有机会不是很清楚了吗？！

哪里有乱局，哪里就有机会！这是中国市场奉献给我们的独有的宝贵机会！

今年永远是明年最好的机遇！抱怨和等待毫无用处，我相信你不会等到明天再来后悔今天的事。

世上没有永远的领先者，也没有天生的落后者。我们所要做的最实效最有用的就是，抓住机遇，大干快上！做局中人不敢想、不敢做、不会做的事，举起行业、品类大旗，整合肃清市场，迅速在乱局中突围，当仁不让地做市场霸主。

2. 惊人的大市场，惊人的大机会

我国不成熟、充满机会的市场最具诱人的地方是：起点低，基数大，增长快。

因为起点低，许多行业虽然发展很快，但是依然处在大幅度增长之中。与高度集中的饱和市场、规范的竞争秩序、成熟的消费状态相比尚有相当的距离。

我国搞市场经济满打满算才30年，老牌资本主义国家的市场经济历史最少的也有200多年了。相比之下，我国无论是在行业发展的成熟度上还是消费档次上，与之相差甚远，在各方面提升空间还很大。

因为基数大，所以中国任何一个市场都不是小市场，以手机市场为例，占了全球的五分之一，这样巨大的市场有谁不重视呢，除非他是傻子？

因为增长快，所以增量乘以基数，这个市场就大得惊人，仅仅增量就能养活几个企业，跨国企业纷纷闻讯而至到中国淘宝就是这个道理。

以生活用纸市场为例，目前发达国家的人均消费量超过10公斤，其中美国达到25公斤，瑞典达到17.5公斤，而中国人均消费量仅为1.84公斤，为发达国家人均消费量的1/10，起点很低。

从产品品种看，中国的生活用纸消费中，95%为单一的卫生纸、餐巾纸、面巾纸，仅涉及生活用纸品种很小的一部分，现在正在向6大类近50多个品种扩展，涉及日常生活、医疗保健、工业擦拭等方方面面。高速增长的中国生活用纸市场，销量激增，以金佰利高档婴儿用纸尿裤、盒纸巾为例，在中国市场年销量增长速度近300%。这样高的增长速度和增长空间之大，中国仅有。

就是这种我们天天用、人人离不了的卫生用纸，有领军品牌吗？不够突出！消费者有忠诚度吗？没有！这里充满了做老大的机会。

整个中国市场除了极少数行业以外，绝大部分行业都是不成熟的市场。中国市场经济虽然已经经历30多年的发展，但由于发展时间短、底子薄，大部分的行业还远没有进入到成熟阶段。

重要的是，这样不成熟的市场正在迅速变化和升级，变化和升级产生的机会就多多，中国市场吸引人的地方就在这里。

只要变化，就会有机会！怕的是不变化。

每一个人的消费都在不停地升级，每一个阶层的人的消费都在不停地升级，在这种情况下，中国市场的存量本来就大，再加上增量市场，就大得惊人。

此处绝无虚言。看看我们身边人的生活便知，我们的手机，包括你自己，换了几部啦？换手机是因为它损坏不能用了吗？根本不是；我们的住房，十年前住多少平方米，现在住多少平方米？在北京，一个老太太拥有两套住房不是什么新鲜事；汽车已经进入百姓家庭，有的家庭已经进入换车或者购买家庭第二辆车的阶段，刚工作没几年的小青年不是也跃跃欲试要买车玩吗？

生动的事实，巨大的变化说明着一件事：中国市场起点低，基数大，增长快！又因为起点低，基数大，增长快，所以，市场一直处在快速变化之中，无论是数量还是质量都在快速变化。

中国的企业家还想抱怨什么，我们处在我国历史上最好的发展时期。这是个最伟大的时代，因为这是一个诞生老大的时代！这是一个市场霸主频出的国度！

3. 在不成熟的行业中做一匹黑马

如何在不成熟的市场里寻找机会，做一匹黑马？

按照上述标准，我国众多市场集中度很低，没有领军品牌，市场关注度还不高。这些领域有机会诞生黑马，一举做老大。

皮革有奥康、康奈，运动鞋有安踏、361，拖鞋有什么？

猪肉有双汇冷鲜，羊肉有草原兴发，鸡蛋有德青源，鸭蛋有品牌吗？咸鸭蛋有品牌吗？蔬菜有品牌吗？

调料市场，除味精、鸡精外，那么多调料品类谁是全国性大品牌？除了味精、浓汤宝之类可以做品牌外，难道就再也没有值得做品牌的品类了吗？

十年前，我们还知道家具中有个伊春光明是名牌，现在家具谁是龙头？不知道。

在人们房子的面积越来越大、装修越来越讲究的今天，家庭装饰用品家纺用品还如十年前那样，只卖产品，品牌始终没有出现在消费者的视线中。

茶叶市场更是品牌和老大的"重灾区"，有品类无品牌。作为世界茶叶种植和消费第一大国的中国，全国茶叶出口总值敌不过"联合利华"的"立顿"茶一个品牌的利润额。西湖龙井、黄山毛峰、洞庭碧螺春等众多著名品类到底谁是正宗？普洱茶除了成为炒作的道具外，消费者到底应该相信谁的？

在快递业，老邮政的无时效和大爷作风、巨大的市场需求，使小型民营企业纷纷上阵哄抢市场。对此，外资巨头早已垂涎，继美国联合包裹公司（UPS）之后，美国联邦快递（FEDEX）登陆中国，斥资4亿美元独资开拓疆土，相比之下，我们不禁要问，中国的大中型快递企业在哪里？那么多小型快递公司整合起来该是多大的规模和力量啊！

在地板行业，欧典地板虽然因"单方做主与德国攀亲"出了事，但是其营销的其他方面有不少可圈可点之处。同一时期的其他品牌在做什么？欧典出事后有哪个品牌在第一时间弥补高档品牌空位？大多数地板品牌除了会在终端拼价格，在售前拍胸脯，在售后拍屁股外，不会别的。

同样是家装需要大量使用的水暖器材，国产品牌在哪里？国产品牌用什么办法让消费者了解你、相信你？

袜子有知名品牌梦娜和浪沙，内衣品牌呢，三枪？宜而爽？红豆？AB？铜牛？猫人？谁是老大？为什么一个不发声，全体都失声？

在汽车大规模进入家庭后，汽车装饰用品市场大增，还有数不清的日用品、小商品（塑料制品、厨房用品）；体育器材、健身器材；电动自行车；文具等。这些市场有品类无品牌，处在低层次的竞争阶段，都有待富有远见、有实力、有魄力的黑马出现，对行业整合和集中，抢先发力发声大做，把行业带向成熟和健康。

雅客是黑马，因为糖果业太分散，行业集中度不够。

宁夏红是黑马，因为行业中有太多的空间。酒行业的集中度非常低，因此酒业黑马不断。

中药是个典型的市场集中度极低的市场，一个产品有上百个婆家十分常见，有品类无品牌成为中药市场一道独特的景观。中药市场之大，肃清市场做老大的机会之高，世界罕见，中国仅有。以传统名品"六味地黄丸"为例，有800多家中药厂在生产，属于典型的有品类无品牌状态，只有同仁堂的"六味地黄丸"有一些品牌光泽。这时，河南宛西制药看到了在品类中做老大的机会，在2001年抢在其他企业之前，率先在中央电视台、凤凰卫视发力，占据品类的制高点，一举将仲景牌"六味地黄丸"打造成为品类的代表。

行业集中度不高，业内的企业构筑的行业门槛就不够高。找到这样的行业，就等于找到了做老大的机会。

二、在传统的行业里打破传统、打破常规

传统，是历史是文化的，但同时可能是陈旧的、落后的；传统，是经典是成熟的，但同时可能是僵硬的、压抑创造力的；传统，一定是曾经辉煌过的，但是绝不一定能够代表现在，更无法代替未来。

只有尊重传统而不迷信传统，才能在传统的行业中脱颖而出、与众不

同。

哪些行业死守传统，哪些品类默不作声，哪些行业和品类就是做老大的好地方！

现在已经有敏锐的先锋型企业家抢先在传统行业下手了。

凉茶是传统的。

几百年来，整个凉茶行业延续传统偏居广东一隅，以街边开茶铺的单一业态生存。王老吉率先突破行业束缚，用现代营销把凉茶灌进罐里、装进袋里，使用大传播在全国吆喝。当全国人民开始用它去火时，王老吉就火得一塌糊涂。

榨菜也是传统的。

一提起榨菜，在全国的消费者脑海中浮现出来的大多是四川、涪陵等地域的概念，说明这个行业只有传统名品，缺少领军品牌。这是一个年销售数百亿元的巨大市场，而行业头一名一年销售不过两三个亿而已，品牌集中度极低，在全国市场能够见得着的名牌只有重庆鱼泉榨菜。乌江榨菜率先扛起品类代表的大旗，在榨菜品类里抢先发声！

 案例

涪陵榨菜辣香四方，这是不用白不用的产地优势资源。乌江涪陵榨菜集团将"涪陵"作为产地背书，在传播表现上将"乌江"和"涪陵"进行捆绑，既占据品类，又树立了品牌，使消费者对"最正宗榨菜"的认知，从涪陵产地名称向"乌江"品牌名称上转移。

在传播上，企业"占领传播制高点"——中央电视台，在榨菜企业中第一个使用大传播手段，一举将竞争品牌甩开。配合全国招商、深度铺货和主题促销，全年下来销量一下子达到6.4万吨，创历史最高水平，比上年增长1.2万吨。其中新品类"三榨"系列产品回款约1亿元。新产品三榨的利润是老产品的4倍！一举走出了低价拼争的泥潭，赚了吆喝又赚了利润，在榨菜行业独树一帜。

一方水土出一方名品。我国地大物博，几乎每一个区域都有闻名全国的名品，就拿吃喝来说，东北有人参、大米，西北有羊肉、枸杞，华中有米酒、剁椒，华东有金华火腿、龙井茶、阳澄湖大闸蟹，两广有凉茶、沙田柚，西南有过桥米线、灯影牛肉、普洱茶，北京有板栗、烤鸭，天津有丫梨、狗不理、大麻花……

这些传统名品，各个都有响当当的品类知名度，带着鲜明的地域特色，承载着丰富的地域文化，但是非常可惜，除了个别品种外，大多数传统名品有品类无品牌，真正以该传统名品代言人的身份和气魄名震四方、横行全国的，凤毛麟角。

它们中间的大多数，深受传统束缚，因循守旧，许多人可能从来没有想过现在这种状况有什么不妥，有的停留在"原生态"状态，有的在产地盛名的笼罩下，身陷假冒伪劣泥潭，群龙无首，混战一团。

总结我国正反两方面的经验，我找到了在传统名品中做老大的原则和方法，供企业借鉴。

1. 抢占品类资源，打自己的品牌

抢占传统地域名品品类资源，打自己的品牌！否则，那是为整个品类打工。成功了，自己不能独享，出事了，一定跟着倒霉。深刻的教训就如金华的敌敌畏火腿事件。

正宗的北京烤鸭是谁？是全聚德！全聚德的创业、发展一直是打着自己的字号，所以，全聚德就是北京烤鸭的代名词。这个字号谁也夺不去，最大化地占据着与正宗烤鸭相关的一切有利资源。而其他企业无论你用什么方法叫卖，都是一种非正宗的味道。

案例

现在，以低温肉制品起家的雨润食品开始抢占传统名品资源了，先抢哈尔滨红肠，做得风生水起，接着要做烤鸭了。雨润烤鸭怎么做，是卖北京烤鸭呢还是卖雨润烤鸭？

卖烤鸭难度非常大。卖南京烤鸭吧没有人相信，卖全聚德烤鸭吧那是侵权。所以在北京，除了全聚德和便宜坊外，几乎所有的烤鸭都千方百计地把自己打扮成"北京烤鸭"，为的是借北京地缘这个优势，扎成了堆儿，又没有什么好办法。可是雨润这么大品牌也去趟北京烤鸭这池浑水吗？显然不行，那样会因小失大，打不赢、说不清。

烤鸭属于北京，属于全聚德，雨润怎么办？于是，雨润找到了我们。

图谋全国！雨润烤鸭不能在意京城局部一城一池的得失，就像雨润的哈尔滨红肠不刻意在哈尔滨市攻城略地一样。雨润要的是利用在全国强大的品牌优势和广阔的渠道网络，在全国撒网收获。所以雨润必须走自己的路，既要最大化地抢占有关烤鸭的传统名品品类资源，又不随大流，亮出自己的品牌。

经过对烤鸭历史和文化、消费心态和需求的研究，于是决定，雨润烤鸭对京城烤鸭文化、历史、工艺三个维度实施占领，打破京城烤鸭百年不破的传奇地位。

抢占历史资源：

抢占北京烤鸭元年，将雨润烤鸭命名为"永乐一九"北京烤鸭。据史料记载：永乐十九年，明成祖迁都北京，将御膳烤鸭带至京城。永乐十九年，就是北京烤鸭的元年。

抢占产地资源：

北京是烤鸭兴旺的起点，而皇家又是烤鸭文化的制高点，雨润给予抢占。"雨润烤鸭：皇家密制500年！"

抢占工艺资源：

全聚德、便宜坊只说名气，不说工艺。雨润烤鸭乘虚而入，抢占烤鸭的奇特工艺：

永乐19年皇家秘制烤鸭五道御法——

一选。取京运白鸭，羽白蹼红而肉细，上品之选。

二充。充气于鸭体表之下，皮肉相分离，体态饱满。

三浆。饴糖熬制细浆，淋洒鸭身，色泽枣红。

四灌。鸭体注满泉水，外烤内煮，外脆里嫩。

五烤。整鸭高挂炉内，炭火烘烤，上色成熟。

通过对烤鸭历史、文化、工艺资源的提炼和占领，雨润烤鸭品牌丰满鲜活起来，再用专门为雨润量身打造的"盘外盘"经销模式，将雨润的渠道优势发挥到极致。雨润出品的"永乐一九"烤鸭飞了起来，跃过了传统品类这道墙，飞向了全国！

要占据品类，就必须打出自己的品牌，不能直接用产地名称做品牌名称。打自己的品牌，一定不要图省力，躺在产地的功效薄上做品牌，如果全聚德当年把烤鸭起名叫做"北京烤鸭"就完蛋了。

"东北大米"、"沙田柚"这种产地名称，知名度高是高，但它是通用名，大家共用不能独占独享，没有办法阻止别人使用。所以，要想在传统名品中独占鳌头，其产品名称和品牌名称一定要避免单独使用产地名称。

具体办法是，站在传统名品资源的肩膀上创造新品牌，让品牌代表品类，成为品类中的正宗！

沙田柚、龙井茶、金华火腿这些传统名品的名称早已深入人心，龙井茶你能把它叫成别的什么茶吗？绝对不行，名字一改，就不是这个东西了。这种传统名品的通用名称动不得，我们要借其中的势，只能强化地域优势而不是相反。借势可以，但是怎样做才能独占独享呢？办法只有一个，用副品牌把自己塑造成正宗里的正宗！

比方说，龙井茶因龙井村而得名，那么我们再往前走一步，品牌叫"南坡"，并注册，是南坡龙井茶，龙井村南坡产的龙井茶才是最好的。要善于挖掘正宗名品中的差异点并且将其放大和表面化，这样做一定会比现在用的"御"牌"贡"牌来得更有销售力。

2. 抢先发声，以老大自居占领消费者心智

抢占传统名品资源一定要善于传播，不传播等于没有占位！是老大，

就要站出来喊出来！

不要担心你原来是不是，营销无真相，消费者只相信他所认知的，而不是事实。

 案例

京城茶叶老字号吴裕泰始创于清光绪十三年，即1887年，比张一元还老，是京城花茶的代表品牌之一。但是，由于京城茶叶始终是专卖店单一的经营业态，所以无论哪家卖的茶叶，只有茶庄品牌，没有产品品牌，致使茶叶品牌走不远，走不快，做不大。京城市场呼唤花茶品牌，呼唤花茶老大出现。

于是，2007年底，在吴裕泰120年庆典之际，我们协助推出的最能代表"裕泰香"之上上品——吴裕泰"花茶·1887"雍容上市，以老大的姿态率先推出花茶独立品牌"花茶·1887"，占得了先机。

3. 用法律手段获取品牌独家使用权

用传统名品的品类名称做品牌名称，独家使用，似天方夜谭，是多少企业做梦都不敢想的，虽然很难，但不是完全不可能，竹叶青就做到了。这个做法对龙井茶等有品类无品牌的行业非常具有借鉴意义。

竹叶青茶1964年因陈毅元帅在峨眉山万年寺赐名而声名鹊起。像龙井、大红袍一样，竹叶青在峨眉山地区是几乎所有茶民都可以使用的品类名称，峨眉山竹叶青茶业有限公司饱受其苦。他们决定，首先从最难解决的"竹叶青"商标使用权下手。

1998年，他们在当地政府的支持下，用法律武器，辅以经济手段，经过艰苦曲折的努力，终于以15万元的代价收回其他厂商使用的"竹叶青"商标，峨眉山竹叶青茶业有限公司成为独家拥有"竹叶青"商标使用权的企业。从此，品类名称和品牌名称合二为一，从根本上解决了困扰茶产业发展的共性顽疾。如今，竹叶青已经超越杭州龙井、五夷山大红袍成为中华第一茶。2006 年 6 月 1 日，竹叶青茶叶被国家工商总局授予"中国驰名商标"称号，这是迄今茶行业获得的最高殊荣。2006 年 4 月，其高端品牌"竹叶青·论道"受邀参加在摩纳哥举办的世界顶级奢侈品展览会，跻身世界顶级奢侈品牌行列。如今，竹叶青年产量已达 3600 多吨，销售收入达1.5 亿元，成为中国当代顶级茶品牌的典范。

每一种传统名品都是当地的一张名片，现今，当地各级政府对此都高度重视，有志向的企业要学会争取政府的支持，用法律为自己争取利益，除了注册商标外，申请原产地域产品保护、中华老字号、中国驰名商标等，都会在某种程度上抑制品牌乱局，让自己正宗的品牌凸显闪亮。

4. 推陈出新，以换代产品重树品类标准标志

草原兴发把羊肉进行精细分割、加工，以标准化小包装，通过草原兴发专卖店或者大型 KA① 专柜送到消费者手里。羊可能还是那羊，但肉已经变得与原来不一样了，显得精细有品质感。如今，草原兴发成为来自草原羊肉的代表品牌。

传统名品在营销推广中常见的一个问题是，没有经过精细化、标准化、品牌化提升，产品档次低，死守原生态，无法与同行拉开档次，消费者无从识别。做营销，就是要善于把原来差不多的东西变得不一样，并且要把有限的差异放大后"表现"出来。

天津老字号"桂发祥"大麻花与时俱进，把原来的全裸产品全都封进了袋里装进了盒里。并且不为"大"的历史所累，顺应现代生活，推出换代产品——小麻花。如今，产品小了，腿却长了，全国许多城市都能买到正宗的"桂发祥"麻花。

用高端产品表达品牌，重树品类标准标志，这是品牌提升、为消费者

---

① KA 即 Key Account，中文意为"重要客户"。现大多从生产企业的角度专指大型零售商，如沃尔玛、家乐福、麦德隆等。也指重要的区域性零售商，如上海华联、深圳万佳等。

提供识别和认同的妙法。只要产品线具有一定的宽度，完全不用担心推高端产品会限制了销量。"高端产品树形象，低端产品出销量"，将是我国在相当长一段时间内独有的营销现象。

每一种地域知名品类意味着一个潜在的成就大品牌的机会，有无数的传统名品品类等着我们去占领。

大草原上牛奶的代表品牌已经有了，是蒙牛、伊利，绿乌鸡、羔羊肉是草原兴发，牛肉是谁？

继王老吉之后，北京的传统名品酸梅汤以老字号九龙斋的身份叫卖了，夏天解暑清心，冬天解腻爽口，销售持续看好。广东的绿豆沙、西米露为什么没有人做？

西北的宁夏在枸杞中生出了"宁夏红"，发菜中是不是也有机会？

德州扒鸡、上海白斩鸡、南京盐水鸭、常德酱板鸭是否能从以武汉吉庆街为发端的鸭脖风靡中得到些许启示？

传统名品是一种非常珍稀、价值巨大的优势资源，有远见的企业要善于在传统名品的品类中发现机会，洞察价值，及早下手抢占传统名品品类，抢先做大品牌，做成老大。

传统名品大有作为！

三、在集体沉默的行业里抢先发声

广告在什么时候最有效？当你所在的行业刚刚被开发出来，而你的对手还没来得及打广告，你抢先发声了，这时的广告最有效！

中国本土的运动鞋行业其实是由李宁开创的，但在行业内第一个大规模为运动鞋打广告做品牌的却是安踏，于是安踏成为本土运动鞋领军品牌之一。

1999 年，安踏倾全年之"利润"，请明星，上央视，结果一战功成。随着孔令辉"我选择、我喜欢"自信的号召，安踏成为神州最响亮的运动品牌。当年安踏在中央五套只花了 600 万的广告费，就一举奠定了领导品牌地位，出现了代理商用麻袋拎钱排队要求代理的火暴场景。如果今天要制造与安踏同样的广告效果，就算花上 6 个亿，也未必有当年的奇效。可见越早越主动。

铅笔、笔记本还要做品牌吗？不值钱的东西不好用就扔了，做品牌是不是多此一举？其实要我说，那是竞争还是不够残酷，还没把企业逼到那个份儿上。如今文具行业已经出现了全国大品牌，有贝发、玛丽。

鲜肉需要做品牌吗？好像不用，电视里说了，买肉时拿张纸一粘，能够看出是不是注水肉。消费者需求真是这样的吗？其实这已经远远不够了。消费者还想知道猪是吃什么长大的，怎样屠宰加工的，加工后怎么保鲜储藏的……消费者没有办法成为肉专家，他们在寻找品牌。于是，现在鲜肉出现品牌了，有双汇冷鲜肉、千喜鹤冷鲜肉。

鸡蛋要做品牌吗，这种东西品质优劣有那么大差距吗，就算有，这种差距看不出来，怎么做？做出来有人信吗？其实越是难以分辨优劣的产品就越需要做品牌！

一养貂专业户，用散养的柴鸡蛋和笼养吃鸡饲料下的鸡蛋喂貂做过比较，其皮毛光色大不一样，吃柴鸡蛋生长的水貂，其皮毛明显水光润滑，区别大不大？这种差距需要让消费者知道，但是消费者不是专家怎么办，你只需要让他相信品牌就行了。只是许多企业还没有掌握做实效品牌的正确方法。

现在，鸡蛋出现品牌了，有大连的"咯咯哒"、北京的"德青源"。

案例

北京德青源健康养殖生态园抢先占领"鸡窝"，生出品牌"金"蛋。德青源 2002 年创业，短短五年，企业规模从 50 万直线发展到 5 个亿，占据北京品牌鸡蛋 71% 市场份额，远远领先于价格相当的咯咯哒、嘎子哥等品牌，成为北京市场品牌鸡蛋的绝对老大。2007 年 3 月，18432 枚德青源鲜鸡蛋坐着飞机飞进香港市场，单枚价格为 2.6 港元。

销量在香港吉之岛（Jusco）连锁超市同类商品中排名第一，超过了来自日本的鸡蛋品牌。

德青源2006年实施全国战略，在华东、华南投入3.5亿元各建设一个与北京同等规模的养殖基地，旨在全国掀起一场"鸡蛋的革命"，到2009年可望成为全国鸡蛋市场第一品牌。

2007年5月1日起，一向低调的德青源在行业里率先发出声音，在电视、地铁和路牌广告中"亮剑"，抢占品牌制高点，吹响进军全国的号角。

··•

现在，越来越多原来不被关注、不被重视、集体沉默的领域出现了品牌，这说明，企业家在觉醒，市场在升级。我要提醒企业家们，先者生存，早发力，早主动！

在集体沉默的行业里，还有两种类型的企业具有极大的潜力，同时，也暗含着危机，一类是埋头苦干、为人作嫁的制造业冠军，再有就是闷声挣大钱的隐形冠军。

制造冠军在品牌创建上、在市场开拓上是弱项，经营的功夫不够全面；隐形冠军的形象力、公信力薄弱，在消费者心里占位、甚至在行业占位上不稳固。这两个类型的企业要抢在竞争对手之前，加速做市场冠军、显形冠军。这是企业赢得未来，上双保险的长治久安之大计。

第七章

由专到强，由强到大——做老大路径之五

挑战者、后发者往往在大多数方面不具备与原老大全面抗衡的优势和能力，有什么办法改变这个格局，变劣势为优势呢？

答案是：聚焦、聚焦、再聚焦！由专到强，由强变大。

没有专，哪里来的强？没有强，大如何能够持久？！实践证明，强自"专"中来，专长更赚钱。

在许多时候，"大"就是"小"，"小"就是"大"，这是做老大的辩证法。

一、强自"专"中来，专长更赚钱

1. 聚焦，内部建立核心竞争力

● 聚焦主业，形成核心专长。

做老大，竞争力从哪儿来？聚焦主业，形成核心专长。拥有核心专长，才会有竞争力，才会更赚钱！

如果让刘翔除了跑 110 米栏之外，还练马拉松，还参加竞走，反正都是比速度，全让他参加；如果让姚明除了打篮球，还打排球兼足球守门员，反正这些地方都用得着大个子，结果会怎么样？

答案是明确的，这样干百分之百不行！如果真的这样干，即便是刘翔、姚明这样的世界顶尖的天才运动员，也绝对不会取得今天这样的优异成绩。刘翔就不是今天的刘翔，姚明也不可能成为今天的姚明。

奥运会专项运动员比十项全能运动员的单项成绩要高出 5%～50%。道理很简单，全能运动员的能力被分散了，其潜能没有集中在一个项目上

爆发出来。

就是这样一个在体育界非常浅显的道理、不能违反的原则，在企业界却是另一番景象，它一次次地被争做全能冠军的冲动所摧垮，结果事实又一次次不厌其烦甚至是带着血腥地告诫着企业家：不行！

2008年1月31日，联想集团终于下决心将其手机业务出售给弘毅，因为上年第三季度业绩数据显示，联想集团电脑业务全线飘红，手机销量持续下滑了31%，已跌至联想集团总销售额的2%。在联想集团第三季度业绩发布会上，面对一连串的增长数据，杨元庆再一次肯定，"并购IBMPC的业务走对了。"言外之意，联想集团今后要更加坚定地专注电脑业务，随后，联想集团宣布退出手机市场。

> 每战集中绝对优势兵力，四面包围敌人，力求全歼，不使漏网。……这样，在全体上，我们是劣势，但在每一个局部上，在每一个具体战役上，我们是绝对的优势，这就保证了战役的胜利。——摘自毛泽东"十大军事原则"

联想的核心专长是电脑！电脑公司做手机与诺基亚、摩托罗拉竞争，正如诺基亚、摩托罗拉做电脑与联想、IBM竞争一样，结果可想而知！无论是自己的核心能力还是消费者的认知，都在反复提醒着联想，你的长项是电脑！

有人说，苹果公司原来也是电脑公司，苹果公司首次推出iPhone手机不是照样大获成功吗？这个问题问得好。

苹果公司不是一般的电脑公司，有着自己独立的软硬件体系，系统功能强大稳定，产品品质精致无比，视听感受美轮美奂，已经在消费者心目中有了一个鲜明的印记，那就是：优越的性能、特造的外形和完美的设计。苹果电脑意味着特立独行，意味着"酷"的外形设计，意味着时尚。苹果电脑虽然市场占有率不高，却形成了一批忠实的"APPLE–FANS（苹果迷）"。

而iPhone手机正是沿着苹果公司的核心竞争力发展出来的超强产品，iPhone具有艺术品般晶莹剔透的外形、动感梦幻的人性化触摸式操作、美艳极致的视听体验和对移动互联网的强大支持，它超越了以往任何一款手机。它是独一无二的，因此也就不是可有可无的，它的诞生令人翘首以盼，人们以拥有它为荣，它的火暴也就毫无悬念，是当然的结果。

案例

诺基亚董事长奥利拉认为，一个公司的产品过于复杂不利于公司的发展。他说："如果你要在世界范围站住脚，你就必须在你从事的领域内挤进前三名。只有这样，你才有可能取得赢利性增长。而一个企业不可能在方方面面都领先，因此，你必须学会专注。"

许多人可能想不到，在奥利拉1992年担任诺基亚董事长之前，诺基亚还在生产电视机、电脑、电线甚至胶鞋，其中电视机已经做到欧洲第二的规模。当公司决定以新兴产业移动通信为发展方向，诺基亚坚决卖掉了电线、电脑、电视机等项目。6年后，诺基亚的手机业务超过了爱立信、摩托罗拉，成为无可争议的手机老大。

我国许多初步成功的企业认为专注就像吃了亏，总是看别人碗里的饭香，对专注带来的好处、对自己已经成为品类的代表品牌所蕴含的巨大价值认识不清，纷纷多元化，结果没等对手打败，自己先乱了阵脚。长虹、春兰、小天鹅等在这方面都跌了大跟头。不过，话又说回来，这也恰恰为专注的追赶者提供了超越的机会。

有专长的公司更赚钱，赚钱的公司才能活出分量，活出精彩，才有机会做老大，这是规律！世界500强企业都是集中优势和力量的高手，是某一领域的"专才"。比尔·盖茨是专才，巴菲特是专才，肯德基是专才，可口可乐是专才，所以他们都成为了全球企业的领导者。

由Google占据的"搜索"这个定位，现在起码值1500亿美元，Alta-vista是第一家做搜索的，它耐不住寂寞做了多元化，现在找不到了，Go-to.com也消失了。

根据《财富》杂志的统计，在全球500强企业中，单项产品销售额占企业总销售额比重95%以上的有140家，占500强总数的28%；主导产品销售额占总销售额 70% ~95% 的有 194 家，占 38.8%，相关产品销售额占总销售 70% 的有 146 家，占 29.2%。以上三种情况相加，共占 500 强企业的 96%。这说明，500 强企业的核心竞争力来自于最擅长的行业，而不是面面俱到的多元化品牌。

这个数字揭示了领先企业的成功规律：聚焦主业，才能形成有竞争力的核心专长，才能使企业的赢利能力充分放大，才能把企业带向最终的成功！至于是聚焦主业使它赢利，还是为了赢利向赢利的和有赢利前景的业务上集中形成主业，并不重要，因为两种途径的最终目的和结果是一样的。结论只有一个：不聚焦，不成功！

● 建立核心竞争力。

对核心竞争力，说的人多，正确理解和使用的人少。

核心竞争力是技术？是分销能力？是低价高质的制造能力？或是聚焦高级人才所带来的创新能力？是品牌价值？这些好像都是企业的核心竞争力，但如果都是，又何谓核心呢？

当我们从企业整体能力的角度来考察核心竞争力时就会发现，技术能力、产品化能力、分销能力、制造能力、人力资源能力、品牌价值等无疑非常重要，有时甚至是关键性的，但是它不能够独立存在，企业必须还要有一种能力能将这些要素组织在一起，往一个方向使劲，这是引领其他诸多能力、释放能量的灵魂！这个统领性的灵魂，才是企业真正的核心竞争力所在！

作者给核心竞争力的定义是，将核心专长持续发挥最大效能的差异化系统能力！

虽然是一句话，但是它包括了一个核心，两个基本点。即以核心专长为核心，以差异化和系统集成为基本点。核心专长、差异化和系统集成，构成了核心竞争力的三大要素。

第一个要素是核心专长，它是企业在竞争与发展中长期聚焦专注于某一方面所形成的别人不具备或者比不了的优势。这个核心专长可能是领先的和差异的，也有可能不是，但一定是自己拿手的。如果这个能力本身不够领先和差异，不要紧，还有系统的差异化保驾护航。核心竞争力中一定不能没有核心专长，它是核心竞争力的核心！

第二个要素是差异化。这种差异化有的是产品的差异化，有的是经营系统的差异化。注意，这个差异化一定是能够保持得住差异的差异化！如果你的产品、服务很容易被模仿，那么所谓的优势会在对手的模仿中瞬间消失，核心竞争力很快失效，没用。接下来就需要第三个要素：系统集成！

第三个要素是系统集成。系统集成是将核心专长和差异化等众多经营要素整合到一起，协同一致地发挥出最大效能的能力，这种能力也是抵御对手模仿和替代的屏障！

核心竞争力是企业在长期的经营与管理过程中积累的多种能力的集合，不能只靠其中的某一两种能力来形成。只有以核心专长为核心，多种能力集合，才能形成低成本、差异化、高效益的能力。因为只有多种能力组合而形成的能力集群，才是竞争对手难以模仿的！这是构筑高进入壁垒、高模仿壁垒的秘籍！

要避免将某一种突出能力误认为是核心竞争力！

戴尔是差异的，同时又是系统的。这就是为什么戴尔被对手模仿了20年，仍然没有一家成为戴尔第二的真正原因！

戴尔公司的整个生产体系、经营体系、销售体系、售后服务体系都是其直销模式的有机组成部分，包括戴尔公司的文化和管理体系都根植于戴尔的直销模式中，这些都是竞争对手难以模仿的。

戴尔自己一语道破：我们的核心竞争力在于直销模式而非某种产品，如果传统 PC 领域利润太薄，戴尔就会转向其他产品。戴尔公司以客户关系为核心，以直销、网上销售、订单制造、供应商就近设厂、无库存为手段，打造了独一无二的 PC 直销商业模式。

美国西南航空公司以网上直接售票，不提供行李托运，不提供餐饮，频密的点对点航班飞行等多种独特的经营方式而集合成廉价航空公司的核心竞争力。

沃尔玛用全球大单采购、精确配送能力而集合成全球最低价格提供商的连锁模式，获取了全球第一的竞争力。

海尔用领先于竞争者的服务链，在各环节都提供第一流服务，打造出海尔家电的核心竞争力。

以核心专长为核心，多种能力的集合，构成了真正的核心竞争力！这是核心竞争力能够保持长久有效的关键。

经营一个没有核心竞争力的企业，企业无论做了多少种生意，那只是在赚钱，跟持续发展无关。今天赚钱今天干，明天赔钱就拉倒。

比如联想宣布进入房地产，如果联想并没有经营房地产的核心竞争力，那么我们可以从战略上判断它进入的目的完全是为了挣一笔钱。这在房地产热得烫手的时候，我不否认一时能够赚到钱，但这仅仅是赚钱而已，很难持续，做老大更是空中楼阁。

我们看到许多企业干了诸多行当，多年之后还在寻找赚钱的项目。因为它从来就没有在一个行业里形成过核心竞争力！这种企业不可能长期赚到钱，也根本实现不了持续发展与扩张，也就没有最后实现登顶做老大的可能。

如果不是基于未来，那么企业今天赚多少钱都毫无意义，十次赚的钱⋯⋯家荡产，企业难以维系。

⋯⋯菲利浦·莫利斯公司从实力上讲应该不容置疑了吧？它⋯⋯年之后惨败而归。因为它进去之后不具备核心竞争力，⋯⋯核心竞争力，结果只能鸣锣收兵。

⋯⋯机会太多，诱惑太多，近乎毒品，真是考验人的意志力。⋯⋯须明白，是否聚焦，是否凝聚核心竞争力，这是关乎企业⋯⋯路抉择，来不得半点虚伪和闪失。

⋯⋯，外部改变力量对比

⋯⋯在内部建立核心竞争力，在外部改变的是力量对比。

⋯⋯者、后发者往往在大多数方面不具备与原老大全面抗衡的优势与⋯⋯，有什么办法改变这个格局，变劣势为优势呢？

聚焦！集中全部力量，专（集中）到一点上，这样做，才能改变敌我双方的力量对比；这样做，就没有形不成的优势，就没有战胜不了的对手。

- 聚焦既是原则也是路径。

挑战者、后发者往往在大多数方面不具备与原老大全面抗衡的优势与能力，有什么办法改变这个格局，变劣势为优势呢？

聚焦！集中全部力量，专（集中）到一点上，在局部改变敌我双方的力量对比。越是弱小者越是要聚焦，聚焦是弱小者成长壮大的不二选择。

毛泽东领导的中国革命一开始非常弱小，从军事角度上说，毛泽东领导的革命队伍的胜利得益于聚焦，用他的话说就是"集中力量打歼灭战"。

毛泽东为中国人民解放军总结作战指导的十项基本原则，有五条直接涉及到"集中力量打歼灭战"的战略思想。

比如第一条：先打分散和孤立之敌，后打集中和强大之敌。第二条：先取小城市、中等城市和广大乡村，后取大城市。第四条：每战集中绝对优势兵力（两倍、三倍、四倍，有时甚至是五倍或六倍于敌之兵力），四面包围敌人，力求全歼，不使漏网。第七条：在运动中歼灭敌人。同时，注重阵地攻击战术，夺取敌人的据点和城市。第八条：在攻城问题上，一切敌人守备薄弱的据点和城市，果断夺取之。一切敌人有中等程度的守备、而环境又许可加以夺取的据点和城市，相机夺取之。一切敌人守备强固的据点和城市，则等候条件成熟时然后夺取之。

失败是最大的浪费！

十大军事原则归根到底强调一个核心，用聚焦的办法改变敌我双方的力量对比，集中优势兵力，使弱变强，打歼灭战。这是毛泽东领导的中国共产党从胜利走向胜利的法宝！

聚焦既是原则也是路径，成功的营销都是聚焦的营销！没有平均使用力量的营销，没有全面开花全面结果的营销！

- 聚焦的三维：产品、市场范围和时间。

注意，做市场的集中与聚焦，包含三个维度：产品、市场范围和时间，即聚焦一个产品的一个区域市场，在一段时间内集中发力！

聚焦，看起来公司所聚焦的目标市场的范围和规模可能不大，但这是确保成功的绝佳路径。投入之后有收获，才是成功的投入，否则就是最大的浪费。

史玉柱在《赢在中国》中点评时说：要聚焦、聚焦、再聚焦，而不能分散、分散、再分散。

这位失败过一次（巨人大厦），成功了三次（巨人汉卡、脑白金和巨人网络）的商界奇人的话，我们不能不重视。

史玉柱在营销实战中一贯采用毛泽东的作战思想，其中最关键的一条就是"集中优势兵力，各个突破"这个原则，史玉柱曾多次在营销会议上强调的"六条营销法则"中有三条直接与聚焦相关：

第一法则：做一个产品必须要做第一品牌，否则很难长久，很难做得好，不做第一就不能真正获得成功；

重点法则：在营销手段的使用上必须有一个重点，必须加大人力、物力、财力，做重点地区，使用重点手段，做深做透。一个企业资金实力再雄厚，也只能在几个重点行业、重点地区、重点产品上下工夫，如果没有重点，平均用力，必然会失败。

品牌延伸法则：一个产品一个品牌，品牌不能乱延伸。

这三条法则都是"集中优势兵力，各个击破"的具体化，可见史玉柱对毛泽东集中优势兵力原则是掌握得如此透彻。在脑白金的营销上，这条原则更是被运用得淋漓尽致。

案例

1998 年，山穷水尽的史玉柱找朋友借了 50 万元开始运作脑白金。手中只有区区 50 万元，放到哪里会有一些优势呢？经过详尽的考察之后，他把江阴作为东山再起的根据地。江阴是江苏省的一个县级市，地域小，但是购买力强。在江阴启动，投入的广告成本不会超过 10 万元，而 10 万元在上海还不够做一个版广告的费用。

这几乎是最后的机会，他别无选择，必须聚焦，必须一击中的！

他成功了。

到了1998年5月，史玉柱把刚刚赚到的钱投入到无锡市场。第二个月，史玉柱在无锡又赚了十几万元，史玉柱拿着它去启动下一个城市。几个月里，南京、常熟、常州以及东北的吉林，全部成了脑白金的早期根据地，星星之火开始燎原。到1998年底，史玉柱已经拿下了全国1/3的市场，月销售额近千万元。

无数成功与失败的案例告诉我们，聚焦，是最重要的制胜法则，是所有行业所有想取胜的经营者在每个阶段都必须遵守的铁律！

二、做老大第一，做大第二

人，一旦到了快没命的时候，就什么都想得开、放得下了。因为没有命，就没有了一切。做老大就是做成功，所以，做老大是第一位的，做大是第二位的。

有的企业家在做企业上，尤其是把企业做到很大时，不知是因为资产的赢亏与自己无关，还是无知者无畏，偏偏把企业的生命放在了一边，忘记了自己靠什么生存，凭什么取胜，忘记了做强才是自己真正想要的，他们一门心思地只想把企业做得很大。

> 老大一定是强的，先把企业做强，
> 做大应该是一种自然而然的结果。

"大"与"强"之间没有必然的因果，"大"不一定必"强"，相反，大更容易虚胖，更容易蒙蔽企业家的眼睛，很难持久。只有在做专做强的基础上做大，或者在做大的同时，注意形成差异化的核心专长，并以核心专长作为优势保障做强，才是企业从胜利走向胜利的正确路径，才是企业真正强大的保证！

1. 做"专"做"强"，做大不难

要想强大，就先做老大吧，做老大比做大重要。因为老大无论大小都是强者，就像邓亚萍、占旭刚，个子再小也是冠军，中华第一高人鲍喜顺个头再大也只是普通人一样。

表面上看，做企业，"大"似乎总比小要好，"瘦死的骡子比马大"嘛。但是如果将企业做得很大还不能使自己在行业中、在品类上拥有领先地位，那么这种做大的努力远不如做老大更重要和更具价值！毫无竞争力虚胖式的"大"极其危险，因为它抗不住一点点风险，会顷刻之间轰然倒塌。

我国许多企业家热衷于把企业做大，甚至认为把企业做大了竞争力自然就会强，一度掀起争上世界 500 强榜单热，这是误区。

拿世界 500 强企业和我国上榜企业做比较就会发现，它们之间有着显著区别：

第一，无论是属于哪个行业，世界 500 强企业（除了极少数是所在国家的政府性垄断企业外）几乎都是所在行业市场中竞争力最强的企业；而我国这些上榜企业是传统性垄断行业，如中移动、中石油和银行、保险这样的特殊企业。

第二，世界 500 强企业的所有结果，都是通过自己的努力获得的，既不是向政府要的，也不是依靠政府特殊"照顾"给的。就是那些现在市值很高的企业，也是市场地位和竞争力的直接反映，不像我国，有些企业是通过"资本运作"、"资产经营"弄大的。我国上榜企业多数有浓厚的国家背景，是靠国家聚拢的巨大资源支撑着。

第三，世界 500 强企业中，有不少并不一定是所在行业有形资产拥有最多（规模最大）的企业，但一般都是产品或服务占世界行业市场份额最大的领导企业，也就是老大。这些企业的底气、实力都来自于各自拥有或占有的、令同行企业难以望其项背的市场份额。

第四，跨国经营是世界 500 强企业重要的特征之一。而我国上榜企业很大程度上是靠规模获得的，并不是在市场中拼杀出来成长壮大的。一旦脱离政府的政策扶持和垄断性保护，这些企业就不一定保得住 500 强的位子。这些上榜企业的海外投资额远远低于发展中国家的平均投资规模。

所有这些都凸显了中国企业与世界一流企业间的巨大差距。我要忠告本土企业家的是，第一，一定要看清世界 500 强之所以强大的本质。"大"是做"专"、做"强"顺带的结果，不是强大的手段，本末倒置的事情终归长久不了。第二，老大不分大小，但是只要是老大，就是强者。做老大，才能更好地生存，才拥有更有利的占位，才更容易在竞争中取胜！

当你在某一领域或者某一品类中做了老大，就是世界 500 强企业也奈何不了你，就像可口可乐对王老吉，眼看要替代自己成为中国饮料业老大也"束手无策"一样。

2. 找到一个能够做老大的市场

做不成现实的老大，就找一个能够做老大的市场！

世界上没有天生的老大，现如今大行业大市场里的老大，毫无例外都是从小做到大的，甚至是这家企业把整个市场做大，做成了一个行业。

如果你看到现时的老大就说，老大现在做什么，我就做什么，那可大错特错了！

要想当老大，就不要在没有自己地位的"大市场"里混，这个市场再大也不是你的，哪里是能够做老大的市场呢？

- 找一个"小"市场称王。

一个人在纽约的一条街上想吃牛排，去哪家好呢？

他看到一排四家餐馆都有广告，第一家这样写道："本餐馆的牛排是美国最好的"，他一看挺好，正想进去时，又看见第二家的广告："本餐馆的牛排是纽约最好的"。他想了想，觉得第一家好像有些言过其实，第二家既然是纽约最好的，肯定比第一家好，更可信，于是他向第二家走去。这时他忽然发现第三家的广告语写的是"本餐馆的牛排是曼哈顿最好的"。

这个人想，这些牛排餐馆都在曼哈顿，应该是第三家比较好吧，于是他决定去第三家。等到了第三家，他也看清楚了第四家的标语："本餐馆的牛排是这条街最好的"。哈哈，这个顾客最后去了哪家就不用说了吧？

这当然是个故事。这个故事给我们两点启示，第一，恰当的细分可以改变企业的地位，从不那么突出变得很强大；第二，不同的细分方法可以做不同的第一。

做不了强中强，就先做弱中强、强中专或者大中小！

找一个"小"市场称王，是我的一个通俗说法，在经济学上有一个专门的词把这样的市场称作"利基市场"。"利基"源于 Niche 一词，原意为"壁龛"，还有"缝隙"、"生态位"、"适合"等多种含义，可引申为"一个狭小、合适的空间或位置"。

利基战略是一种企业的整体成长战略，是指企业为了避免在市场上与强大的竞争对手发生正面冲突而受其攻击，选取被大企业忽略的、需求尚未得到满足、力量薄弱的、有获利基础的小市场作为其目标市场的营销战略。它开始是以某个狭窄的业务范围为战略起点，集中资源和力量进入，首先成为当地市场第一，不断扩展地域市场范围，采取多种途径构筑竞争壁垒，分阶段、分层次地获取并巩固市场冠军的地位，最终实现全球单项冠军的最高目标。

万向集团早在 1980 年选择进口汽车维修用万向节，并专注该业务，于 1983 年成为中国第一至今已有 25 年的历史。

比亚迪创业时选择的业务方向是二次充电电池 OEM 市场，并且专攻用于无线电钻、电锯、应急灯等产品的镍镉电池生产，这些产品在欧美需求量极大，这为初创时期的比亚迪打下了坚实的基础。

聚龙集团在 1998 年选择指甲钳为新业务，现已成为中国第一、世界第三的指甲钳生产商。聚龙集团的梁伯强在决定进入指甲钳市场的同时，就确立了"全球指甲钳第一品牌"的目标，从目前的状况看来，聚龙集团实现全球冠军的目标指日可待。

好孩子集团 1989 年以童车为利基业务，1992 年明确提出"做第一"

的目标，1993 年成为中国市场冠军，1999 年成为美国市场冠军，一直保持至今。

利基战略在实施上讲究聚焦和分步，在不同的阶段内，以不同地域市场冠军为阶段性目标，最终实现全球冠军目标。

在夺取了中国市场、全球市场的冠军地位并巩固之后，企业可多次实施利基战略：选择一个更大的业务范围为第二个利基，然后再把这项业务打造成中国、全球市场的冠军，待冠军地位巩固之后再选择第三个利基，……步步为营，循序渐进，最终成为一家在多个业务领域中占据冠军地位的强大企业。

中集集团成为全球集装箱冠军后，2002 年开始寻找新的利基业务，经过两年多的调查、分析和研究，最后决定进入半挂车业务，同时确立了 3~5 年成为全球半挂车老大的冠军目标。我们有理由相信，中集集团的新利基业务能够在全球获得成功。

一句话，我们要设法成为第一。你若不能成为现有市场中的第一，就找一个能够进入并且能够使你成为第一的合适的细分市场，或创造一种能使你位于"第一"的新产品，成为该类细分市场中的第一。

● 细分确立地位。

营销者有一种常见病就是贪大求全，他们担心把自己的产品定位在一个细分市场，把市场做小了，被限制住了，恨不能人人成为自己的目标消费者，哪个品类都不想放弃。其实持这样想法的人没有理解细分和定位的真谛。

竞争，必须首先解决立足问题，否则市场再大再肥也不是你的。

当你还是弱小者时，进入市场首先要解决的问题是你存在的理由，你凭什么在大企业称雄的市场中生存？消费者凭什么要选择你？！这个问题不解决，消费者放着领导品牌不选非要选择你，是不是脑子有毛病？！

亚都科技创始人何鲁敏说："与竞争对手美的电器相比，亚都的规模要小一些，品牌在家电领域没有美的叫得响，可能销售渠道也没有美的宽，但为什么会在销售上比美的强得多，就是因为亚都是专业的，在空气品质领域主导十一个国家标准，拥有 700 多项专利。一些产品功能对方没有，而这正是来源于公司专注所形成的技术优势。我们在空气净化领域占有 52% 的市场，无人能敌，而这是规模所不能战胜的！"

专业专家型公司越多，大而全的企业就越不好过。

现在，一提起北京菜市口百货商场，人们会不约而同地想到"京城黄金第一家"，它是北京购买黄金珠宝钻戒首饰的好去处。其实菜百原来只是北京的一家毫无特色的中型百货商场，在我国零售业业态剧烈变革的大潮中，它经历了脱胎换骨式的改革和无人敢做的"窄"定位，结果找到了生存空间，不仅生存了下来，而且活出了精彩。从一个区域性的、可有可无的、小而全的中型百货商场，一举成为在全市乃至全国独一无二的"黄金零售"业老大。再看看当年与菜百同级别的百货商场在哪里？地安门百货、新街口百货、隆福寺百货、贵友百货，关的关，转的转，活着的已是门庭冷清。

细分市场，"小"就是"大"。

只有首先设法在市场上立足，取得消费者的信任，下面的事才好办，再扩展品类，扩展人群才有了扎实的根基。

柒牌男装在整体男装方面不具备比较优势，但是它开辟出"中华立领"这个细分市场，在"中华立领"这个局部市场内，成为领导者，自己做老大。现在，一提起柒牌男装就能想起中华立领，由此，对柒牌其他式样的服装也产生了信任感。

达利向全国发起冲击的产品是蛋黄派。我们知道，"派"的概念是好丽友带来的，好丽友没有说自己到底是什么派，老大嘛，没必要细分。印象中好丽友的巧克力派更具代表性一些。达利没有说自己的派比好丽友如何如何好，而是在"派"系列中选中了蛋黄派细分市场，展开了强攻，一下子在派中占有了一席之地，从此开始走向全国。现在，一提起蛋黄派就能想起达利，由此，对达利其他类别的食品也产生了品尝的冲动。

● 小就是大。

"小"市场应该是说起来小，实际上并不小。百事可乐说自己是新生代饮品，"新一代的选择"，市场小吗？其实这并不影响上年岁的人喝它，喝它时自我感觉变年轻了或把他带到了对年轻时代的回忆之中。

我国许多企业弄来弄去只好打价格战的原因是，它没有在消费者心中建立起强势地位。一开始就想与领导品牌展开全面竞争，结果，"大"就是"小"，在哪个方面也无优势。只好用低价吸引消费者，搞得自己没钱赚，很难受。

细分市场是企业挤进市场时必须率先打开的突破口，看似"小"，实则意义重大，这是从无到有、确立地位之举。只有完成此举，才有可能为企业整体的产品线铺路搭桥，才能从局部第一走向整体第一，从分众产业最终扩展成一个大众市场，进而实现全面强大。

史玉柱做"征途"时，网络游戏正经历着年均74%的爆炸式增长。那时已有盛大、九城等一批强手，史玉柱的策略是，"征途成为网络第一不可能，那就找一个机会，网游大多是3D游戏，我就去做2D产品，成为2D游戏的第一"。

同样是果汁，统一相对于汇源来说是后来者。汇源在果汁行业里已经建立了强大的地位，统一想分食果汁市场怎么办？细分！

统一发现，当时的果汁市场都在争先恐后地标榜自己的果汁如何纯，不掺水。这种纯果汁纯倒是纯了，但是只能在餐桌上喝，平时根本不可能用它解渴。于是，统一发现了一个巨大的"非纯果汁"的细分市场，没有人去占领。于是，统一"鲜橙多"上市了，2001年统一"鲜橙多"没有打任何广告，销售收入高达10亿。巨大的成就令纯果汁企业捶胸顿足，望尘莫及。

细分不是目的，细分是为了找到切入点、突破口，最终还要是通过细分市场走向大众市场。就像达利不是只做蛋黄派，柒牌男装不是只有立领一样。

中国药品市场是个产品同质化非常严重的市场，一个企业经常有几十个甚至几百个品种，一个品种经常有十几个几十个企业在生产，许多企业摸摸哪个产品都是自己的孩儿，沉湎于"遍地播种""广种薄收"中不能自拔。与跨国制药公司一个产品动辄上亿美元的年销售额比，单品做不大一直是影响国内普药企业成长发展的顽症。

打造市场尖刀，让单品过亿，是医药企业做大做强的必经之路！

近年来在市场上声名显赫的医药企业都是先从一个"小"市场做起，打造拳头产品，等在"小"市场称王后，再进行延伸和扩张，最后做强做大的。

宛西制药与六味地黄丸、石药集团与维生素 C，葵花药业与"胃康灵"、益佰制药与"克咳胶囊"、康恩贝与"前列康胶囊"……这些成功的企业在一开始，都是把绝大多数力量集中在一个或者一类产品身上，在这些产品成为品类先锋后，然后开始向行业巨头进军，在中国医药市场各自独树一帜，成为典范。

第八章

技术创造，新贵崛起——做老大路径之六

每一次技术革命，必然伴随着一个或一批新兴企业的崛起。

不少企业把自主创新等同于高、精、尖技术创新，一提起创新就畏难，这是个误区。真正的技术革命少之又少。最重要的是洞察、捕捉和引领消费者需求。这正是技术创造的目的和动力。

技术不分高低贵贱，关键在于智慧应用。综合应用是创造，时尚设计是创造，增加功能方便化还是创造。

一、技术一招鲜，行业任领衔

技术创新，是企业应用创新的知识、技术和工艺，或者采用新的生产方式和经营管理模式，提高产品质量，开发生产新产品，提供新服务，占据市场并实现市场价值的创造性活动。

技术创新，向来是催生新产业、成就伟大企业的最重要的动力。每一次革命性的技术创新，必然伴随着一个或一批新兴企业的崛起。

思科公司发现：随着互联网用户的快速增长和人们对网络的依赖，网民对高速数据传输服务的需求快速上升，而低速的数据传输和不兼容的电脑网络阻碍了这一发展，问题变得越来越严重。为此，思科设计了路由器、网络开关和其他网络设备，使顾客能够在无缝网络环境中快速传输数据。技术为客户创造了价值，思科步入了蓝海。目前，全球超过80%的网络传输是采用思科的产品，思科的毛利润率为60%。思科因此成为全球领先的互联网设备供应商。

上世纪40年代末，瑞典利乐公司开创性地推出一种食品包装新技术——高温瞬时灭菌辅以无菌纸包装，结果使牛奶的保鲜期由六七天延长至六七个月，从而掀起了"牛奶保鲜技术的第二次革命"（巴氏杀菌是"牛奶保鲜技术的第一次革命），于是风靡世界，占据了全球 3/4 的市场份额！一个小国的一个曾经的小企业，凭借其独创的技术与独特的赢利模式，创造了一个行业，称霸全球，生动地诠释了"强则必大"的商业逻辑。

无独有偶，成立于 1992 年的大连路明集团，以全球首创的稀土自发光材料专利为起点，成功地向世界推出了一个崭新的产业——自发光产业。随后又通过与国际性跨国企业进行合资合作，成功地介入半导体照明产业核心，成为中国第一、世界上仅有的几家能够同时拥有发光材料和发光芯片两大半导体照明产业核心技术的行业骄子，打破了国际照明巨头对该领域核心专利的垄断，实现了路明集团半导体照明与发光材料双业并举、互为支撑的无敌产业格局。

> 科技领域内只有第一，没有第二；专利也只有第一，没有第二。希望你们自主创新做到全球第一，要在全球行业内争取第一。　　——温家宝

一块路明制造的 2000 平米的 LED 显示屏悬挂在 2008 年北京奥运会水上运动项目比赛场——水立方里。这块 LED 屏幕是全球最大的 LED 屏幕之一，它像一块巨大无比的广告牌，向全世界昭示着路明在半导体照明产业上的成就与成功。

所谓技术创新，一定是人无我有并且能够在市场上创造溢价、带来产业升级、促进行业进步的东西。即所谓：技术一招鲜，行业任领衔。

以 GSM 为代表的 2G 技术在摩托罗拉手里已经发展了十年，华为与其的差距可想而知。怎么办？

华为把技术创新的重点放在了下一次产业变革的起跑线——3G 的 WC-DMA 上。华为在 2G 解决的是生存，在 3G 改变的是地位。在这个新领域，华为和其他跨国公司处在同一个水平线上，最后，更加勤奋的华为胜出。

华为的 R4 软交换技术堪称一绝，那些运营商所使用的 2G 设备无论是谁的，都能够通过 R4 软交换技术顺利从 2G 转接到自己的 3G 产品上来，在与各大跨国公司的产品对比中，华为排在第一。

素有中国黄金国家队之称的中国黄金集团，2005 年，在黄金冶炼技术

第二部分　做老大的十大路径

119

上实现了一项重大突破，将黄金成品的纯度由沿袭了上百年的"四个9"提高到了"五个9"。以此为契机，中金集团接连推出了"五个9"高纯金条、"五个9"黄金月饼，在民用黄金消费市场独领风骚，继而在黄金投资市场推波助澜。

在中药领域，天士力与滴丸技术，神威药业与软胶囊技术，是靠技术成就领军企业的典范。

案例

天津天士力是中药现代化旗手和龙头企业，在中药界首创并引领先进的滴丸剂型技术，其主打产品现代中药"复方丹参滴丸"，连续四年位列全国药品销售额榜首。因其剂型先进，临床效果明显，获得美国FDA认证，成为中国中药现代化的典型代表。从2002年开始，天士力以滴丸为核心定位，相继推出系列滴丸产品。2006年，与央视黄金段配合，强势打造OTC上量单品——穿心莲内脂滴丸。2006～2007年，藿香正气滴丸、柴胡滴丸等产品也相继加大推广力度，在市场上大举扩张。

中药软胶囊和注射液是神威药业在剂型上的独特定位。早在1998年，神威药业就建成了首家通过GMP认证的最大的软胶囊生产研发基地。2004年，成为国内首家在香港上市的内地中药企业，2004～2006年加强了以软胶囊为剂型定位的市场扩张，相继在五福心脑康软胶囊、藿香正气软胶囊、清开灵软胶囊上登上了品类榜首。

日本经济学家斋藤优认为："现代的产业垄断，已经从资本垄断向着技术垄断的时代迈进"。因此，倘若失去了技术垄断，企业在产业竞争的垄断地位就难以保证，垄断性的利润也难以为继。世界上71%的技术创新由500强创造和拥有，62%的技术转移在500强内产生，均证实了这一点。

海信的周厚健曾坦言："中国制造业如果不在技术上突破，也许以后我们连为世界级企业配套的机会都抓不住。"

追求技术，就是追求卓越、追求领先，这是老大企业永远的功课。本土企业在核心技术上与世界级企业的水平差距很大，我们要像《士兵突击》中的许三多一样，"不抛弃、不放弃"，让这个差距逐渐缩小，我们的企业和企业家任重道远。《赢在中国》的评委马云说得好："我们没有退路，最大的失败就是放弃。"

二、中国特色的技术创造

创新的技术是一些领域的命脉，甚至重要到一招制胜的程度，而核心技术的缺失是我国企业普遍的短板。可是一提到技术创新，许多企业总是畏难。

在过去 30 年里，一些企业是拿来主义的热衷者，它们从美国和日本买来生产线，买来技术，却并没有创造出新的产品和服务，尽管技术创新一直像烟花一样每年都被高高地燃放，但是它从来都是昙花一现而没有落到实处。

这里有足够的理由：企业利如纸薄，技术研发投入大，周期长，见效慢，结果他们要么妄想引进技术一步到位，结果，每过一个阶段，就要打一针昂贵的"引进技术"强心针，这还是有实力的企业所能得到的最好的结果。他们要么把赌注下在市场上，企图用市场营销延长落伍产品的生命。

自主创新难，这里确实有生存压力和实力支撑问题，但是我们应该看到，靠技术创新成功的企业中，没有一个是单纯靠钱堆出来的。无论从联想的"贸工技"，还是路明集团以专利为起点开辟自发光产业，都是在发展中、在坚持中求创新的，其关键是企业家的远见和定力！

技术创新不会像天上掉馅饼一样一蹴而就，有坚持才有收获。

原始创新艰难，一步登天不可能，但是这绝对不等于说本土企业在创新上无能为力和无所作为。本土企业已经在实践中找到了许多实效的技术

第二部分　做老大的十大路径

创新办法，我谓之中国特色的技术创造。

1. 穷人创新，积少成多

近年来，一大批本土企业从现实出发，搞穷人的创新，以超强的定力，在关键点上有重点地创新，日积月累，逐渐形成了自己的核心技术，摆脱了受制于人的窘境。海信就是其中的杰出代表。

海信认为，我们不能够仅仅围绕外围小的功能做文章，我们要深入到核心技术当中。电视的核心技术，首先是芯片的设计和研发，中国每年7千万台的彩电没有中国芯，这是中国彩电业的切肤之痛。

案例

海信从2001年开始，自主在核心技术上搞研发，在上海默默无闻地干了四年。2005年4月份，中国第一块具有自主知识产权的高清晰、高画质数字视频处理芯片——"信芯"由海信研发成功，结束了中国年产7500万台彩电没有中国芯的历史。2007年9月，中国第一条电视液晶模组生产线在海信建成投产。

经美国IDG、锐德集团等权威机构评测，海信120Hz真+平板电视以突出的性能指标超越了中外最新平板产品，赢得了2007中国平板电视"综合品质金奖"。这个奖项给海信带来了显著的变化，产品在欧洲、北美、澳洲、非洲等主要市场热销，并顺利打入中南美、中东、东南亚等新兴市场，出口量在所有中国企业中名列前茅。

四年，说长也长，说短也短，只有坚持才能有收获，一旦收获就是极其超值的。

信芯和模组这两项自主创新，使海信与国际一流彩电企业站在了同一个水平线上，并且利用平板数字高清成为主流、彩电企业重新排序的战略机会，一举成为国产彩电的老大，奠定了"平定"天下的资本，后劲十足。海信连续两年在中国大企业竞争力 500 强排名中位列第一。

创新需要资金，但是资金解决不了一切。事实上，越是有压力，才越是有创新！

为了保证国家在某些行业的国际竞争力，国家设立资金支持大企业的基础创新，但事实却是，那些没怎么拿到资金支持的企业，却创造出更好的产品，并且在行业中领先其他企业。吉利的发动机和变速箱不就是这么来的么？天津和上海花了几十亿元没有结果，吉利用了几亿元就解决了问题。

"不低头，不认输，擦干泪，坚持住，该受的苦我来受，该走的路我清楚，"出自吉利老总李书福手笔的这段歌词，正是吉利艰辛成长历程的真实写照。

吉利的发展除了依靠自己的力量别无他途：缺少技术，自己摸索加上四处求教；资金不足，发扬"花小钱办大事、不花钱也办事"的艰苦奋斗作风；没有人才，自办汽车院校培育人才；没有"准生证"，千方百计借壳造车；有人断言吉利造车"无异于自杀"，李书福愤然："那就给我们一次自杀的机会吧！"……

在最艰苦环境下尚能顽强生存的企业，是最有生命力和创造力的，就像在陡峭的崖壁上傲然挺立的青松。

9 年的积累，吉利在 2008 年北京国际汽车展上大放异彩。许多专家和媒体用"脱胎换骨""难以置信"来形容"成本优势向技术领先"战略转型后的新吉利。

案例

　　本届车展，吉利 13 款新车同步亮相，震撼眼球。吉利此次参展的新车型无论在造型设计还是技术配备上完全摆脱了吉利原有车型的身影，时尚流行元素体现在吉利新车型的每一个细节，体现了汽车设计的最新理念和安全、环保、节能趋势。吉利给本次北京车展带来的不仅是数十款新车，更多地给世界展示了中国制造、中国设计和中国创造的新形象。

同时，吉利三大技术亮点领衔自主创新。与震撼眼球的 13 款新车相比，吉利此次参展的三大技术亮点对中国汽车工业发展的意义更为重大。

BMBS（爆胎监测与安全控制系统）技术是吉利在安全技术方面的一项重大技术发明，保证轮胎爆炸以后的汽车，降低速度，慢慢停车，避免车毁人亡的悲剧。

电子等平衡技术①则是吉利在节能、环保方面的一个革命性创新，能够大幅降低燃油，提升燃油经济性。

新能源开发则是吉利节能、环保技术创新的一大亮点。纯电动熊猫、甲醇动力华普、双燃料远景车是本届参展商中推出新能源车型最多的企业之一，充分展现了吉利在新能源开发方面的实力和水平。

另外，吉利方程式赛车是国内第一款达到国际 F1 赛车标准的方程式赛车。概念车是体现一个企业最新科技水平和研发方向的重要风向标，吉利 GT 上的技术配备让人大开眼界，摄像头后视镜、感应式车门等，让公众第一次在自主品牌产品上体验到了世界级的科技水平。

如今的吉利，拥有初具规模的吉利汽车研究院，拥有宁波、临海、路桥、上海四个整车、三个发动机、一个变速器及转向器生产基地，具备年产 20 万辆整车、20 万台发动机、20 万套变速器的生产能力。吉利汽车被评为中国汽车工业 50 年来发展速度最快、成长性最好的企业之一，跻身中国汽车行业十强之列……

在科技部主持召开的"吉利现象研讨会"上，与会专家们这样评价吉利：一个拥有 13 亿人口的发展中大国，要想真正自立于世界民族之林，就必须拥有更多像吉利一样的有灵魂、硬脊梁的企业！

2006 年 1 月 9 日，吉利应邀参加第 48 届北美国际汽车展，没有花

---

① 电子等平衡技术是中国民营汽车企业吉利有史以来研发、投入最大的一项技术，这项技术把内燃机的能量最大化地变成电能，最后通过电动机驱动汽车前进，能量转变过程基本上是等同的，没有浪费，形成一个超级的油电混合动力，可以大大节省油耗。

一分钱的场租费，吉利驾着自主研发的"自由舰"轿车出现在国际竞技台上，并获得车展组委会颁发的特别奖——"银钻奖"。

穷人的创新一样可以屹立于世界技术之林。

2. 应用创新，需求做主

不少企业一提起技术创新就畏难，把技术创新等同于高、精、尖原创技术的创新，这是误区。本土企业应该把在已有技术基础上的整合与创造性应用作为技术创新的首选和重点。

事实上，真正的技术革命少之又少。对企业来讲，最重要的是洞察、捕捉和引领消费者需求。

技术创新的层面非常丰富，创新技术不等于高深技术。综合应用是创新，时尚设计是创新，增加功能方便化还是创新。否则，拥有技术的爱立信就不会衰落下去，手机行业的宝座上就不可能有韩国三星的位子。

路明是技术的，好孩子不用弯腰就可折叠的婴儿车能说不是技术的吗？海信是技术的，海尔洗地瓜的洗衣机能说不是技术的吗？

优秀企业的实践告诉我们，让消费者需求给企业指路，充分挖掘现有技术手段，在对现有技术的应用创新上下工夫，许多看起来很常规的技术照样能够为企业带来丰厚的回报。

中国最大的婴儿车生产厂家好孩子集团，18年前是昆山一个连年亏损的校办工厂。而今天，这家集团控制着中国婴儿车市场80%的份额。在海外市场也同样成功，美国每卖出3辆婴儿车，其中就有一辆是好孩子的。企业营业收入的80%来自海外市场，其中美国市场占到了一半。

案例

好孩子现在拥有2300项国内专利，40项海外专利。童车的技术再高能够高到哪去？绝不是也不可能高深莫测。他们技术创新成功的关键是，悉心洞察顾客需求并且准确地予以满足！

"好孩子"最早诞生于一个校办工厂，当初只会生产老式婴儿车。当时公司总裁宋郑还是这个校办工厂所在学校的副校长兼数学教师。但是他意识到，有限的订单永远不会让厂子盈利。于是他利用业余时间自己设计婴儿车。最终，他设计出一种既能充当摇篮也可以变成婴儿车的产品，那项专利卖了4万元。

当宋郑还开发出第二款婴儿车的时候，有公司出价14万元要购买其专利，宋郑还决定不再转让专利，开始生产销售自己的专利婴儿车。三年后，他的公司变成了国内童车行业的领军者。

创新是好孩子的生命线。宋郑还将销售和市场方面的工作交给了副总裁，自己专抓研发中心，管理着180多位设计师和专家。

在过去的10年中，宋郑还的公司多次制造出"世界第一"的产品。在1999年，"好孩子"开发出一种仅需一只手不弯腰就可折叠的婴儿车，在美国受到热烈欢迎。在中国制造成为地摊和廉价的代名词时，一辆好孩子婴儿车在欧洲市场上的售价是700欧元，利润率高达50%以上。

....

围绕消费者需求做技术创新，海尔做得有声有色。它们为农民开发的能洗地瓜的洗衣机的事情被人们传为佳话。

张瑞敏到四川考察，发现当地洗衣机的返修率特别高，原因是排水管总是堵塞。原来，当地农民经常用它洗地瓜。按照一般人的思维，这不是自找的吗？活该！洗衣机是洗衣服的，谁让你洗地瓜啦？张瑞敏则说："我们为什么不做一种能够洗地瓜的洗衣机呢？"海尔开发的这种洗衣机并没有特别的技术，只是加大了出水管，便于排泥沙。产品一投放市场，立即受到农民朋友的热烈欢迎。

后来，海尔沿着这个思路开发了洗酥油的洗衣机、洗龙虾的洗衣机，在中东，还专门向当地市场供应能够洗大袍子的洗衣机。技术并不是什么惊天动地的技术，但是市场效应却是巨大的。

张瑞敏说："我们对员工灌输这样一个概念：从本质上来讲，营销不是卖东西，而是买进意见——根据用户的意见不断改进，达到让用户满意，最后就买到了用户的忠诚度。"难怪海尔的产品研发很有营销味道。

海尔后来相继推出"上下吹风不吹人的空调"、"甩掉滤尘袋的吸尘器"、"防电墙热水器"，都是从顾客出发、从市场出发的创新产品，解决了顾客对原有产品的抱怨，赢得了市场回报。

科技以人为本。技术，只有通过产品变成使用价值，变成消费者心中所想的产品，技术才是有价值的好技术！

海尔并不复杂高深的技术创新，给顾客带去的是那种贴心式的关照，一定会使消费者更加热爱海尔的产品，忠诚海尔的品牌。

3. 整合应用，技术到手

高新技术不是外资企业的"专利"，中国人有足够的聪明才智，引进一半，掌握全部，改头换面，为我所用，创造出中国式技术创新的经典。

 案例

看着价值 1 亿美元，日产 20 万粒锂离子电池的自动化生产线的引进技术资料，深圳比亚迪公司总裁王传福不感兴趣。这是 1995 年。

在拥有锂离子电池专利的王传福眼里，中国低成本的劳动力比"自动化"更有魅力。于是，他将"自动化"分解为多个可人工完成、对工人技术要求不高的工序。结果，只用了引进整条自动生产线 1/20 的投入，就建成了独具"比亚迪"特色的半自动化锂离子电池生产线，并自主创新出几十项技术专利。

王传福把先进的自动化生产线与中国优势的生产要素——劳动力进行整合，这种超凡的整合智慧，世界罕见，中国仅有，实在令人叹服。

10 年后，"比亚迪"日产二次充电电池 300 万粒，镍镉、镍氢、锂离子电池的国际市场份额分别居第一、二、三位，迫使"东芝"退出锂离子电池业、"三洋"撤离中国市场。

如今，王传福在汽车制造业如法炮制，继续着他的整合应用传奇，比亚迪汽车横空出世，高调入市，开始改写世界汽车制造的历史。

厦华则与 LG、飞利浦、三星等平板显示屏核心技术商建立全新的合作关系，以制造商的身份参与技术研发，靠全新的战略合作模式，成为全球平板电视十强，领跑平板电视出口。

深圳海川实业公司在给杜邦、通用、汉高、科耳等国际巨头作代理的同时，发现了专利的魅力。于是，谙熟贸易的海川将自己定位为"专业技术集成商"，在国内及北美、欧洲、日本等国设立了近 30 个办事处，广泛收集专利信息，然后集投资、研发、设计、生产、销售于一体，开发全新产品。20 年后，海川以 493 项专利，在 2005 年深圳企业专利排行榜里位居第五。

目前，海川拥有的专利跨化工、新材料、生物工程等多个行业，并经国家批准设立了博士后工作站，成为全国唯一设在民营企业的"建筑涂料工程技术中心"，被授权制定中国建筑颜色的国家标准。

"中国特色"的自主创新，又带来产品的"中国特色"：高性价比。"比亚迪"电池取得了摩托罗拉、诺基亚等世界手机巨头的大额订单；"台电"的会议系统走进了联合国、世界银行、APEC 的会场；深圳迈瑞生物医疗电子公司以近百项专利推出质优价廉的监护仪、B 超仪，不仅迫使进口的国外同类设备降价六成，而且大量进入全球市场，高性价比让中国制造的产品大批走向世界。

三、破除技术迷信，市场需求导引

一项技术无论多么高精尖，如果与消费者的需求无关，那么在市场上就毫无价值，因为消费者无法直接使用技术。高新技术只有转化成为市场需求的产品，技术的优势才能在市场上变现，才能转换成价值。所以，好技术，必须借"壳"上市，借助有市场需求的产品之"壳"。"壳"，是消费者想要的解决问题的工具。

日本并不是一个原创科技强国，在过去 50 年里，80% 的科技发明都是来自美国，但是日本绝对是一个经济强国，这是怎么回事？因为日本在许多领域里将科技的应用做到了极致，把消费者的需求解决得很好。

在日本发明协会的资料里有一则有趣的故事：早期的中国瓷器虽然精美，但在欧洲却销路不畅，日本人经过"研究"发现，原来中国的传统茶杯四周一样高，而欧洲人鼻子太大，用起来不方便。于是日本人把茶杯设计成斜口的，再从中国订货，尔后把这种茶杯转到欧洲后马上畅销。

日本人的这类发明不胜枚举：可以弯曲的吸管、不断把笔芯推出的自动铅笔、不会滑到碗里的汤勺、方便面、卡拉 OK、随身听、笔记本电脑……

虽然技术本身的原创未必在日本，但是日本人最后会将其不断改进完善，得到了最好的应用。以电冰箱为例，三菱公司发现零下 18 摄氏度时，肉食会冻硬，0 摄氏度左右的冷藏室无法冻肉，两者都有缺点，于是，它们增加了零下 7 摄氏度的软冻室，既能保鲜，又容易切割；日立公司推出了能使食品速冻的冷冻室，既提高了保鲜度，又可节电 50%；三洋公司将超市货架使用的"冷气帘"（冷气循环）技术用到冰箱中，延长了食品的保鲜期；松下公司则听取家庭主妇的意见，增大冷冻室，提高了冰箱的方便性。

日本的经验给我们启示：企业竞争的是技术应用，而不是技术本身。再好的技术也得通过产品的载体变成受消费者欢迎的产品才行。

什么是好产品？消费者心中朦胧所想，市场中无处寻觅的产品！

可是偏偏在这一浅显的道理上，一些著名的大公司屡屡栽跟头，说明技术本身并不能代替一切，我们要引以为戒。

案例

摩托罗拉公司在中国市场推广车载电话已经多年了，市场一直没有启动起来。怎么回事？其根本原因就是与消费者需求错了位。

先看企业这头，车载电话是专为有车族开车打电话设计的，是移动电话的一种。电源用汽车电源，发射天线装在车外，通话部分与普通座机相似。因为天线在车外，工作时电磁波对人体的影响可以忽略。体积和功率均较大，信号良好，比普通手机工作稳定。让驾驶者安全地打电话，这是摩托罗拉为消费者做的安排！

再看消费者这头，他们买账吗？第一，消费者认为开车打手机并没有"有些人"说的那样危险，（注意，这不是我说，这是消费者的认识，尽管有违交通法规。）第二，也是决定性的，用手机的目的就是为了快捷和方便，他根本不想在手机与车载电话之间转换来转换去。

不用车载电话就一定不安全吗？那要看怎样用手机，即便有一点也是因为不方便造成的！

对开车接打手机不方便的问题，不少消费者已经先于摩托罗拉用了各种办法解决掉了。他们开车时有的用手机的耳机接听电话；有的上车后把手机放在固定在车内的手机座架上，这种手机架从小商贩那里就可以买到；还有一种东西叫车载免提，便宜的几十块，贵的也不过几百元。就这么简单，花几个小钱便解决了"不安全的大问题"。这和动辄几千元的车载电话相比，摩托罗拉的"美意"谁人会领？可能只有不求最好，但求最贵的"宾利"车主们才会用吧。但是这些车主们有几个是自己开车的呢？这个被摩托罗拉描述的巨大市场，可能是像依星通讯一样，是又一个在天上画的大馅饼。

TCL也在技术上自娱自乐过，结果无功而返。

2001年，TCL搞出个HiD。TCL对HiD的定义是"家庭信息接收和处理显示中心"，说白了，就是连上电视机能上网的盒子！对此，许多专业人士说这是重热"维纳斯"的馊饭，是"机顶盒"的借尸还魂。是什么是次要的，叫什么更无关紧要，问题是消费者凭什么买你的账！这东西到底让谁用，谁有可能用？

TCL 声称 HiD 是彩电的终结者，消费者应该享受 HiD 带来的"新客厅文化"。结果热闹了一年，消费者该怎么看电视还是怎么看电视，原来怎样上网还是怎样上网，无动于衷。显然，TCL 上千万的推广费用算是白花了。

为什么？研究一下消费者就会明白了。电脑一族、网虫们肯定不用它。且不说电视机赶不上电脑显示器的效果好，单说电视机的"大"就不是他们想要的，没有一点亲密接触交流的感觉；其二，也是更重要的，是它所能干的活儿太少，跟电脑比是弱智，不中用。

TCL 又说了，我们这是给大爷大妈和农村朋友们用的！

开玩笑！让他们每天收发电子邮件、浏览网上信息吗？这哪里是他们的生活！就像逼迫原来生长在黄土高坡的西北农民打上赤脚提着渔网去下海，除非要的就是这个别扭劲儿！

收发电子邮件、浏览网上信息是个很个人化的事情，可 TCL 非要把它弄到客厅里在大彩电上做。现在客厅里的彩电越换越大，它是供一家人跷着二郎腿休闲享乐用的。你用它浏览信息、发电子邮件，别人有什么好看的?!

数字技术使家电 IT 化，IT 家庭化，趋势肯定是对的，但整合不是捏合。从模拟到数字，从单机被动到联网互动，技术上走到了一起，但功能上越分越开，市场越分越细，定位越来越清晰。难道看到电视机和电脑显示器的模样长得像，就非得把它们捏到一起吗？

科技要真的以人为本，科技一定要提高人的生活质量而不是相反，添麻烦。现实情况是，家里的电视机越来越多，客厅的、卧室的；电脑也越来越多，有台式的，还有手提的，各干各的事，而不是身兼数职。

不少企业把热脸贴在了消费者的冷屁股上，出力不讨好还不知道为什么。其实问题很简单，没有抓住营销的核心——摸准并满足消费者需求。技术领先、功能多样并不一定能够打动消费者的心，比你能做什么更重要的是，你一定要知道消费者想要什么！

"维纳斯"也好，HiD 也罢，都是想让老百姓通过电视去圆上网的梦，但这个梦是企业的梦不是老百姓的梦。TCL 说了，3 亿电视机用户中还有 2 亿多没有电脑呢。哇！又是企业单方面打的如意算盘，这 2 亿多没电脑的用户是什么生活状态、什么生活方式，看样子企业确实不大清楚。企业尤其不清楚的是，在消费者掏钱的时候到底是谁说了算。

科技为人造福，关键是要用对地方。我倒是希望有一天，能用"家庭信息接收和处理显示中心"享受网上大片，按自己的爱好和时间随看随点电视节目，沐浴信息家电给我们带来的"新客厅文化"，而不是什么收发"伊妹儿"！

菲利甫·科特勒说："营销管理实际上是需求管理。"这是一切营销行为的核心！偏离消费者的需求，再好的技术也等于零。

第九章

开创品类，老大天成——做老大路径之七

新品类营销不是战术，而是战略！是开辟蓝海市场做老大的战略！

提起创新品类，许多人的第一反应是产品的改进、战术技巧的实施等，结果，它的战略价值被大大地忽视了。

要想在产品同质化、过度细分和品牌过剩的成熟市场中突破，最有效的竞争战略便是开创新品类。

开创新品类，做自己说了算的老大！

一、新品类，最实效的老大战略

1. 传统市场细分几近无效

在哪个市场有机会做老大？怎样做老大？

在传统市场中，传统的营销思维和工具诸如市场细分、目标锁定、定位等，已经为国内营销人所掌握。

糖果，有各种形状各种味道的，有水果味的、牛奶的、巧克力的，有软的、硬的、夹心的、虾酥的，以及加上各种果仁的，有散装、精装、大礼包，等等。

白酒，有酱香型、浓香型、清香型、绵柔型，还有女士酒、保健酒，从一星到五星，从瓷瓶、陶瓶到玻璃瓶。

啤酒，有普啤、淡啤、生啤、冰啤、黑啤，以及瓶装的、罐装、散装的，等等。

每一种品类都是这样，结果市场被不断地细分再细分，要想找到有利可图的细分市场就变得相当困难，使得企业从中能够获取的利润越来越少，最后不足以支撑一个产品和品牌的成长。

创造人无我有的竞争优势是所有竞争战略的核心。开创新品类，正是这样一种实效战略！——娄向鹏

同时，由于市场被极度细分，各个细分市场之间的差异越来越模糊，导致产品与产品、品牌与品牌之间愈来愈难以分辨。传统营销的这种努力没有能使营销结果产生根本性的质的变化，只是在同一原有市场上挖掘，不过是深一点浅一点罢了，没有真正拓展出全新的市场空间。

你想通过比对手做得更好来取胜吗？同样不容易！因为消费者接触的信息实在太多，他不会对每一个声称能"更好"的产品感兴趣，他实在没有能力对每一个"更好"的产品去研究、了解、比较，那样，消费者得累死。消费者选择最简捷的认知，既然消费者认定了中国移动是老大品牌，这个简捷的认知比什么都管用，这种认知模式导致他对联通新时空"更好"的地方视而不见。

如果你想拿现有的传统产品进入市场进行竞争，要想成功只有一条：总成本领先。但是在一个竞争充分的市场，其产业平均利润已经很薄，大凡能够活下来的企业、立得住的品牌，在资金、规模、技术和营销管理上都不是等闲之辈，后来者跟这些企业去拼争，困难太大，胜算几无。怎么办？

开创新品类，做自己说了算的老大！

2. 新品类，一个被严重忽视的蓝海战略

开创新品类是一个被严重忽视的营销战略！

提起创新品类，许多人的第一反应可能是口感、外形之类战术的改进，结果，它的战略价值被大大地低估了。

开创新品类不是战术，而是战略！因为它能够正确地引导企业找到差异化路径，进入蓝海市场，创建自己的品牌，实现后来居上做老大！这是

对于任何一个追求成功和卓越的企业都适用的实效战略！

案例

　　华龙集团要从农村进军城市，打出了今麦郎品牌。怎么打？凭什么让城市消费者接受今麦郎呢？它好在哪儿呢？

　　当时以康师傅为首的面业巨头一股脑地全在诉求方便面的"色香味"，康师傅更是以"就是这个味"霸占着"美味"头牌，牢牢地控制着消费者的味蕾。如果今麦郎说："我才是这个味！""我是更正宗的味！"根本不可能有人相信。比口味等于不战自败。

　　华龙集团发现，除了口味之外，人们非常在意面条是不是筋道，尤其是北方人，在头脑里早已把"筋道"作为评价好面条的黄金标准。今麦郎用的是中国最好的面粉，是方便面中最筋道的。这个定位没有人占据。于是把今麦郎定位于最筋道的面！接下来怎样传播呢，直接喊筋道吗？不行，太通用了，不能独占。最后经过创意，决定用"弹面"来命名华龙"筋道"面的新品类，一个新品类就这样"凭空"诞生了。

　　从此，今麦郎凭借"弹面"这个新品类，从巨头雄居的市场挤出了一片属于自己的天地，以年销售60亿包的战绩一举把统一挤在了后面，成为方便面老二，成为发现概念、创造新品类的典范。

　　娃哈哈集团的前身是一家校办罐头食品厂，众所周知，后来娃哈哈的创业起步是靠"娃哈哈儿童营养液"在市场独树一帜、脱颖而出的。如果一直做水果罐头恐怕永无出头之日。

　　乐百氏在平静多年后，以创新的能量水——"脉动"迎来了第二春，掀起了一股强劲的功能饮料热。

　　慈济体检中心把原来在医院进行的体检项目抽出来，再辅以专业、系统和贴心的服务，迅速走红全国。

　　分众传播在广告媒体业严重同质化的情况下，独辟楼宇数字视频广告，避开了红海厮杀，强势上市成功，让传统传媒啧啧称奇。2007 年底，分众传媒来自楼宇、互联网等多种数字媒体的广告总收入，使它成为中国仅次于 CCTV 之后的第二大传播集团。

这绝不仅仅是单一产品的胜利，这是创新品类所带来的成就！是战略的成功！所以，要想在产品同质化、过度细分和品牌过剩的成熟市场中突破，最有效的竞争战略便是开创新品类！

二、新品类的五大战略价值

许多人对新品类重视不够或者认识错位，归根到底是因为他们不清楚新品类在企业的全局营销战略上具有多方面的重要作用和价值。

新品类营销具有五大战略价值和作用。

1. 创新品类的本质是差异化

在现实市场中的每一个品类中都挤满了竞争者，后来者如何取胜？

是把全部的希望和力气花在比竞争对手做得更好上面吗？无数的公司正是这样埋头苦干的，结果，最终还是难以超越对手，前仆后继搏杀在"红海"中。

你如果只占有很小的市场份额，并且不得不与更大、更有实力的对手竞争，那么你的这种营销战略可能在一开始就是错误的。

著名竞争战略专家迈克尔·波特从大量的实践中总结出三种取胜的竞争战略，其中之一就是"差异化战略"。在《蓝海战略》中他更是非常肯定地说："想在竞争中求胜，唯一的办法就是不要只顾着打败对手。要在未来赢得胜利，企业必须停止竞争，开辟蓝海，进入无竞争领域！"

创造新品类就是实现"差异化战略"和实现"无竞争"战略的具体和实效的捷径！是获得竞争优势的捷径！是超越红海竞争的捷径！

海飞丝、舒肤佳是新品类，是差异化的；MP3、MP4 是新品类，是差异化的；红牛功能饮料、全营养胚芽米是新品类，是差异化的；藿香正气软胶囊、可采美容眼贴膜是新品类，也是差异化的。

产品是企业竞争战略实施的载体。企业的竞争战略差异至少有一多半是在产品中形成的，像戴尔用独创模式取得成功的，毕竟不多。

创造一种新产品，开创一种新品类，在人们心目中先人为主，比起努力使人们相信你可以比现有产品提供更好的产品要容易得多。

案例

众所周知，男装市场由于消费者性别的原因，可利用的差异化手段极少，不像女装，因此，同质化异常严重。利郎总裁王良星说，是创新品类的商务休闲男装救了当时的利郎。"由于同质化竞争日益惨烈，国内外大大小小的服装品牌不断在市场亮相，利郎在 1995 年至 2000 年，从最初的成功开始走向停顿、衰退，甚至濒临破产的边缘。"

从 2002 年起，伴随着陈道明演绎的利郎商务休闲男装广告，商务休闲男装概念传遍大江南北，利郎商务休闲男装深得消费者的青睐。利郎也从此占领了消费者心目中的商务休闲男装的主峰。在短短的 3 年时间里，利郎的销售额翻了十几倍。2007 年，利郎又迈上了一个新台阶。新生代调研公司调查统计，利郎商务休闲男装 2007 年销售额达到了近 10 个亿，比 2006 年增长了 305%，销售额和增长幅度均排在各大服装品牌之首。

2. 创新品类，更容易成就老大

事实告诉我们："第一"胜过"更好"。"第一"的新产品比更好的产品更容易建立地位，开创新品类就是做第一的好方法。

武则天既不是中国历史上的第一个皇帝，又不是第一个统一中国的皇帝，那她的知名度怎么这样高呢？因为她创造了一个"新的产品类别"——中国历史上第一位女皇帝。

自己创造一种新的产品类别，开辟蓝海市场，自己独占独享做老大！

创新品类是市场营销上的根本创新。你若不是某类产品中的第一，就努力去创造一类能够使你成为市场"第一"的产品品类。无数的营销事实证明，你花再大的力气都不如你发现一个品类市场来得快，一个新品类市场开拓之际，意味着一个领袖品牌诞生之时。毫不夸张地说，发现和创造一个新品类，价值胜过打5000万广告费！

红牛、维维豆奶、承德露露、冰红（绿）茶、旺旺雪饼、宁夏红、王老吉、新东方（不同于通常的外语补习的出国语言训练）等，这些新品类演绎着一个又一个营销奇迹，开创了一个又一个蓝海。所以，新品类是老大企业的成功战略！是成就老大的捷径！

3．品类成就大品牌

许多人都知道品牌的重要，但很少有人知道大品牌皆因品类而生。

不能说所有成功的品牌都能代表一个品类，但是一个创新的被市场接受的新品类注定会催生一个大品牌，可口可乐、七喜、福特、任天堂、柯达、吉列、全聚德、亚都等无不如此。

品类开拓者的品牌通常能给消费者留下深刻印象。因为你开创并代表了这个新品类，消费者就会把你的品牌与品类一对一地联系起来，比如，一提起喜之郎就会想起果冻，喜之郎品牌就成为品类的第一代表！一提起康师傅，首先让你想起的是方便面，它是方便面的第一代表。所以，品类的代表者占尽了品类和品牌先机，品牌价值很高。

可口可乐品牌价值是670亿美元，为什么会这么高？当时饮料市场有乐啤露、沙士、姜汁汽水、橙汁、柠檬汁和其他调味饮料，如果与原有产品品类为伍，是无论如何做不到的。可口可乐能发展成为一个大品牌，是因为它创建了一个叫做可乐的新品类。

第一品牌能存活很长时间，并且容易保持领导地位。可口可乐120年来一直是可乐第一品牌；通用电气 102 年来一直是灯泡第一产品；舒洁 80 年来一直是纸巾第一品牌；健力宝，这个开创了运动健康饮料品类的品牌，即便被张海们"折腾"成现在这样，仍然占据着运动饮料的概念，虽然形象有些老旧，但消费者对它仍有好感，在二、三级市场仍然有很大的销量，这就是品类的力量。

4. 新品类，规避竞争的天然屏障

新品类的开创者，具有天然规避竞争的屏障，拥有更强的自我保护性。

第一创造领导地位。如果你的品牌是品类中的唯一品牌，你的品牌就必定是领导品牌。当竞争对手加入时，会更加强化你是第一的认知。

就产品本身而言，可口可乐只不过是一种容易仿制的糖水，但是在大众心智的可乐阶梯上却占据着首位并因此代表美国价值，仿佛身着盔甲，刀枪不入。这是你无论把瓶子中的棕色的水做得多么逼真都代替不了的。非常可乐在城市里总也干不过可口可乐，道理就在这里。

市场规律已经证明，很难借助品质优越建立起战略性差异，质量与品质是参与竞争的起码条件，但是它不可能形成战略性差异，在充分竞争性市场，它不能保佑你成功。

当你的品牌在某一品类里成为第一品牌时，它就被普遍认为是原创者、正宗和先锋，并且是最好的。当其他品牌侵犯你的领域时，它们被当然地认为是模仿品。

承德露露开创了植物蛋白饮品领域并且一枝独秀，横行天下，因为它是第一，占了先机。还有一个原因是，它很会占有品类资源，运用品牌名称"露露"把品类占了个严严实实。

"露"，是品类通用名称"杏仁露"的词根，是代表"类"的关键

字。企业聪明地把产品命名为"露露",用品牌名最大化地占领品类,这是承德露露这么多年打不倒攻不破的机关所在!这种品牌命名,把品牌和品类合二为一,让品牌霸占着品类的位置,占尽了品类便宜,不给对手留下一点点空隙。设想,如果当时给品牌起名叫做"美味"杏仁露,一定完蛋了。

类似承德露露的成功例子还有"龙安84"消毒液、"白加黑感冒片"、"今麦郎弹面"、"竹叶青"茶、"统一鲜橙多"等。

领导地位制造出一种强烈的认知,即你的品牌肯定是最好的,同时消费者对竞争对手的认知就差很多。下一级品牌为了扩大销量,常常被迫降价,这是无奈。结果领导品牌总是拥有主导性份额,获得最丰厚的利润,具有最多的话语权。

在大陆,是康师傅第一个建立方便面品类第一品牌的,身为台湾方便面头牌的统一,在大陆一直超越不了康师傅,就是这个规律在起作用。

5. 颠覆市场,后来居上

市场竞争魅力就在于颠覆市场、后来居上,世界因此而多姿精彩。

蚂蚁如何挑战大象,后来者怎样居上?捷径之一就是创造新品类!

本土日化洗涤企业纳爱斯,靠一个不起眼的创新品类——蓝色的"超能皂",打开了市场缺口,又从"超能皂"到"透明皂"再到洗衣粉,以品类将营销带活,把企业做大,成为本土唯一能与跨国企业抗衡的日化企业。

现在地球人都知道的王老吉,在2003至2006四年间,投入5个亿,累计销售80亿,产出比高达16倍,品牌价值蹿升至22.44亿元。

为什么在国产饮料几乎全军覆没的情况下,王老吉却能异军突起、一路高歌?因为它在消费者心中建立起一个防上火饮料的新品类。它不是解渴,不是补充什么,是防上火的新品类饮料!如果用同样的投入做纯净水或者果汁,恐怕连生存都是问题。

历史惊人地相似。可口可乐当年把治疗伤风的药水改称，叫做可乐，变成日常提神醒脑的饮料，走出了药房，于是一种全新的饮料诞生了。它不再是没有多少特点的普通药，它变成了独一无二的饮料了，叫做可口可乐，如今成为品牌之王。

蓝海，是所有经营者苦苦寻找、梦寐以求的。创造新品类吧，新品类就是蓝海！在蓝海中做自己说了算的老大。

三、创新品类五法

怎样开创新品类呢？一是发现，一是创造。

发现或者创造一个新的产品类别，这个产品品类是以新的方式满足消费者需要，那么 OK，命名它。比如，把治疗头痛的药水改为提神醒脑的饮料叫做可口、把单个封装的夹心点心叫做"派"、把新数字视听器材叫做 MP3、MP4。然后，自己做新品类中的第一个品牌，自称大王。创新品类有五法：

1. 发现品类资源，抢占它

创新比较难，发现相对容易。我们可以发现有品类无品牌的领域，抢占品类资源，抢先做老大！

我国众多产品有品类无品牌，这些品类在消费者心中，还没有哪一个品牌能与品类形成一对一的联系，这就是巨大的品类战略机会！哪个品牌率先在品类中发出强音，首先进入消费者心中，谁就是品类老大。

比如各地名茶、各地的特色熟食（烧鹅、卤鸭、熏肉、豆腐皮、豆腐丝）、各种粮食、无数的水果、数不清的中成药（比如说逍遥丸，近 10 个亿的市场容量，竟然没有一个产品的销售额过亿），……许多产品处在原生态状态中，所谓的品牌仅仅是生产者自己的符号而已，消费者并没有认知。

康师傅、喜之郎在大陆都不是做方便面和果冻的第一人，但是它们在其他产品之前抢先发力，不仅仅做市场、卖产品，而且把品牌做到消费者心里，在市场发出最强音，让品牌代表品类，所以，康师傅就能代表方便面，喜之郎就等于果冻。

近年来，在茶领域出现了"竹叶青""更香有机茶"，在鸡蛋中出现了"德青源"、"咯咯达"，在糖果中出现了徐福记、金丝猴，在瓜子中出现了"洽洽"、"真心"，都是在传统品类里抢占品类资源，坐享老大成果。

中国市场中仍然有许多品类群龙无首，对于一些渴求快速扩张做老大的企业而言，抢占品类资源是建立老大地位的绝好机会。

2. 创意 + 技术，开创新品类

用创意思维加上创新技术创造全新产品，开创新品类。

喜之郎果冻——原来只吃过皮冻，从来没有吃过这样晶莹剔透口味清香的果冻；旺旺雪饼——一种由大米面做的饼干，比小麦面粉做的饼干更酥脆，有着爆米花的清香；波力海苔——像紫菜似的但是含在嘴里能化的有着特殊味道的零食；大寨核桃露——原来核桃只能砸开了吃，最多是吃甜味的琥珀核桃仁，现在变成能喝的核桃；朗科优盘——原来只能用提心吊胆随时都有可能损坏的3.5寸软盘，现在变成不用附加设备，小巧可靠即插即用的拇指盘；PSP——索尼公司开发的一种用于游戏及视听掌上电脑；恋衣牌晾衣架——原来晾衣竹竿挑，现在只需用手摇；护舒宝女用卫生巾——原来只能用并不卫生的厚厚的卫生纸，现在有了为女性贴身呵护的棉纸垫儿；五个"9"极品黄金月饼——月饼原来是用来吃的，中国黄金股份迎合现代社会月饼吃得少送得多，独具创意地把黄金做成礼品月饼。

以上这些创新产品，我称之为完全的新品类产品，这些产品的出现需要创意，还需要用技术来实现。

3. 在老品类基础上创新

用技术工艺在老品类的基础上创新，创造新品类。

比如 MP3（替代随身听），进而出现 MP4；啤酒中的生啤、冰啤、原生啤；思念打破大汤圆一统天下的局面，推出只有 10 克重的"玉珍珠"、"黑珍珠"系列汤圆；板城独到工艺的"烧锅酒"；洋河蓝色经典"绵柔型"白酒；去头屑的海飞丝；草本精华伊卡璐；"木糖醇"口香糖等均属此类。

4. 用创造或发现的新概念创造新品类

用创造或发现的新概念去抢先占有品类资源，为己所用，从而创造新品类。

好丽友秉承"变化，时刻比竞争对手先迈一步"的企业理念，从韩国把"派"这个概念带给大陆消费者，率先占有了这个品类。

这个方法其实就是艾·里斯、杰克·特劳特所说的定位，这是经典理论意义上的定位。定位，主要是在消费者心智上做文章，好丽友来到中国，如果当初把产品定位为蛋糕而不是全新的"派"，恐怕在原地就被打发回去了。

全兴集团的"水井坊"发现各大名牌白酒都在一窝蜂地比谁的窖藏时间长，却没有人占据最贵的酒的概念。其实这个概念原来在茅台酒中，可惜，这些年茅台酒早已经不知道自己是谁，找不到北了。"水井坊"乘虚而入，一举占据了中国最高价酒的市场。

定位，是作用在消费者头脑中的功夫，玩的是品类概念，在产品上并不需要多少本质的改变，这是用定位法开创新品类的神奇之处。

5. 用杂交营销理念创造新品类

杂交思维让你从其他产品中获得灵感，将产品融入新元素，使产品差异化，创造新品类，满足和倡导新的消费需求，从而独辟出一片新天地。

做加法创造新品类：脑白金除了主要成分褪黑素外，还加了山楂、茯苓、低聚糖等成分，从此它不再与褪黑素、美乐托宁为伍，另立山头叫做脑白金，从而特立独行，独占独享；白药＋牙膏，使云南白药集团跨入日化业，推出止血消炎的新品类牙膏；生命阳光牛初乳将"免疫球蛋白"和"益生元"两大营养成分杂合，在牛初乳中一下子不一样了；正装中融入了休闲元素，切合了商务人士内心的需求，在同质化异常严重的男装市场创造了商务休闲男装新品类，令利郎异军突起，可谓"简约不简单"；农夫果园将水果汁和蔬菜汁混合在一起，在纯果汁和果汁饮料之外，又开创出一个果蔬汁市场；创维在电视和健康之间杂交，推广健康电视，找到了市场空间，一飞冲进行业三甲。

做减法创造新品类，这是杂交的反向思维。当年的小霸王电脑学习机在电脑金贵得要命的时候，把电脑中打字的功能单独拿出来，开发出一个电脑学习机市场，抢在电脑厂商之前，把手伸进了渴望学习电脑人的钱包；酒本来就是乙醇的代名词，打破它，无醇和低醇的酒诞生了；把电脑硬盘从电脑中分享出来，与 USB 接口技术结合，创造出了大容量存储器"移动硬盘"；朗科将芯片贮存技术放大，让拇指大的小优盘代替了易损的3.5 吋软盘，划时代地改变了电脑配制，朗科一跃成为全球知名企业。

打乱原有的秩序和规则创造新品类。牛奶本来是喝的，干吃它，就诞生了可以嚼着吃的奶片；水果本来是咬着吃的，现在变成可以喝的，这就是果汁饮料；把早点当成正餐，永和豆浆让大陆人耳目一新；米饭是典型的主餐食品，能让它吃着玩吗？锅巴做到了；不逛街也可以购物吗，网上商城纷纷涌现。

他山之石可以攻玉。

杂交营销还可以走极端创造新品类。农夫山泉将桶做大，10 升的大桶水颇受单身贵族的喜爱；北京御食园将冰糖葫芦、甘薯袖珍化，改变食用情景，使之成为饭后茶余的休闲新宠，引领行业创新；思念开创了 10 克重的珍珠汤圆系列，他们把它再缩小，推出仅 3.5 克重比豌豆还小的小小珍珠汤圆，掀起新一轮销售高潮。

福来创造的杂交营销思维，使创意无边界，一切皆有可能。放开地去联想去创意吧，新品类就会像万花筒里的画面一样变幻无穷。

四、新品类市场，老大品牌机遇

中国市场存在大量的品类机会！这同时也是中国式老大品牌的机会！

中国市场的特殊环境，给新品类的创建和成长提供了宽松的条件。在许多领域，国家标准和规范尚处空白，对产品品类的划分、称谓等，原创的空间很大，机会多多。从消费者角度看，求新追奇是人的本性，中国消费者更为突出，新品类市场大有可为。

许多企业对品类中蕴含的巨大价值认识不清，对自己已经成为品类的代表品牌不知珍惜，在某个产品品类小获成功后，纷纷走上了多元产品之路，结果与品牌代表品类的规律背道而驰，其事与愿违的结果令人痛惜。

家电业的长虹是典型的例子。1997年以前，长虹聚焦在"彩电"品类上，在国内品牌中取得了领先，到1997年，市场占有率从22%猛增到35%，独占1/3天下，年销售收入达到188亿元，毛利润达到26亿元。

遗憾的是，长虹放着电视老大的位子不会坐，从1997年开始陆续推出了空调、VCD机、电池和手机，从此在代表彩电的地位上迅速下滑，依靠低价吸引顾客、创造利润的能力不断降低。长虹的空调、VCD机、电池和手机，在经历了新品上市短暂的喧闹之后，一个接一个灰头土脸地被打回了原形。之后，长虹利润连年大幅下滑：1998～2000年分别跌至20.04亿元、5.25亿元、2.74亿元，2001年净利润仅为8854万元，至2004年则惊爆36.81亿元亏损。

春兰、小天鹅、容声也是如此，原本它们分别在空调、洗衣机和冰箱上有领先优势，在相当程度上是各自品类的代表性品牌，结果都因不正确的多元化，痛失品类代表的位置而风光不再。

格力几乎是家电业中做得好的唯一例子。格力坚定不移地聚焦在空调品类上，家用空调销量已是世界第一，在国内已经取代春兰是空调的代表品牌。格力若能坚持下去，不断提升研发能力，将有望能进一步将格力与美的的差距拉大到 2：1 的程度，在全球成为空调代表，从而为中国贡献一个世界级老大品牌。

新品类战略将成为未来若干年企业战略选择的热点，夸张点说，谁占据新品类，谁就能淘到金。

中国企业运用品类做品牌的功夫还很幼稚简单，中国市场品类空白点还有不少，这是用品牌占据品类做老大的宝贵机遇，珍惜吧！

第十章
资源共享，整合为王——做老大路径之八

整合能力是一切成功企业最重要的核心能力之一。

一家企业能够在多大的范围、多高的层次、多强的密度上去组织资源，决定了企业的价值创造能力和发展边界。

整合一切可以整合的资源，为我所用，这是一条做老大的捷径！

全世界经济的不景气，正是中国企业整合世界资源的大好时机！

这是一个流行很广的故事。

一个农民对儿子说："我想给你找个媳妇。"

儿子说："可我愿意自己找！"

农民说："这个女孩子是首富的女儿！"

儿子说："这样啊，行！"

然后农民找到首富说："我给你女儿找了一个老公。"

首富说："不行，我女儿还小！"

农民说："可这个小伙子是世界银行的副总裁！"

首富说："这样啊，行！"

最后，农民找到世界银行的总裁说："我给你推荐一个副总裁！"

总裁说："我有太多副总裁了，多余了！"

农民说："可这个小伙子是首富的女婿！"

总裁说："这样啊，行！"

这就是最形象的整合资源！一个农民的儿子瞬间变成了首富的女婿和世界银行的副总裁。

只有想不到，没有做不到，一切皆有可能。

在现实经济世界中，每个人、每个企业都拥有一定的资源，其实资源

是大家的、是共享的，就看你会不会挖掘和利用。

一、世界一流企业的秘诀——整合力

整合能力是所有成功企业最重要的核心能力之一，一家企业能够在多大的范围、多高的层次、多强的密度上去组织资源，决定了企业的价值创造能力和发展边界。

资源整合能力虽然看起来不像生产能力、营销队伍那样看得见摸得着，但却是把闲置资源变现成商业价值为己所用的智慧和办法，是可以为企业产生巨大的价值和能量的超凡创造力。

生活在公元前200多年战国末期的荀子早就说过："君子性非异也，善假于物也。"意思是说，有智慧的人并不是天生就和一般人有什么不同，只不过善于利用周围事物而已。

从世界范围看，一流的企业都具有超凡的整合能力，它们中的大多数是通过大规模的成功并购（包括跨国并购）而不是产品出口，才达到了现在的规模和地位的。包括并购在内的资源整合，是超越单纯市场竞争的高级竞争形式，善于整合资源和借势借力是一流企业共同的基因。

君子性非异也，善假于物也。

——《荀子·劝学》

据统计，在世界150多家大型跨国公司中，以不同形式缔结成战略联盟的高达90%。它们通过战略联盟形成的网络，将自己的触角伸向世界各地，寻求并整合一切对自己发展有利的工厂、品牌、知识、技术、人力等资源。通用电气在韦尔奇任职期间完成了2000多项并购，微软每年都有大宗并购案例，只有并购才能产生世界级的跨国公司。

通用前总裁韦尔奇说："能在全世界这个最大的规模下，集合世界上最佳设计、制造、研究、实施以及行销能力者，就是全球竞争中的赢家！

因为这些要素极不可能同时存在于一个国家或一洲之内。"

长江商学院曾鸣教授说："世界在扁平化，横亘在原有的市场领先者、后来者，发达国家与发展中国家之间的历史藩篱正在消失，最有效地利用全球资源、以最低的成本生产最新的产品、找到最优性价比的企业将成为赢家。"

世界资源是流动的，所以整合为王！一切都在于你怎样整合。

我国企业具有整合意识和能力的不多，资源整合的范围很小。这种现实反过来也证明，未来我国企业整合的空间非常大，企业成长的空间也非常大。

许多跨国企业凭借强大的实力，先于中国企业下手，在中国大肆整合优势资源。国务院发展研究中心最近发表的一份研究报告指出，在中国已开放的产业中，每个产业排名前 5 位的企业几乎都由外资控制；中国 28 个主要产业中，外资在 21 个产业中拥有多数资产控制权。中国成为国际资本最好的逐利乐园。

在食品业，法国达能就是个资本猎艳高手。它是我们的对手，更是我们学习的榜样。

 案例

达能成立于 1899 年，1970 年由一间玻璃制造工厂逐渐转型成为一家食品饮料生产商。到 1989 年，达能成为欧洲第三大食品集团，年销售额达到 74 亿欧元。此后，达能继续通过并购的方式向欧洲以外的市场拓展，在世界各地广泛收购当地食品饮料行业优秀品牌，实行本土化和多品牌战略，即使在同一个国家的同一种产品上，也实行多品牌并存的战略。

目前，达能已拥有 30 多个知名品牌，在全世界 20 多个国家拥有自己的控股企业，市值已达 400 多亿美元，成为全球第三位的食品行业巨头。

达能在实践中渐渐形成了自己的产业成长模式：

一是果断转向朝阳行业，不断抛弃边缘产品；

二是在世界各地广泛收购当地优秀品牌，实行包容性的本土化和多品牌战略；

三是把自己定位为一家全球化公司，在任何一个市场上准确袭击国际竞争对手，而对本土的品牌企业则敞开大门、密切融合。

从上世纪90年代初开始，达能带着支票来到中国，不断进入无龙头的食品品类领域，敲开一个个中国领先的食品饮料制造商们的大门。

在饼干领域，达能饼干在中国拥有达能牛奶饼干、王子、闲趣、甜趣、高钙梳打等五大品牌。

在啤酒领域，达能先后在中国投资了武汉东湖与唐山豪门两个啤酒合资工厂，年产量达到60万吨。

在乳品领域，1994年，达能以与光明乳业合资建立上海酸奶及保鲜乳两个项目为起点，通过资产置换和增持股份的方式持有光明乳业20.01%的股份，成为光明乳业的第三大股东。2008年初，达能退出光明，与蒙牛联姻。

在非碳酸饮品领域，1996年达能开始与娃哈哈建立多家合资公司，掌握51%的控股权。

1998年与深圳益力成立合资公司经营益力矿泉水，达能掌控合资公司54.2%股权并买断益力品牌，进而全面控股深圳益力矿泉水公司。

2000年，达能收购乐百氏92%的股权并全面掌控乐百氏经营业务，后者是当时中国市场饮用水领域的王者。

2001年收购上海梅林在正广和饮用水公司的50%的股权并最终掌握其经营控制权。

2006年，达能以1.37亿美元认购了汇源果汁的期股，并约定达能在汇源果汁上市持有的股份不低于22.18%，在汇源果汁上市时，达能最终持有汇源果汁的股份为23.32%，成为中国最大果汁企业的第二大股东。

达能还同中国乳品行业另一巨头企业蒙牛合作生产酸奶，并在内蒙、北京和马鞍山建立三家合资公司，达能向三家合资公司注入总共约 5 亿元人民币后，在三家合资公司分别占有 49% 的股权。

在医药界，同样有跨国企业看好中国医药市场的发展机遇。

美国东方生物技术有限公司自 2002 年开始，频频在国内出手展开收购，从而快速发展壮大。美东生物首先收购了哈尔滨三乐公司，将其送到美国纳斯达克成功借壳上市，同时，以三乐公司为主体开始在国内拓展市场。

上市以后，美东生物又接连展开了一系列资本运作：

与华尔街投资银行合作，多方接触投资者，实现融资 2000 万美元；

2004 年，美东生物又出手黑龙江松花江药业，将这个老牌企业收归旗下，从保健品行业一举跨入医药生产领域；

2005 年 7 月，美东生物正式转向美国主板市场上市；

2006 年 5 月，美东生物收购广西重点植物药生产企业广西灵峰，著名的金鸡系列产品就是该公司旗下的拳头产品。美东生物将其作为植物制药主体生产基地，力争用 5～10 年时间，使其年销售收入达 10 亿美元，将灵峰药业打造成全国妇科药业第一品牌。

截至目前，美东生物在国内已经拥有了三家药品生产厂（哈尔滨三乐药业、黑龙江省松花江药业、广西壮族自治区灵峰药业）、两家健康食品生产厂、两家内设式研究所、一个商业公司和营销总公司。

美东生物并购扩张的步伐并没有停止，近悉，美东生物又瞄上了黑龙江齐泰药业。这家药品零售公司不仅在黑龙江药品经销市场占据半壁江山，而且网络已经覆盖全国。可以相信，美东生物的并购式快速发展模式，远远比通过做市场滚动式发展快得多的多。

在跑马圈地、抢占资源的竞赛中，慢吞吞地用自有资本滚动发展注定赶不上时代发展的步伐，不想落后的和想当老大的企业必须具备高超的整合力！

二、整合的智慧

整合资源，本质上是一种创新活动，需要突破、颠覆和借鉴。整合，不仅是能力的体现，更是智慧的展示。

整合资源必须大胆突破各种观念束缚，勇于颠覆一切传统的营销思维和模式，巧妙借鉴、融合其他产品、行业的资源、技术、思想、模式和方法，为我所用，实现多赢，从而取得竞争优势。

1. 高手善借，从来不从零起步

事实上，一个企业整合内外部资源能力的强与弱，在企业创建时和成长时就已经显现出来：高手善借，从来不从零起步。

集装箱产量世界第一的中国国际海运集装箱公司盯着世界顶尖技术，走出了一条在"资源整合"中自主创新之路。

案例

1995 年，中集集团购买了德国钢制冷藏箱专利。10 年后，通过吸收、改进德国专利，中集集团实现了世界性的"颠覆"：冷藏箱占全球市场份额的 44%，当年那家出售专利的德国同行被迫转产。现在，全球 95% 的冷藏箱使用中集集团自主创新改进的工艺制造。

用同样的手笔，2000 年中集集团取得了英国 UBHI 公司的罐式箱专利技术，收购了拥有折叠箱关键专利的英国公司。2006 年，中集集团并购欧洲主流罐式箱供应商荷兰博格公司，收博格的全部专利于囊中。目前，中集集团拥有 500 多项专利和 800 多项专有技术，成为集装箱国际标准的制订者。

在国内，复星集团的郭广昌绝对是整合的天才。1992年郭广昌以10万元起家，仅用了15年，就发展成为一只企业恐龙。郭广昌的复星集团掌控的上市公司已经达到了12家，除了2007年7月16日在香港联交所主板上市的复星国际（0656.HK）外，另外11家分别是A股的复星医药、豫园商城、南钢股份、天药股份、羚锐股份、一致药业、海翔药业和友谊股份，以及H股的招金矿业、上海复地、联华超市，总市值高达600亿。

1998年，改制后的复星实业上市，一次募集资金3.5亿元。郭广昌由此认识到资本市场魅力无穷，开始思索整合资源，将产业与资本对接，从此郭广昌一发不可收。

复星以整合者面目出现，以资本为手段，把企业当作产品，不断地以参股和控股的方式投资于企业这个"产品"，开始飞一样地扩张。

复星整合资源的拿手好戏是见"好"就"收"，它专门拣行业稀缺的优势资源"收购"，这使得自己无论进入哪个行业都站在行业的前沿。收购桂林制药，复星因此在青蒿产业中获得了高起点，并占得半壁江山。桂林制药的前身为全球青蒿琥酯的发明厂商，拥有全球标准制定权。

而相对于2000年即已进军青蒿素产业，并且通过两次收购成为昆明制药第一大股东、从而成功掌握80%以上青蒿优良资源的华立集团，晚进入市场的复星集团反而抢得了先机。

此后，复星又收购了重庆医药工业研究院，将这个有100多人的专业研发机构纳入复星的研发体系，使复星医药研发能力在较短的时间内达到了国内领先水平。

郭广昌称此为"善假于物"，不从零起步，利用别人的基础，高起点发展自己。"近两年，我们还在生物制药、化学药物、诊断技术三个领域，分别引进长期在国外从事研发的华人科学家担任首席科学家，这使我们企业的自主创新能力在起点上就得到迅速提升。"

复星做产业扩张，被看上的企业一定是优质资源才行，比如行业领先的位置，有效的管理团队，否则，复星就会坚决退出。复星旗下曾有一家中药厂，注册资本金600万，复星占60%，每年税后利润300多万，连续5年都在分红，但复星认为这个企业还不够优秀，还应该有提升空间，5年换了三任总经理，未能奏效后，复星决定退出，将所持股份卖掉。

复星产业扩张在很大程度上依赖于精巧的资本运作。复星做产业扩张有一个特点，即能买的不租，能租的不建。复星现有 20 多家药厂，只有一家是复星自己投资建设的，其余均为合资拥有。这样做的好处是，兼并成本不高，却能产生很大的协同作用，这就是整合的效益。

2. 整合需要突破性创新

整合资源，需要大胆的突破性创新！

2005 年 8 月 5 日，百度成功登陆美国纳斯达克，以 27 美元发行，一天之内涨幅竟然达到 354%，成为美国股市 2000 年以来新上市公司首日涨幅之最，一举成为家喻户晓的明星企业。百度为什么火得如此一塌糊涂？百度玩的是借势借名。

以百度当时的名气，美国投资者根本没有人知道百度。想让美国的投资者认识百度，最好的办法就是借势，让他们知道百度是一个与美国某个公司业绩一样好的公司！

有了！Google 是搜索业界的老大，是美国投资者追捧的对象。而在 Google 上市时，错失投资良机的投资者，这次显然不会再错过机会。于是在上市前，百度的创始人李彦宏聪明地把百度的标签贴在了 Google 身上，投资人把对 Google 未能尽释的热情转移到了对百度的追逐上，百度就此一举成名。

在某些行业，当国际大牌陷入信任危机、万众瞩目的时候，就是自己脱颖而出的最佳时点。可惜，国内的许多企业每每错过这样一夜成名的机会。譬如，在某著名日本陶瓷卫浴品牌因为垫圈起火的时候，该企业的托词是电子元件是中国企业生产的，结果最后的测试结果出来，导致起火的电子元件是日本生产的。此时，我们国内优秀的电子元器件厂商没有一个站出来发言！

灾难里面有黄金。在英国王妃戴安娜因车祸死亡的时候，定位于安全的沃尔沃汽车没有沉默，抓住这个眼球聚焦的时刻，大声喊出来：如果戴妃乘坐的是沃尔沃，我们可能就不会失去我们爱戴的人。此举深深触动了人们的心，与内心深处的希望产生了共鸣。借事传名，沃尔沃的事件公关一时传为佳话。

想想看，我们国内的很多元器件都经历了神舟五号、六号进入太空的实验，我们的产品质量真的不如日本的好吗？可惜，我们的诸多企业还没有认识到认知大于事实的道理。

善于抓住关键契机，借势喊出来！本土企业在这些方面要多动些脑筋。

3. 中国的，就是世界的

没有对国家和国民的认同，就不会有对该国企业和产品品牌的认同！

在中国已经成为这个世界新的大国，接受全人类仰慕的时候，中国，就是中国品牌走向世界最大最好的资本，世界必将以中国为自豪和荣耀。那么中国元素，就是新兴与强大，就是潮流与方向，就是文明与先进！世界将由中国引领！

一句话，中国的，就是世界的！所以，整合资源，就要善用中国元素。

中国中药保健饮品的杰出代表王老吉，有望成为中国企业创建世界级品牌的典范。

王老吉本来源自凉茶的故里广东，改革开放，广东人和广东文化在全国被扩散、被接受，这是王老吉得以红遍全国的人文基础。当王老吉成为中国畅销饮料品牌之后，王老吉不会止步，它一定会随着中国在全球地位的提升走向世界。

中国的，就是世界的！神秘又神奇的中医药魅力、古老又现代的东方文化，都将成为王老吉们抗衡可口可乐、索尼等品牌最强有力的武器。只要中国强大，"可口可乐"式的药水变品牌的神话，一定会再次呈现！这一回，它来自中国，它的名字叫做"王老吉"！

联想、海尔、阿里巴巴、百度、小肥羊等品牌，正在成为戴着中国符号走向世界的全球大品牌。

一个国家、一个区域会在某些品类上有特别的优势。比如，法国适合打造葡萄酒品牌，中国适合打造茶品牌，内蒙古适合打造乳品品牌，山西适合打造醋品牌，这些就是国家或区域的心智资源。就国家优势心智资源来说，中国在瓷器、中药、白酒、黄酒、茶和中式餐饮等行业具有独占的优势，中国企业家要抓紧在这些品类里，率先创造出一批世界级大品牌。

利用国家或区域的心智资源，从区域到全国、从全国到世界做老大，可供整合的资源非常多。我们的企业家要学会发现资源、整合资源，尤其是具有中国符号的优势资源，值得好好整合。

三、整合无边界，发展无边界

资源整合不限于资本的整合，凡是经营企业需要的资源都是整合的内容。资源有多少，整合的内容就有多少。

整合的内容有：

技术整合

比如我国汽车制造业中的黑马，拥有自主知识产权的奇瑞汽车的开发，就是通过整合资源获得的成功。奇瑞董事长兼总经理尹同耀说："我们把整车分解成不同的部分，能做的就自己做，不能做的就外包出去。"

尹同耀请商务部研究院跨国公司研究中心主任王志乐来给自己讲课，讲课的主题是"如何从跨国公司走向全球公司"。他对王志乐提出的观点非常认同——"把价值链的若干环节进行外包，充分利用其他企业、其他国家的资源；或者通过与其他企业建立战略联盟或并购其他企业，吸纳整合全球最优资源"。

第一代奇瑞的底盘是模仿捷达的，车身是与台湾福臻模具公司联合设计的，而零部件则分别委托给合资汽车企业的配套厂生产，奇瑞自己负责系统集成和整体把控。

海尔为了在数字网络家电中取得优势，领衔整合了中国网通、清华同方、上广电、春兰集团、长城、上海贝岭，共同制定推广"E佳家"标准。2007年，又与英特尔联手，将"E佳家"与微软、英特尔主导的DLNA（数字生活网络联盟）标准融合，抢夺3C标准。

比亚迪的王传福，将自动生产线的关键要素与中国相对廉价的技术工人进行整合，就是一种创新的技术整合。

传播与时尚元素整合

任何一个创新的活动，一定是多种资源的整合。比如2007年10月，亚都签约迪士尼，将迪士尼卡通动物造型整合到产品上，让产品时尚化，吸引年轻消费者的眼光。新近推出的维尼熊和米奇加湿器受到格外欢迎；洋酒轩尼诗租用一架商务专机，邀请最重要的目标客户也是意见领袖来到云南丽江，由中国十大知名厨师亲自烹制精美菜肴请他们品尝，并配以轩尼诗李察美酒助兴。

娱乐元素具有天然的传播功能。在常规传播渠道受限后，医药企业整合娱乐业资源，借道传播。江西仁和药业冠名"仁和闪亮新主播"，借助湖南卫视这一目前中国最强劲的娱乐媒体平台，吸引了15万各年龄层的人报名参与，其主打产品闪亮滴眼露销量足足增长了8倍。广西"金嗓子"赞助"超级访问"、香港京都念慈菴助力"全国PUB歌手大赛"等，这些借道传播活动，都表现出营销者超凡的跨界思维力和资源整合力！

品牌虚体与经营实体的整合

恒源祥原本是上海一家老字号绒线企业，到刘瑞旗接手时，仅剩下南京路上100平方米的小店，刘瑞旗异想天开要生产毛线。一个小店，工厂在哪里？资金在哪里？刘瑞旗决定用品牌资产调动社会有形资产，用恒源祥品牌与毛线商合作，生产恒源祥毛线。

恒源祥上海总部集中力量打造品牌，并且负责产品研发、质量管理，由加盟工厂生产恒源祥产品，形成了品牌管理在上海，生产在长三角，销售遍布中国的模式，年销售总额达到30个亿。恒源祥模式无意之中成了中国早期的特许经营先驱。

恒源祥如今已经发展成为一家拥有"恒源祥"、"Fazeya（发财羊）"

两个全国著名品牌，并以品牌运作为核心，集科、工、贸为一体，产业涉及绒线、家纺、针织、服饰四大板块，12 个子公司，100 多家加盟工厂，6800 多家加盟销售商的集团型企业。2005 年恒源祥集团公司成功成为北京2008 年奥运会赞助商。

品牌与文化整合

"金六福"就瓶中的透明液体来说，它与其他白酒没有太大的区别，业内人士都知道它是五粮液企业为其生产，乙醇与福文化也没有什么天然联系。但是它大胆地将深藏于广大百姓心中的民俗文化中的"祈福"之意，整合过来，嫁接到"金六福"上。"金六福"一路演绎，从个人的"福"到民族的"福"、国家的"福"，直至世界的"福"，最后"金六福"成为了"福"的化身。金六福继茅台的不可替代的历史、五粮液的老大定位之后，当仁不让地担当起"福"酒的老大。

渠道与终端整合

比如中国茶叶品牌中唯一中国驰名商标极品茶叶"竹叶青·论道"，其销售渠道整合了直销、专卖店以及机场、星级酒店等特殊渠道，以体现其稀缺的价值和高贵的品质。薇姿，世界最大的化妆品集团——欧莱雅公司旗下的名牌之一，开辟了将化妆品拿到药房销售的先河。

同业产品或服务的促销力已经寻常和无力，异业的结合将整合后的产品或服务显得更有价值感。这种资源共享的整合，双方都得到了增值，皆大欢喜。如麦当劳与动感地带、可口可乐与联想、吉列剃须刀配上永备电池、雀巢咖啡提倡与三花奶共饮等。

价值链整合

中小企业自己建渠道是个巨大的成本，进常规渠道门槛又高。温州市的 323 家低压电器生产企业联合起来，在渠道和终端上来了一个大整合。在全国 320 多个大中城市和 280 多个县级市设立了联合销售子公司、分公司和门市部，在世界 18 个国家和地区开设直销点、销售公司 53 个。这些渠道和终端资源不是属于哪一家的，是属于 323 家企业共有，是大家的。这种整合既避免了同类企业互拼价格，降低了渠道建设费用，又为各个企业产品的销售以及企业知名度、信誉度的提高，提供了一条畅通快捷的通道——是共同的价值让它们整合到了一起。

国美与海尔合作，双方互诺为对方开辟供货和结款等诸多方面的"绿色通道"。双方在各自领域为对方提供的不再是跨职能的干预，而是专业性的支持；充分交换信息，各自的决策越来越多地得益于另一方的参与；共同分享它们共同的消费者给它们带来的利益。

音乐网如何突破流行的免费的障碍？2007 年 8 月，乐乐星球网与个人便携式多媒体 SoC 供应商炬力集团达成全面合作，为炬力集团生产的、标印有"Actions，Not Only Inside"的 MP3／MP4 播放器提供无限次的正版音乐下载。

格兰仕和上海一家生产微波炉调味品的企业合作，携手共推一个市场，创造了一种新的购物方式。当这个市场的边界扩大的时候，受益的就不仅仅是其中的某一方，整合的双方都受益。

可口可乐（中国）公司与拥有 4.6 亿在线生活 QQ 族的腾讯科技结成伙伴，腾讯帮助可口可乐 icoke 网站全面升级为运用 3D 形象的在线社区，并为可口可乐代言人特制 3DQQ 秀酷爽造型，包括刘翔、S. H. E、张韶涵、李宇春等明星。腾讯不是活雷锋，千万瓶带着腾讯网 Logo 的可口可乐流入市场。这种价值链的整合，你中有我，我中有你，实现了价值互利与共享。

而 Nike 和 iPod 战略联盟，共同研究和满足消费者品牌文化需求，联合推出的 Nike 运动组合，创造出运动＋时尚的全新体验，绝非一个品牌和产品所能达到的。

资本整合

资本整合是最重要的整合内容，是企业跨越式发展的捷径！"现代企业家必须是产品经营和资本经营双轮驱动。"潍柴动力董事长谭旭光这样总结自己领导潍柴动力的体会。有了资本这只车轮，企业不再是独轮车、慢慢悠悠晃里晃荡地自我滚动发展，而是两个轮子一块转，跨越式超常规发展。

✎ 案例

2005 年 8 月 8 日，潍柴以 10.2338 亿元的报价击败万向、西飞国际、上海电气集团、宇通客车以及中国重汽等竞争对手，收购湘火炬 28.12% 的股权。中国重型卡车行业格局开始改写。

湘火炬旗下拥有陕西重汽、法士特变速箱和汉德车桥等优质资产，此举使潍柴由此从一家独立发动机制造公司转型为集发动机、变速箱、车桥等核心部件制造于一体的"动力总成"公司。

总成是汽车业最核心的技术，也是盈利能力最强的部分。并购湘火炬时，中国重卡行业处于最低潮，并购价格非常便宜，而并购完成后，该产业全面复苏，成为汽车行业中最好的一个子行业。现在，湘火炬在 2007 年为集团本部贡献的利润超过 10 亿元，仅这一数字就超过了当初的全部投资。

资本运作带来实力，有了实力就可以下大力运作产品市场。潍柴产品开始向 12 升大功率发动机切换，其行业领先优势再次扩大，中国重卡行业将被再次刷新。

继辽宁省的"鞍本合并"、山东省的"济莱合并"之后，2008 年，河北唐山钢铁集团有限责任公司与邯郸钢铁集团有限责任公司合并，组建成立河北钢铁集团有限公司。新的集团公司在生产规模上超过宝钢成为中国最大的钢铁企业。新集团各子公司将在发展战略、产品研发、大宗原材料采购等方面实现统一，彻底改变我国钢铁企业的规模效益与世界发达国家的巨大差距，将大幅度提高我国钢铁企业的规模竞争力。

嵩天集团是国内马铃薯生产和深加工的隐形冠军，在黑龙江和内蒙古建有三处马铃薯生产基地，年加工能力达 60 万吨，产品为马铃薯精淀粉、变性淀粉及马铃薯淀粉等，是中国也是亚洲的薯淀粉霸王。

嵩天何以有这么大的实力？原来，嵩天集团的背景就是一家国际控股公司，在确立了马铃薯原料老大地位后到新加坡上市，上市后增值的资金又加大在马铃薯上的投入。2008年，嵩天集团又投入千万元正式进军薯片和方便粉丝两个终端产品市场，从幕后走向前台，再次给薯业带来变局。

红孩子在实现模式创新的同时，在其成长的加速阶段，及时得到了风险投资的有力支持，实现了超速发展。

就整合资本来说，主要是两种方式：并购和上市。上市的方式又有两种，一是通过自己所缔造的企业直接上市，二是通过购并的手段取得上市公司控制权。前者历经时间较长，但收益也较为丰厚；后者更为迅捷方便，但付出的代价也相应加大。现在，通过并购实现上市的情况越来越多，因为有速度才有可能，先机比什么都重要。

四、中国正处在整合世界资源的最佳时机

中国市场在某种程度上讲，是个追求速度、追求占位的市场。谁能以最快的速度，抢先在行业占据某种第一，谁就会获得比循序渐进多得多的东西。整合一切可以整合的资源为我所用，无疑是一条做大做强的捷径。

海尔集团公司董事局主席张瑞敏说："行业发展越来越集中到几家企业，并购浪潮正在演变为全球化的趋势，每个企业都能感受到前所未有的压力。企业的前途有两种，一种是全球化的名牌企业，另一种就是为名牌企业打工的企业。做后者的结果不是亏本就是毁灭。而我们只能做前者。"

已经有企业率先走了出去，在全球范围内整合资源，并购名牌，获得了异乎寻常的极速发展。

案例

意大利著名体育品牌"Kappa"（背靠背），现今是中国最流行的时尚运动品牌之一，这是中国动向的陈义红在2006年3月，以当时被视为天价的估值，买断了Kappa在中国及澳门的所有权。如今，中国南

第二部分　做老大的十大路径

北大地的年轻人以穿上"Kappa"为荣。

2007年10月10日，中国动向正式在香港联交所挂牌交易。当日16时，报收5.43港元。中国动向的总市值达到298.7亿元，远远超过了早前在港上市的李宁、安踏公司。

陈义红说："中国动向定位于一个品牌管理公司，其手段就是资源整合。"

"Kappa"进入中国后的渠道策略是"借船出海"，即借助已成规模的经销商快速建立渠道。这个策略在2005年后调整为"抛砖引玉"，即借助一套店铺评级体系及公开的店铺支持标准，给予店铺直接的货架返利或者装修返利。这就是整合资源，激发现有分销渠道能量，实现市场快速拓展。

为了在运动元素之中注入时尚潮流，中国动向在全球寻找符合要求的设计师，不惜以中国设计界前所未见的价格，从韩国聘请了一名设计师掌管设计总路线。虽然生产成本高出了许多，但由于迎合了消费者特别是潮流一族的喜好，新品一出立即热卖，成了市场主流。

2008年4月25日，中国动向收购日本Phenix（也是Kappa的拥有者），中国动向将自己对Kappa品牌的所有权从中国内陆和澳门扩展至日本，同时也拥有了Phenix这个日本市场占有率最高的滑雪和户外运动品牌。中国动向占据了亚洲运动品牌的制高点。

品牌原来也是可以买的。

中国动向源于李宁，但不像李宁一点一点地积淀品牌资源。中国动向把原本不是自己的资本和品牌当成一种可开放性经营的资源，在瞬间就把资源拿进来，放在一个很开放的平台上运作，从而跳过了品牌成长期，直接对接Kappa背后的资源，使中国动向实现了跨越式成长。

2008年公布的上年年报显示，中国动向销售额同比增长99.2%，达到17.11亿元，净利润约7.34亿元，增长139.4%。

在中国自主汽车品牌还在为生存苦苦支撑的时候，2005年，上海汽车集团从英国 MG 罗孚公司收购了罗孚 75 和罗孚 25 全系列轿车和发动机的知识产权，创立了品牌"荣威"；几乎与此同时，南京汽车集团收购了英国 MG 罗孚公司的生产设备和固定资产，生产英国老牌子 MG 名爵。2007年底，上汽南汽全面整合，南汽并入上汽，名爵和荣威今后将统一生产和销售，英国方面的研发资源将整合在一起。不久，将恢复在英国的生产并推出改款产品，中国企业有望通过品牌并购进入欧洲主流市场。

近日，传出上汽、东风、奇瑞等国内汽车制造商欲收购沃尔沃、悍马等的消息，无论结果如何都在说明，中国企业向海外扩张的大好机会开始呈现，飞速发展的中国汽车市场和所带动的汽车工业将在全球范围内引起变局，中国有可能成为汽车品牌的新中心。

2008 上半年，美国飓风般的次贷危机从金融领域向消费、投资等实体经济蔓延开来，并且引发了全球性的经济危机。就在中国外贸企业的注意力全部集中在"这可怎样活"时，一个通过并购进行海外扩张的良好机遇浮出水面。人民币升值，中国外汇巨额储备，促使这一构想成为现实。

商务部副部长傅自应说："由于次贷危机导致美国金融市场流动性紧张，一些知名企业和研究机构陷入了暂时的困境，这给我国企业提供了很好的并购机会，这些企业拥有知名品牌和强大的国际营销网络，具备较强的研发能力，如果我国企业能够成功地并购，让这些优质资源为我们所用，会极大地促进我国企业提升国际竞争力。"

这是世界为中国呈现的发展机遇，中国企业要抓住机遇，勇敢地走出去，参与世界性的并购，通过跨国并购让中国企业成为跨国公司。历史上，日本和德国的企业都曾利用本国货币升值、国外资产相对廉价的时机，在全球猎获大量的"廉价"资产，获得了走向世界的跳板。

最近，两年前错过收购美国美泰克的海尔，又获得一个最好也是最后进入美国市场的机会，杰夫·伊梅尔特（通用电气现任董事长兼 CEO）将通用白电业务委托给高盛，正在全球寻找买家。

张瑞敏重视这次收购，因为通用旗下的 Profile 和 Hotpoint 是高端家电品牌，与房地产开发商们有着良好关系，在"精装修"的环节就将家电直接送进富裕的中产阶级家庭，这正是海尔希望借此打入美国主流市场的极佳渠道。

中国企业只有成为跨国公司，变成世界性的企业，才能生长出世界级企业的功能，才能练就与跨国公司竞争的核心能力！整合世界资源，借势借力国际化，做全球的老大，现在就是整合世界资源的最佳时机！

第十一章
模式驱动，系统发威——做老大路径之九

在技术上缺少独门绝技，在规模、实力、品牌和管理上又没有足够的优势，这是中国大多数本土企业的现状。怎么办？

构建独具竞争优势的商业模式，用创新的商业模式超越单一竞争要素，成就老大伟业。

在远未饱和的中国市场想象力和消费者心智资源面前，发现或创造一个成功的商业模式，很多时候比资金和技术更有价值。

一、可怕的淘宝网

2008 年初淘宝网宣布：2007 年淘宝网交易总额比去年增长 156.3%，达到 433.1 亿元，仅次于百联集团，成为中国第二大综合卖场。这一数字逼近家乐福 248 亿元、沃尔玛 150 亿元和易初莲花 135 亿元三家零售巨头在华销售额的总和。

数字的背后，到底是什么因素使得这家没有多少硬资产的新兴公司超常规发展？

模式！是马云率先在网络平台上搭建的独一无二的赢利模式，是阿里巴巴神话背后的秘密！

在 2008 年 8 月 2 日杭州召开的第二届 APEC 工商咨询理事会亚太中小企业峰会现场，亚洲首富、日本软银集团董事长兼总裁孙正义披露了投资阿里巴巴的内幕，他说："马云公司成功的基石在于它创立了一个商业模式！"

2000 年 10 月，孙正义在与马云见面 6 分钟后就投资 2000 万美元。2004 年 2 月，又追加 6000 万美元。阿里巴巴 2007 年 11 月在港上市，软银投资收益已达 10 余倍。

在全球互联网市场上，以 Google 为代表的搜索模式、雅虎为代表的门户模式、eBay 为代表的 C2C 模式、亚马逊为代表的 B2C 四大互联网模式，无论在资本还是业务上都获得了极大的成功。这一次，资本的聚光灯照向了人称"第五模式"的阿里巴巴 B2B（企业对企业的电子商务平台）模式。

调查公司 iResearch 的资料表明，阿里巴巴公司是国内 B2B 领域毫无争议的老大，其注册用户数占了中国整个电子商务市场的 70% 以上。按收益计算，2006 年，阿里巴巴集团的 B2B 业务收入额约占中国 B2B 电子商务市场贸易总额的 51%。

当今企业之间的竞争，不是产品之间的竞争，而是商业模式之间的竞争。 ——管理学大师 波得·德鲁克

"阿里巴巴是个非常伟大的公司，将会成为世界上最大的互联网公司。"孙正义对阿里巴巴的商业模式做出高度评价，阿里巴巴最终会与雅虎、微软一样重要，阿里巴巴创立出真正全新的商业模式，并且在模式里方面得世界第一。"多数其他互联网公司，不管日本公司还是欧洲公司，它们都只是复制美国的成功模式。但阿里巴巴创立了一个全新原创模式，且是由中国人自己创立的。"孙正义认为，这是阿里巴巴将成为全球最大互联网公司之一的基础，这也是全球投资者对阿里巴巴信心百倍的原因。

孙正义认为，阿里巴巴未来将会与 Google 一样大。今天 Google 的商业模式是基于广告的，阿里巴巴的业务不仅是广告，还有商业交易、支付甚至包括人与人之间的电子商务等，这是一个非常好的商业模式，这种模式注定阿里巴巴将会比 eBay 加上亚马逊还要大。

权威数据显示，2007 年中国网络购物仅占全部零售市场的 0.68%，而韩国、美国这个数字分别达到 8.65%、3.72%；中国网购人群仅占网民总量的 26%，而欧美、日韩等国都已经接近 100%。

在出口企业的"冬天"日渐严寒，马云对其个人电子商务网站淘宝网寄予了更多的期望与信心，7 月份淘宝 5 周年庆典时，异常兴奋的马云曾

表示，将向淘宝网追加 20 亿元投资。但在 9 月份的战略会议上，阿里巴巴集团决定为淘宝再注入 30 亿元的"丰厚现金流"。阿里巴巴集团认为，当市场出现问题的时候，也是有远见的企业投资的机会，"我们看到了这样的机会，所以要投更多的钱。"

> 下一个比尔·盖茨是谁？
> 在2007年4月的博鳌亚洲论坛上，
> 比尔·盖茨的答案是：亚洲的马云。

自合并阿里巴巴之后，马云旗下的"大淘宝"战略已粗具雏形。现在的淘宝网，已经成为涵括 eBay、亚马逊、沃尔玛三者优势的综合性大平台。

二、第三代企业家，赢在商业模式

1. 同质化，世界性的营销顽疾

同质化，是一个世界性的营销顽疾。

我们经常可以看到这样的现象：一个企业刚刚投放一个新产品，只要刚一热销，跟进者像从地缝里冒出来一样蜂拥而至，大家的产品立刻变得大同小异，于是，大家又回到同一个同质化的起跑线。价格战变成了市场的主旋律，产品价格被迅速拉低，领先者束手无策。

产品同质化、广告同质化、形象同质化、促销同质化、渠道同质化、人员同质化、执行同质化……每个营销要素上都上演着同质化的连续剧，无数的企业陷入了同质化的泥潭不能自拔。

于是，差异化成了我们营销工作永远也不会过时的主题。可是，市场上最大的问题偏偏就是同质化！难道营销者没有做差异化工作吗？

当我们发现产品被克隆后，可能会焦急地寻找下一个创新产品；

当我们发现同行使用了省级电视广告后，我们可能会不服输地上央视；

当我们感到原有渠道有问题时，会急忙从渠道结构或者管理手段上做出改变。

从问题的任意层面寻找差异化方法并不容易，而且即便找出来，结果也都是暂时的、局部的，没过多久，这种差异化就会消失，形成新的同质化。

> 技术的领先最多不超过一个月，已经很难对一个产业形成核心竞争力，此时要让商业模式成为核心竞争力。　　——中国第一职业经理人　唐骏

这种思维方式就像割韭菜一样，旧的同质化解决了，新的同质化又出现了，永远无法彻底解决问题。

除了少数独门绝技的技术外，我们在单一营销要素上费尽了力气，好不容易获得了一些差异化优势，可是没过多久就被对手模仿、追赶上来。虽然每次寻找差异的过程很艰辛，但是获得的差异又常常轻小得微不足道。

面对同样的问题，每个企业的思路都差不多，解决同质化问题的思路也在同质化，结果，同质化反复出现。大家所做的"差异化"工作，实际变成了实施先后上的差异，在效果上是 70 分和 71 分的区别。这也是近年来执行力盛行的原因之一。所以我们会看到每年有那么多"新产品"前仆后继地倒下，也会看到一个小店一天中会有 5 个同类企业的市场推广员去拜访而麻木不仁。

思路决定出路。

企业很多问题，其实是商业模式的问题。如产品生存能力差、品牌存活力低；效益低下、职工积极性不高；渠道不畅、库存积压严重；资金周转不灵，财务成本高等问题，其实质就是商业模式的问题。对于这样的问题，我们不能像不高明的医生那样，脚疼医脚，头疼医头，表面上看好像痊愈了，其实留下了病根。真正高明的医生，就不会被病人表面的现象所

蒙骗，而是会由表及里、由浅入深地抓住真正的致病根源，采取治本之术，彻底解决。商业模式就是这样，它解决的是企业的根本问题。

让我们改变思路，把简单问题复杂化，把单一问题系统化，来他个经营系统的差异化！在经营范畴的各个环节上构筑差异，赢得优势，抵御同质。这就是商业模式！

2. 用商业模式，彻底突破同质化

同质化，这一世界性的营销难题只能用模式来解决。

商业模式，就是在经营系统上构建差异化！

广东有个小企业，在几年的时间里年销售额就超过了一个亿，而且利润与销量同步增长，它们卖什么东西这么赚钱？说出来几乎所有的人都想不到：就是在地摊上到处可见的女人戴的发卡。

关键不是产品，而是卖产品的系统。这个系统让它们将这种非常普通的产品卖到几十元一个，高出同类产品几倍甚至几十倍，而且市场非常稳定！

> 产品的同质化，营销手段的同质化，就像"扫黄一样没完没了，并且在不断升级中"。这是一个世界性的营销顽疾！

小肥羊的不蘸料火锅是一个产品创新，但是这种优势很容易流失，因为所有其他公司也可以模仿小肥羊的配方。小肥羊最终能够成功，更大的制胜因素是由于采取了连锁经营的商业模式。在商业模式的"保护"下，"小肥羊"和"不蘸料火锅"画上了等号，短短3年内，在全国开了600多家特许加盟店，进入了7个国家，成为全国最大的餐饮连锁企业。

安徽卫视本来是一个经济落后省份的小电视台，但是它们最早在商业模式上进行了创新，在省级卫视中脱颖而出。

案例

安徽卫视在确定了"电视剧大卖场"的定位后，电视剧就是安徽卫视的中心产品，其他相关节目资源、推广活动等全部围绕它去整合。从节目购买、编排到宣传推广、覆盖，形成一个有效的系统。总编室、广告中心、广告中心下属的广告公司、节目和频道推广部门等形成了合力，摸索出一套以盈利为中心、以专业化营销为手段的运作机制。同一部电视剧，安徽卫视的收视率总是高于其他省级卫视，成为中国最具人气、最会赚钱的电视剧大卖场。

安徽卫视还向产业链上游延伸，斥资1亿多元在北京建立电视节目制作基地，与其他机构合作生产电视剧，这些电视剧产品不仅可以提供给安徽卫视播出，而且可以进入市场去销售，成为电视剧生产和供应的一支重要力量，贯穿电视剧产业链的诸多环节。

安徽卫视的成功是独创盈利模式的成功，是系统差异化的成功！

每一种成功的商业模式，都是根据企业自身的资源（优劣势）和它所处的内外部环境构建，形成了一套自己的做事方法，因而是独一无二的，是最适合自己企业的，其他企业照猫画虎，并不好使。

这些模式，规避了企业自身的短板，是在长板上的成功，甚至是在被逼无奈之下，独辟蹊径开创了"华山一条路"。戴尔不是没有尝试过常规渠道，当它发现在常规渠道没有任何优势时，没有办法，才走上了定制直销之路。

商业模式天生具有难以复制性。对成功的商业模式，只能借鉴，不能照搬。

商业模式不是在一个点上的差异化，它是一套系统，要想全部学到手极难。再者，就算有机会能够全部学到，因为模式的创建者，他的内外因素是独特的，想简单地照搬照抄，不符合企业实际，很难成功。就像穿别人的鞋，不合脚走不快。如果说秘诀，这是商业模式中最让人叫绝的秘诀！这是商业模式抵御模仿、远离同质的核心！

所以，用商业模式构建的差异化竞争优势，是持久有生命力的和具有竞争力的，是同质化的克星！

3. 商业模式，绕过短板，无限做大

● 不比短板比模式。

在技术上缺少独门绝技，在规模、实力、品牌和管理上又没有足够的优势，怎么办？商业模式是本土企业绕过技术和资本短板做老大的竞争方法。正如华纳前首席执行官迈克尔·邓恩所说："在经营企业过程当中，商业模式比高技术更重要，因为前者是企业能够立足的先决条件。"

一个成功的商业模式不一定是在技术上的突破，有的可能是在某一个环节的改进，或是对原有模式的重组、创新，甚至是对整个游戏规则的颠覆。商业模式的创新贯穿于企业经营的整个过程，贯穿于企业资源开发、研发模式、制造方式、营销体系、市场流通等各个环节，也就是说在企业经营的每一个环节上的创新都可能形成一种新的成功的商业模式。

规模、品牌、核心技术、人才，是大企业、跨国公司的竞争优势，这没有错，但是我们常容易忽视这些东西是如何形成的。就拿人才来说，在中国，跨国公司用的主要还是中国人，如果说它们有人才优势的话，其秘诀不是拥有更杰出的人才，而是具有能够把社会共享的人才变成企业人才优势的能力，这本质上是一种集成创新能力。

盛大网络公司的陈天桥把创新分为两种，一种是从无到有的创新，如发明技术和软件的人，像农民种出来的菜，这些菜不能直接吃，还必须经过精心烹调。第二种是从无序到有序的创新，如利用互联网和新技术的发展，将游戏、电影及歌曲放到网络上。这就好比一位技艺高超的厨师，从不同的地方买菜，然后烹调出顾客欢迎的口味。

有些中国企业太重视从无到有的创新，不重视从无序到有序的创新。其实很多成功的产品在技术上没有很大的创新，依靠满足受众的需要及应用的便利就大获成功。有的人看不起这种创新，认为这是"换汤不换药"，

"新瓶装旧酒",甚至认为是骗人。事实上我们看到,商业模式的创新就是形式的创新、方法的创新,不是产品和技术本身的创新。

有个故事把模式创新说得很形象。在博览会上,各国都展示了自己引以自豪的美酒。中国人拿出了茅台酒,俄国人拿出了伏特加,法国人拿出了大香槟,德国人拿出了威士忌,美国人呢?什么都没拿来,他也有办法,博采众长,用别人的酒按照一定顺序勾兑出了鸡尾酒,形成了自己独到的东西。

著名的白酒品牌"金六福"没有自己包揽一切,他们采用"借鸡生蛋"的商业模式,取得了巨大成功。

案例

马来西亚新华联集团在进入白酒业的时候,中国白酒市场已经非常成熟,群雄纷争,分食着中国全国和地方的白酒市场。著名品牌长盛不衰,新创品牌此起彼伏。如果用传统商业模式,投资建窖地,做配方、发酵、酿酒、出售、占领市场、打出品牌,会有很大的风险。投资量大,投资周期长,生产、经营和管理哪一方面差了都不行。于是,新华联集团踩着巨人的肩膀,与中国白酒第一品牌五粮液合作,"借鸡生蛋",自创品牌又不生产滴酒,连一个酒瓶盖都不生产,固定资产连一家小酒厂的规模都没有,集中全部力量在营销上下工夫,建立庞大的销售体系,结果一炮走红,年销售额达20亿元,并且长盛不衰。

金六福商业模式的精妙处在于:将五粮液成功的一切"据为己有";不做大量固定生产投资,可根据自己的资金实力由小而大地量力而行,避免了投资风险;金六福品牌的无形资产属于金六福自己,即使与五粮液合作发生了分歧,金六福品牌也可以自立门户。

同时,金六福与五粮液之间仅仅是 OEM 关系,金六福不会冲击五粮液的主打品牌市场,反而使五粮液在不用发生营销成本的前提下增大了销售量;五粮液品牌作为金六福的品牌背书,与金六福品牌相得益彰，双方真是互利双赢，成为模式创新的经典。

··· •

• 模式也是核心竞争力。

很多中国企业做不大的原因是，没有支撑做大的结构体系，导致做大后可能瞬间崩溃。在中国，有太多的技术专家、管理专家，这些无疑是杰出的人才。但中国有杰出的流程专家吗？没有流程专家，如何把众多优秀专家集合在一起做复杂的事情呢？如果系统不足够复杂，普通企业都能够模仿，又怎么能够拉开差距、提高门槛呢？中国企业要想发展壮大，就必须解决发展壮大后复杂的组织和流程管理问题。与跨国公司的竞争可能不是在市场上见胜负，而是后台支持系统就决定了很多本土企业还没有取得与跨国公司对等竞争的入场证。

规模、品牌、核心技术、人才都只是跨国公司看得见的表象竞争优势，而支持这些表象竞争优势的是被隐藏的核心竞争优势，即人才组织能力和复杂流程的管理能力。没有这两项能力，其他竞争优势就成为无本之木。

那些扩张成功的企业背后，无非有两只手在推，一个是资本，另一个就是核心竞争力。而核心竞争力正是企业构建的一个具有强大竞争力系统！商业模式可以形成强大的核心竞争力！

如家是酒店，为什么可以做到上市，其他酒店为什么做不到？

在电梯间做广告，为什么偏偏是分众传媒做成了，成为最优秀的广告公司了呢？

咖啡是怎样就变成星巴克了呢？

为什么耐克没有一间工厂却比有工厂的企业更赚钱？

这就是商业模式的力量！商业模式能够把经济酒店变成上市的如家，让电梯间视频广告变成遍及全国的大传媒，让咖啡变成星巴克，让别人生产的运动鞋变成耐克。这就是商业模式所产生的竞争力！而单单依靠创新产品和资本运作却不一定行。

在对商业模式的研究中我发现，在中国经济的高速发展中，资本出现流动性过剩，这时企业在追逐资本，资本在追逐商业模式，资本与商业模式孰重孰轻不言自明。在当前中国的现实条件下，可以说有资本不如有一个创造财富的商业模式。巧妇难为无米之炊，从某种意义上说，中国企业的米就是企业应该具备的一套商业模式。

不断推出创新产品能为企业带来利润增长是毫无疑问的，但企业持久的成长并不能只寄托于产品，单一的产品创新并不能给中国企业带来持久的增长力。这是因为，一方面，大多数中国企业缺乏核心的技术积累，难以绕过知识产权壁垒，很难对产品做出本质性的创新；另一方面，过于专注产品创新，也可能使企业忽视无形资源，没有模式，从而使多数中国企业的创新不能充分利用外部环境，考虑外部市场的需求，无法让创新产品在市场上尽情地释放能量。

核心技术非常重要，但是我们必须同时注意到，很多世界级的优秀企业，包括高盛、沃尔玛、星巴克，完全没有传统意义上的核心技术，照样做老大，这就是那么多的企业开始寻找商业模式的原因。

资本可以创造奇迹，技术可以创造奇迹，一个优秀的商业模式同样可以创造奇迹。模式在手，奇迹无限，世界级企业完全可以在我们手中出现。在远未饱和的中国市场想象力和消费者心智资源面前，发现或创造一个成功的商业模式，很多时候比资金和技术更有价值。

史玉柱预言：第三代企业家赢在商业模式。

三、商业模式的本质：用不同的方法做事

1. 商业模式，就是用不同的方法做事

何谓商业模式？目前达成共识的定义是：企业创造价值的核心逻辑。这个表述很费解，不通俗。我定义一个通俗的，商业模式就是企业一套不同的赚钱方法。

我发现，每一个老大都形成了一套自己独特有效的做事方式，这种独

特的做事方式如果形成了体系，就是商业模式。

案例

麦当劳是全球最著名的快餐连锁品牌，它的成功得益于什么商业模式呢？我们听听其创始人克罗克怎么说。

有一天，麦当劳的总裁克罗克到哈佛商学院讲课，他问："同学们，我是做什么的？"大家冲他笑说："你不就是做快餐的吗？""错了，我是做房地产的。"他说："如果我不做房地产，仅仅做快餐，麦当劳早就关门倒闭了。"

原来，麦当劳不是就快餐做快餐，它的快餐是紧紧与房地产生意联系在一起的。麦当劳在全球采取特许经营的方式，首先把一个精心考察过的店铺租下来，租期20年，跟房东谈好，20年租金不变。然后吸引加盟商，把这个店铺再租给加盟商，并向每个加盟商加收20%的租金，以后根据地产升值的情况，还要进行相应的递增。所以，克罗克说他赚的是地产的钱，而不是快餐的钱。

麦当劳采取的是以快餐吆喝、以地产赢利的商业模式，其经营快餐不单单是为了直接赢利，而是为了招租。一个重要的赢利来源是房地产的增值带来的租金差！

麦当劳能够如此的扩张，看不见的手（做地产的巨大收益）起到非常重要的作用。这就是典型的商业模式的力量。

红孩子和传统超市卖的东西其实在本质上没有什么差异，差别在于做事情的方式上。红孩子围绕目录和网络销售，打造了一整套信息技术支撑服务体系：订单及客户服务（呼叫中心）、系统库存物流系统、供应商管理体系、财务结算体系等。IT系统的完善，系统之间紧密地衔接与配合，使得服务变得快捷，客户体验更加舒适，高效＋低价，电子商务的潜能真正释放了出来。2004年6月份才进入B2C领域的红孩子快速成长。

现在，红孩子已经在奶瓶等质量易于控制的商品上贴牌销售，今后还会有更纵深的战略构想，在境外寻找 OEM 厂商，向产业链上下游渗透。

同样是盖房，万达集团开创了订单开发模式，成就中国商业地产老大地位。万达董事长王健林最常挂在嘴边的词汇是创新，他说："创造一个模式比策划和包装都重要。"

万达的地产订单开发模式有四个层次，一是联合协议，二是平均租金，三是共同设计，四是先租后建。

联合协议是"订单模式"的核心内容。万达与未来商业地产的租户签订协议成为战略合作伙伴，其合作对象是沃尔玛等世界 500 强企业、亚太地区的行业领先者以及国内的"老大"。协议要求，万达走到哪里，它们跟到哪里，万达保证建设的商业地产符合它们的要求。

在利益面前没什么不能突破，订单开发模式是双赢，万达成为与"世界 500 强一起跳舞的人"。

商业模式，形式比内容重要！

2007 年 8 月 18 日，位于北京 CBD 核心区的万达广场一侧的万达索菲特大饭店在北京开业。这是继两年前成都索菲特万达大饭店落成之后，法国雅高集团与万达再次携手合作的成果。万达的商业地产订单模式还在精彩演绎着。

一般来说，内容比形式重要，本质比现象重要，但是商业模式恰恰形式比商品本身更重要！商业模式的价值集中体现在做事方法上。

从上述案例中我们清楚地看出，他们所运用的营销元素没有任何特别之处，是什么导致了他们的成功？是与以往不同的做事方式！就是说，他们在做事方式上进行了创新，这就是模式的本质！

2. 商业模式的三大要素、四个支柱

新的商业模式好比一个新故事，创造一个商业模式就好比写一个新故事。这里面有两点非常重要，第一，看你讲的故事是不是有道理；第二，

看你讲的模式能否落地赚钱。有道理，能赚钱就是成功的商业模式！具体地说就是三大要素、四个支柱。

三大要素是概念、价值和能力。第一，我们要看你的商业模式的概念到底包含什么，内涵是不是清晰。第二，要看你的商业模式为方方面面的参与者所创造的价值是什么，说不清楚价值，就没有吸引力。第三，看你有无足够能力和恰当的形式去实现它。一个成功的商业模式就是让大家"同意你的概念，相信你的能力，得到你的价值"。

商业模式也是有竞争的。从三要素角度讲，一个商业模式能不能成功，到底凭什么？当别人还没有商业概念的时候，你就要突出你的新概念；当你的商业概念与别人一样的时候，你就要比谁的客户价值更大；当客户价值也一样的时候，你就要比谁的核心能力更强；当核心能力大家也都差不多的时候，那就只能比实现形式了。此时，商业模式的实现形式就成为新模式能否成功的重要因素。极端地讲，没有新的实现形式就没有新的商业模式！

亚马逊公司的贝佐斯道出了要害："我认为构想很简单，但身体力行很难。如果我坐下，来个头脑风暴，可以在黑板上写出几百个好构想，具体实施才是最难的部分，这其中大有学问。"亚马逊靠什么创造价值呢？它靠的是互联网。互联网不是一种概念，它是一个实体。互联网不是一种核心能力，因为谁都可以利用。互联网只是一种形式，亚马逊公司就是借助互联网这种形式，使在线购物的概念成为现实，并创造出价值。

百威啤酒为什么不像普通产品那样去追求市场占有率？它难道不知道"规模盈利模式"是啤酒经营的法宝吗？为什么国际品牌几乎统治了国内高档奶粉市场？这些现象的背后是一个个商业模式决定的，各有各的赚钱之道。

商业模式设计的精髓是：商业模式是与以往不同的企业获取利润的一整套系统能力。如果把这套系统能力比作坚固的房屋，那么一个具有竞争力的商业模式，必须有四个支柱。

第一个支柱是提供与众不同的价值。你的商品或者服务方式能够为买方提供前所未有的价值。你提供的商品前所未有，或者你提供商品或者服务的方式前所未有，那么你就有价值，顾客才想为此掏钱。这是所有成功商业模式的基础。

第二个支柱是性价比优势。当你的产品和服务很有价值，接下来的关键是，你的定价要能够抓住整个市场的主体，在性价比上要有竞争力。

第三个支柱是成本。要能够让企业在商业模式下可以持续地赚钱。成本越低，提供的价值越高，就越赚钱。成本与价值共同构成了赢利空间的大小。

第四个支柱是有效地执行。一个成功的商业模式就是一套有效地协调价值、价格、人员、流程的系统工程，是一套可操作的高效运行的系统性框架和工具。

✒ 案例

以瑞士低端大众型时尚手表 Swatch 为例，看看它的四个支柱。Swatch 与众不同的价值是什么？过去手表一种是功能（计时）导向，一种是身份导向。Swatch 跨越产品的功能与身份导向，把手表变成时尚中的一员，成为时装的配饰物，为顾客找到了全新的价值。

在定价上，Swatch 是从市场出发进行战略定价，把价格定在 40 美元，这样就抓住了中低端市场的大众买方群体，同时避免了日本和香港模仿者可能的进入和模仿。

Swatch 的成本是低的，否则赚什么钱？Swatch 也有创新，但是它的创新是以价值的创新为前提的，是以价值为导向的，也就是说它只在消费者欢迎愿意为此埋单的价值上实施技术创新。

策略制定之后，Swatch 通过有效地执行，把生产成本降到了较低的水准，再通过一系列的组织和管理工具的运用，使得其在市场上迅速攻城略地，Swatch 在中低端的时尚手表市场上独领风骚。

3. 新规则、新标准

新的商业模式在某种程度上讲就是创造新规则。三流企业卖力气，二流企业卖产品，一流企业卖技术卖服务，超一流企业卖什么？卖规则，卖标准。商业模式就是企业运作上的规则和标准，就是在更高的层次上整合和创新出来的规则和标准。

美国花旗银行早在四五年前就在中国申请了 19 项属于"商业方法"的专利，这类专利在中国还没有先例。比如用于实现银行卡交易的方法和系统、发票购货单系统、电子货币系统等，这些几乎包括了所有的电子交易领域和交易方法的专利注册成功，其他银行必将陷入整体被动。因此，企业在思考商业模式创新时，不仅要赚钱，还要看我们创新的商业模式中，有哪些可以注册专利，形成企业资产和权力。

中国黄金集团，突破行业惯例，首次将原用于航空科技的"5 个 9"高纯黄金，拿到黄金投资市场，采用大众快速消费品的方法营销，确立行业新标杆。接着在 2006 年 11 月，在业内首开先河，从原来黄金生产商、供应商的身份转型，挺进黄金零售领域，借鉴汽车的 4S 店模式，开办集"买金、卖金、投资黄金"于一身的 BSI 营销模式黄金专卖店，激活了我国沉睡多年黄金投资市场，在国内引发了黄金投资热潮。

对于中国企业未来的成长，我认为以下四点需要牢记，那就是：市场地位比市场更重要，技术标准比技术更重要，知识产权比知识更重要，赢利模式比赢利更重要。

总之，企业是个功利组织，它的使命是创造财富，商业模式创新就是找到一种新的创富模式。而且，商业模式创新能否成功，不仅看其概念、能力和价值这三要素，还需要有实现形式、组织生态圈以及经营模式三者的有效配合。商业模式是手段，不是目的，要服从于企业的使命，不能为创新而创新。

四、模式驱动，经营升级

今天的中国已经不存在可以突然赚到大钱的行业，单一产品或技术、一两个小点子或是一次投机只能解决一时，但是，选对商业模式却有可能让你在任何一个领域成功。

步入新千年，"现代管理学之父"彼得·德鲁克在他有生之年，给我们的最后一个忠告就是："当今企业之间的竞争是商业模式和商业模式的竞争！"

中国的企业在经历了要素驱动与投资驱动两个阶段之后，开始向更高的境界升级，那就是商业模式的创新。

新时代，赢在商业模式！

商业模式的竞争是企业更高形态的竞争！透彻识别和设计商业模式是企业家的首要任务！

商业模式不仅是方法，更是战略，几乎可以解决企业所有的问题。因为模式创新可以让企业战略趋优。

用模式创新解决问题，企业就会自觉地内外结合思考问题，就会想顾客到底需要什么，市场缝隙在哪里。这是完全市场化的思考方式。用模式的方法解决问题，企业的长处未必是长，企业的短处也未必就是短。企业的发展方向会主动放在能使企业形成核心竞争能力、使企业具有独特生存价值的那个方向。否则，根本无法生存。

商业模式是关系到企业生死存亡、兴衰成败的大事，让成功从制定商业模式开始吧！新成立的企业是这样，发展期的企业更是如此。

● 第十二章

上下合力，入地上天——做老大路径之十

中国市场多样性共存的特点决定了，做老大，必须要既能入地又会上天！

跨国公司"先高开，后低走"，本土企业先入地后上天。这是他们各自所掌握的不同的营销要素决定的。本土企业入地相对容易，而上天却常常乏术。抢高端，农村包围城市，是本土企业做老大的必修课。

一、中国，做老大必须要入地上天

1. 多样化共存的中国市场

面对中国这样一个美丽神话般的大市场，不少外企却没有获得丰硕的收获。这是为什么？显然，适者生存这一法则在起作用，在中国做市场必须要入地上天。

中国地域辽阔，人口众多，地理和历史的原因使经济发展呈现明显的不均衡性。以四川省为例，它与西班牙的面积相当，但是四川省经济的差异性、多样性远远大于西班牙一个国家。四川有"田肥美，民殷富"的四川盆地，有山清水秀但是经济落后的阿坝藏族羌族聚居区，经济发展水平和消费等级差距非常之大。如果说西班牙有两个级差，那么四川一个省就要有四个级差。

从全国范围来看更是如此，发达地区与不发达地区的差别很大。在江浙一带，一些乡镇的 GDP 比西北很多二级城市的 GDP 还多，人均收入相差5倍以上。这两种地方的市场有着明显不同的特点。

在发达地区，总体消费能力较强，各个购买力消费群体的市场细分特点鲜明，市场有条件进行细分，每个消费细分市场都有很好的销售规模。而在不发达地区，总体消费能力较弱，市场没有条件进行深度细分，市场需求相对集中在中低档的市场中。

在发达地区，个人消费在总消费中占的比例较高，而在不发达地区，团体消费比重大。这方面，从餐饮业的顾客构成中就能看得出来，发达地区的主要消费群体通常是个人或私有企业，而不发达地区的主要消费群体主要是政府部门和国有企业。在汽车、电脑、相机等高价值商品消费方面，发达地区个人消费已经成为主流，甚至已经占据显著优势，但是在不发达地区，这些产品还属于奢侈品，购买者几乎都是政府、企业等团体用户。

上下同欲者胜。——孙子
上天入地者大。——娄向鹏

即便在同一地域内，中国市场也具有丰富的层次。在北京，一套价格在千万元以上的豪华别墅，与每平米不足3000元的经济适用房一样都卖得很好；大街上，昂贵豪华的宝马奔驰与小巧可爱的奥拓、奇瑞QQ同样吸引着消费者的目光。

所以，中国市场地域广，差距大，同一地域内，消费形态和等级又呈现多元化共存的特征。同时，在中国经济高速发展的推动下，中国的市场处在迅速变化和升级之中，企业的竞争战略越是与这种差异性、多样化市场以及迅速升级的特征相吻合，就越能获得成功。

2. 虚实相间的 M 型社会

所谓"M型社会"，是指原本人数最多的中等收入阶层，除了一小部分能往上挤入少数的高收入阶层外，其他大多数沦为低收入或中低收入阶层中，原本很大的中间阶层凹陷下去，变得很小，收入高的一小部分人和收入低的一小部分人，各居收入群体两端，并且彼此的距离越来越远，于是，社会像个被拉开的 M 字。

这是日本趋势大师大前研一历时 20 年对日本社会观察研究后揭示的社会现象，在我国，M 型社会也初现端倪！

从我国家庭收入调查报告看，占总体半数的中等收入家庭，其 2000 年到 2005 年的收入有增加，但增幅却远低于最高收入家庭，再加上社会老龄化等，已越来越符合 M 型社会的特征。

根据中国社会所得五等量表显示，最高及最低收入族群差异高达 10 倍，而一般国外约为 5~6 倍左右。另外一项数据，全世界奢侈品消费主力群都是 30 岁以上，甚至 35 岁以上，但是在中国年轻 5 岁，是 25~34 岁这个区间。贫富差距与日俱增，财富越来越集中到少数人手中，马太效应特征日益明显。

> 在中国做市场，要让穷人买得起，让富人看得上。

M 型社会的出现传递出一个信号："穷人"的钱与"富人"的钱最好赚，消费市场正在向奢华和省钱两个方向挪移。

在奢华一端，消费者"不求最好，但求最贵"。对于他们来说，价钱几乎从来就不是问题，钱本来就是他们用来表明其"尊贵"身份的工具。问题是，他们要寻找到某种商品以显示与众不同的身份、拉开与大众的距离并不容易，能够满足他们需求的商品其实并不多。

在省钱这一端，消费者尽可能地寻找低价高品质的商品，既不失品位又能够付得起钱。处在现代社会中的这群人，不是仅用省钱就能打发得了的，他们省钱的同时还要面子、要品味、要品牌。于是，家居界的宜家设计的简约风格、时尚界的 ZARA 和 H&M 正是找到了这样的平衡点，通过设计师加盟、名模代言、限量版等方式增强其品牌的价值感，而通过 OEM、集中物流、缩短周期等快速营销手段实现了销售的平价。快速，时尚使 H&M 实现了像卖水果一样卖衣服。它和其他类似企业的成功，正是在对 M 型社会中消费者心态准确把握的结果。

适者生存，人的生存方式在变化，人的行为模式在变化，人的消费理

第二部分 做老大的十大路径

念在变化，经营战略也一定要跟随着变化。M 型社会的出现使市场营销法则改写，奢华和大众化成为 M 型社会的两大营销关键词。

3. 老大，必须学会入地上天

中高端市场与低端市场，在许多时候是互相保护、相得益彰的。没有低端市场，市场占有面小，市场影响力弱；没有高端市场，品牌立不住，利润上不来，后劲不足。

当企业在市场中初步确立地位后，必然要全面扩张。中国市场的多样性、复杂性和快速成长性，以及快速形成的"M"型社会结构，要求企业在中国做市场，必须上下通吃，既要能入地，又要会上天！

事实上，在包括中国在内的全球许多市场里，正上演着入地上天的经典大戏。

案例

以手机市场为例。美国调查公司 Gartner 对 2007 全年及第四季度全球手机市场做了调查，有两个现象引起了分析人士的注意。一是，2007 年三星超过摩托罗拉成为世界第二大手机生产商，二是推出黑莓（BlackBerry）手机和服务的加拿大公司 RIM、中国通信设备制造商中兴通讯和首次推出手机的苹果公司处在世界前 10 强之列。这个数据显示出未来手机界的生存之道：要么在高端市场凭借各类细分特色胜出，要么脚踏实地地步步吞噬低端市场。

三星以高端起步，之后向新兴市场的中低端手机市场进军。它能超过摩托罗拉成为世界第二大手机生产商，正是得益于其在低端新兴市场的开拓，使手机销售收入大幅增加。中兴通讯在 Gartner 的报告中位列第七，2007 年以超过 3000 万部全球销售数量为中国手机争了光。在 2007 年前三个季度，中兴通讯的手机销量排名一度在 RIM 之前，位列全球第六。中兴手机在全球的竞争力在于有竞争力的价格并且专注新兴市场。在印度市场，中兴手机甚至让诺基亚这样的大品牌感受到了威胁。中兴手机在海外的策略是，高性价比，占领低端市场，而后向高端突破。

RIM 黑莓和苹果 iPhone 的入围则代表着手机发展的另外一个方向——"上天"，追求强大的移动互联网功能和高品质的设计、高附加值的品牌。这是完全不同于中兴手机的高性价比和占领新兴市场策略的另一个发展方向。苹果公司的 iPhone 2007 年才推向市场，而且仅在北美和欧洲销售，就能立即进入全球前 10 强，除了依赖移动互联网的强大支持外，iPhone 的成功还取决于它对用户体验的创新性改进以及苹果公司在品牌和设计上的独特魅力，现在的全球前五大手机品牌都在朝着这个方向努力。

在中国市场，跨国公司往往是"先高开，后低走"，本土企业一般是先"入地"后"上天"。

由于中国幅员辽阔，需求多样，渠道复杂，跨国公司进入中国时，一般都是先运作自己最擅长的一二线城市市场，推出高端产品，赢得高利润空间，卖给中国大城市中最先接触外资品牌的高端人群，从而在一开始就塑造起自己专业、高品质的品牌形象。伴随竞争日益激烈和本土化的加深，大众市场规模的吸引力开始显现，跨国公司在站稳脚跟后，营销策略开始变阵，挟品牌之威，丰富产品体系，再向中低端延伸，图谋上下通吃，一网打尽。

与之相反，本土企业一般首先在低端市场谋生存。那些顽强生存下来的企业，利用中国的大市场把规模做得很大，形成了规模优势，当力量积蓄到一定程度后，向中端和高端市场进发。

高露洁是上天入地的。高露洁在中国市场成为第一品牌后，为增强自身大众市场营销能力，收购三笑集团全部股份，借助三笑在中低端市场的影响力，大举进军中低端牙膏和牙刷市场。

汰渍一块九、飘柔九块九、玉兰油天然凝萃系列等低价产品的相继推出，宣告了宝洁将全线进攻中国内地洗涤化妆品低端市场。当然，这不是主动的，是被竞争对手雕牌等逼出来的。

诺基亚是上天入地的，它把手机从原来只有少数人拥有的奢侈品变成了大众消费品，把耐用消费品变成了时尚快速消费品，它从芬兰走向了全世界，成为中国和全球手机市场的第一。

诺基亚上天入地式的产品线（N 系列：时尚且专业；E 系列：专业不时尚；6 系列：时尚但不专业；1100 系列：既不时尚也不专业），使农民工和教授、CEO，不同层次的人都喜欢上这同一个品牌。

蒙牛是入地上天的，蒙牛先将一块多钱一包的百利包纯牛奶送到大江南北的每个角落，而后上天，推出中国高端牛奶第一个自主产品"特仑苏"。

联想是入地上天的，一边在全球进行奥运营销，一边到农村四处刷墙体广告，卖低端电脑。

华为是入地上天的，不仅在中国广大的农村普及现代通讯，大搞"村村通"，同时，瞄准产业前沿 3G 技术，切入国际市场，与跨国巨头平起平坐，谈剑论道。

做老大必须学会上天入地，在中国是如此，想在已经变"平"了的世界上称雄同样如此。

二、入地：用性价比优势打入市场，中国式老大崛起

跨国公司"先高开，后低走"，本土企业先入地后上天，这是它们各自所掌握的不同的营销要素决定的。

年轻的中国企业品牌屡弱，又没有技术积累与创新实现技术性垄断，低价格就成了它们竞争不得不选择的方式，起码一开始是唯一的选择。所以本土企业大多选择先入地，甚至只能先入地，长大后再择机上天，这是一条中国式老大崛起之路。

高端市场对商品选择的要素排名依次为品牌、质量、价格，而大众市

场的排名依次为价格、质量、品牌。本土企业大多品牌力不强，三、四级市场品牌认知度低，价格敏感度却很高，恰恰需要价廉质优或者价廉质中的产品。在艰苦卓绝的环境下成长起来的本土企业，充分运用着这一规律，以难以想象的性价比优势，从最低端的市场打开缺口，找到了天然的广阔市场。尤其是对于不需要售后服务、单品价值较低的快速消费类产品，如食品饮料、洗涤用品，三、四级市场是培育本土企业成长为老大的福地。

娃哈哈的"非常可乐"在三、四级市场几乎完全占据了可乐市场，在全国的份额上来看，与可口可乐和百事可乐三分天下。娃哈哈在可乐市场取得这样大的规模，从某种程度上讲，不是与国际"两乐"面对面竞争取胜得来的，而主要是中国的大市场给予的。

案例

面业巨龙——华龙面业，首先入地，靠优质低价产品和在铁路旁、村头、路边刷字如斗大的"华龙面、天天见"的标语，在三、四级市场做成了老大。之后，在福来的协助下又上天，发动"农村包围城市"的今麦郎战役，上央视，进商超，跻身面业第二。

在开发各个区域市场时，华龙集团的做法是非常入地的。东三福是华龙进攻东北市场的区域品牌，东三福的系列电视广告改编自雪村的"东北人都是活雷锋"，运用精彩的动漫 Flash 形式，传达出"好人做好事必有福来报"的社会价值观，效果极好。进入东北仅半年即完成全年销售额，一年后成为东北大众市场第一品牌，从康师傅手中争取到不少客户和份额。

金华龙是华龙主打山东市场的区域品牌，根据山东人讲实在的特点，金华龙的核心价值也是"实在"，广告关键词是："大家都说好，给你更多"。而进入河南市场时，产品是"六丁目"，宣传重点为"便宜"，效果也很好。

华龙这种入地三尺式的营销策略，虽然有点"土"，但是既符合产品定位，又符合当地人的文化传统和欣赏习惯，取得了非常好的效果。

本土日化品牌纳爱斯雕牌，在进军洗衣粉市场时，也是用高性价比的产品首先在中低档市场打开了缺口。

当时纳爱斯发现，城市市场中档洗衣粉严重缺档，以活力28和白猫为首的国产高档浓缩粉正被外资品牌的复配粉所挤压，外资品牌洗衣粉由于缺少对手，无忧自大，坐享高端厚利。

再看低端。以奇强、全力为代表走农村路线的低端品牌，虽然在农村市场有一些市场基础，但是在品牌上却根基不牢，知名度不高，指名购买不强。

雕牌找到了属于自己的市场！以优质低价的产品敲开城市中档市场的大门，用高知名度的品牌占领农村市场，雕牌的入地策略获得极大的成功。正如纳爱斯的广告语"只选对的，不买贵的"，是对这个策略的最好注解。

三、上天：用高端产品表达品牌，中国企业的新课题

做高端，是大多数中国企业的一个新课题，做老大就必须要补上这一课。

一方面，随着中国经济社会快速发展、人民币升值和我国经济与全球经济深入融合，中国企业传统的成本优势逐渐丧失，低价战略的基础不复存在。

我国众多制造冠军大多是靠低成本进而在规模成本上领先，靠技术领先的相对较少。在没有多少技术含量的行业中，成本优势一旦失去，这个缺钙的冠军就会站不住，即使是在中低端市场也没有本钱混了。

另一方面，市场是在发展中不断升级的，市场需要高端产品和品牌。原来的鸡肋市场，今天可能就是肥脂市场；原来的低端市场，今天可能已经升级为中高端市场。

所以，中国企业必须学会上天，用中高端产品和品牌突破做老大。

只有用高端产品表现品牌，用高端品牌建立地位，远离价格厮杀，赢得更多的信任、忠诚和尊重，利润也就更丰厚。入地上天，实现对消费者心智和产品市场的双占位，企业才会更加长治久安。跨国公司宁可失去低端也不放弃高端的道理就在这里。

用高端产品表达品牌，这对我国企业具有很强的现实意义。既然入地，也就是原来在低端抢市场做份额，许多企业已经做得相当好，那么今后，本土企业一定要加紧学习上天的功夫，在中高端市场树立品牌，赢得利润！入地上天是在中国市场做大做强的有效路径！

1. 做高端，本土企业仍有优势

中国企业不必妄自菲薄，做高端，本土企业仍有优势。

原来在低端市场顽强生存的中国企业，各个身怀绝技，练就了一身令人叹服的谋求生存的功夫，它们在寻找新的利润空间、追求更低的成本、了解中国消费者的能力上，跨国公司望尘莫及。

向高端走，这个优势不能丢。我们原来的问题是以"低"卖"低"，结果越卖越低，如果我们以"低"（成本）卖"中"卖"高"，就变劣势为优势了，外资品牌最怕这个。

现在，跑在最前面的中国企业已经渐渐超越了简单的低成本营销，它们能够用适中的价格，提供足够质量的、技术含量够用的产品。做品牌，就这样越走越高。

案例

纳爱斯在经历了 2003～2005 三年徘徊后开始转型，从过去"只选对的，不买贵的"转向"只为提升您的生活品质"。"只选对的，不买贵的"，是一种依靠性价比的优势，靠物美价廉取胜，实现企业的创业起步。而"只为提升您的生活品质"则是不断提高产品价值，在对手之前，满足消费者对提升生活品质的需求，如水晶皂、天然皂粉的面世，就是纳爱斯"转型、突破、升级"的成果。

2003 年雕牌推出的天然皂粉是洗涤技术上的一大进步。天然皂粉的起始原料 90% 以上来自可再生植物油脂，对皮肤刺激性低，安全性高，衣物洗后蓬松柔软，倍感舒适，解决了用合成洗衣粉洗后织物"积垢"沉淀、"硬化"、"有静电"等问题。从功能上看，天然皂粉在整体上要优于洗衣粉，更适合洗贴身衣物，代表了未来的趋势。

说白了，纳爱斯就是要做高端产品，提升利润空间，向着世界级企业而努力。

自 1994 年以来，纳爱斯各项经济指标连年稳居全国行业榜首，肥皂、洗衣粉、洗洁精三大产品全国销量第一，是全国洗涤行业（把在华的跨国公司算在内）的"龙头"。

如今的纳爱斯在华南的湖南益阳、西南的四川新津、华北的河北正定、东北的吉林四平和西北的新疆乌鲁木齐分别建有生产基地，在全国形成"六壁合围"之势，是目前世界上最具规模的洗涤用品巨头之一。市场网络遍及全国各地，设有 40 多个销售分公司。多种产品已进入欧洲、非洲、东南亚、美国、新西兰、大洋洲等地区和国家。跨国公司惊呼，"纳爱斯太可怕了"，纷纷退缩高端甚至退出中国市场。

如果每一个行业都有一个企业能像纳爱斯一样，入得地上得天，其竞争力一定在本土无敌手，在境外也一定会让跨国企业胆寒。

2. 做高端，不仅为了利润和尊严，更为了品牌

高端市场对于企业来说具有标志性价值，标志着这个企业的技术水平、生产和营销能力、赢利水平、行业地位和公众形象不同凡响，其产品有着更多的忠诚度和可信赖感。走高端，也许其中的一些消费者因为经济条件所限，被限制在了市场外，但这是做老大必须付出的"代价"。就像一些名人，当他跻身上流社会后，他得到了原来求之无门的社会资源，但

是从此失去了在老百姓当中放松出入随意言行的自由。

在低端做品牌行不行，不是绝对不行，也不能够说低端品牌不配称作品牌。但是低端产品的消费者对价格的敏感度高，对品牌形不成依赖，这个规律我们无法改变！所以，在低端做品牌效果很差，往往出力不讨好。

只有高端品牌与老大的身份相匹配，容易赢得信任和忠诚，利润也就更丰厚，所以打品牌，必须做中高端市场！

 案例

吉利，一直是低端车的代名词。在 2008 年的第一个月，董事长李书福坐在吉利集团北京代表处的会客室里语出惊人：吉利已经转型，将不再造低价车。李书福说："难道老百姓就只能坐两万元的车？中国经济水平发展得很快，30 万元的轿车也是为老百姓造的！"

这是实情，但不是全部答案。

李书福坦言："造便宜车是个无底洞，便宜了还要更便宜，大家都在价格上竞争，你打我，我打你。最后用户拿到的东西也不实惠，质量不好、技术落后、污染环境、消耗能源，对整个世界整个社会都不好。这样走下去肯定是失败。造血功能不健全，血液没有了，企业发展不起来，这样下去，如何造得出好车？！所以，吉利过去的战略方向必须调整。""我们的产品没有尊严，售价总是比人家便宜，总是被人家低看一眼，这个局面最起码我是接受不了。"

李书福说的正是问题的关键！为什么向消费者奉献了最便宜的商品还没讨着好，得不到尊重？因为人的眼和心都是向上的，渴望的向往的仰视的才会被珍惜和尊重。

从自由舰、美人豹、金刚到远景，吉利艰难地向上拱着，从"造老百姓买得起的车"，到"造老百姓买得起的好车"，现在又提出"要造30多万元的车"，其实李书福无法选择，只是服从，这就是市场规律所显示出的强大力量。

李书福放出豪言，几年后，大街上跑的吉利汽车，不仅会有现在常见的经济型轿车，还将有跟奥迪同一个档次的高端车。

成本在提高，需求在变化，市场在升级，这时企业随变而变，推出高端产品，则可能开辟一片新的沃土。

1998年之前，全兴酒厂的主力品牌就是一个全兴大曲，在上世纪整个80年代至90年代初，全兴大曲曾红火一时。但是全兴酒的价格居然从未变化过，一斤全兴大曲只卖到三十几元，到了90年代末，全兴酒在市场上已下滑至中低端。

全兴没有变，是市场环境发生了天翻地覆的变化。

如果说20年以前，中国消费者还仅仅满足于吃饱喝足这些基本物质需求的话，那今天的消费者已经逐渐富裕起来，一个追求高品位的生活享受或者是价值体验的奢侈消费群体出现了，水井坊生正逢时。

2000年8月，价格高达600元的水井坊在广州首次公开上市，震惊了全国，很快，水井坊在全国不胫而走，畅销全国。

水井坊之所以在价格上"胆敢"超越茅台、五粮液一倍以上并且取得了超乎寻常的成功，关键是市场上高档酒的价格实在是太低了，已经不足以表达消费者内心的需求，市场迫切需要表现地位和面子的高端产品，而在当时的高端产品茅台、五粮液还有酒鬼酒，价格已经低得让目标消费者羞于启齿！需求市场升级了，而白酒产业没有跟着向上走。这一空白市场被全兴发现了，它勇敢地将水井坊定位在这个超高端市场。全兴酒厂的总裁助理徐斌事后吐真言："当时压力非常大，但事后总结才发现，这原来是个没有竞争的空白点！"

正如全兴人自己说的：瞌睡碰到了枕头。

水井坊的成功，是承接了已经出现饥渴的高端空白市场的成功，是全兴人勇敢地将自己生产的白酒价格定位在空白市场的成功。被许多人津津乐道的"意外发现古代酒坊遗址"，"分离出特殊微生物，激活繁殖水井坊一号菌"以及它的高品位的包装、差异化传播和启动广东"窗口"市场，统统不过是对高端定位的支撑，是锦上添花。

3. 做中高端，向"物美价廉"说不

"物美价廉"只是消费者在无法得到更好产品时的暂时弥补，绝不是什么营销原则。消费者的眼睛和心永远是向上瞄着的，你所奉献的"物美价廉"不会获得崇拜和忠诚。

所以，做中高端，必须向"物美价廉"说不！坚持物有所值，值有其价。

用高端产品表达品牌是做品牌的一个最重要原则，向"物美价廉"说不，是做高端产品的一个重要原则！

案例

日本丰田汽车在上世纪 80 年代初，以省油、经济为优势打入美国市场，在普通轿车领域谋得了一席之地，但是丰田汽车无论怎样精益求精，总也打不进主流社会所使用的豪华车市场。在美国人看来，日本汽车就是低档车，不是有身份的人所拥有的品牌。这正像中国企业的今天。

为了改变这一局面，1989 年丰田在美国打造了一个全新的豪华轿车独立品牌——凌志（现在使用的商标为雷克萨斯）。凌志 LS400 型轿车以优良的品质与设计，刚刚问世就获得了多项年度大奖，并且以与宝马、奔驰比肩的高价格出售，从此，丰田生产的凌志车在美国的高端市场实现了突破。到了 2003 年，凌志年销量超过宝马 1.9 万辆，以14% 的占有率领先于所有竞争对手，连续四年蝉联全美豪华轿车销售冠军。

凌志的高端抢位使丰田汽车公司在美国获得了长足发展。2007 年第一季度，丰田汽车公司全球汽车销量同比增长了 9%，达到 235 万辆，超过了通用，成为全球第一大汽车公司。仅仅经过 20 多年的发展，如今雷克萨斯在国际汽车市场上已成为豪华、优雅、舒适的代名词。

中国羽绒服第一品牌波司登进军国际市场时，也向"物美价廉"说了不！

"中国制造"一向给世界"物美价廉"的印象，很多中国企业在走出国门后，往往会自降身价，以"价格优势"换取"生存空间"。而波司登总裁高德康知道，国际竞争拼的是品牌实力，以低价进入国际市场，只能是"尚未上阵，先残三分"。就算能谋求一时生存，却无法赢得最终胜局。

正是坚持走高端品牌路线，让波司登赢得了国际市场。波司登首批进军的市场有：美国、加拿大、俄罗斯、瑞士、法国等10多个欧美国家，并多次作为"国礼"赠送给俄罗斯、芬兰、加纳等国家元首。

价格能做什么用？仅仅是计算成本与利润的工具吗？不，价格还是一个营销工具，同样一件衣服，价位不同，对经销商对消费者的影响就会大不相同。利郎商务男装的目标消费者是新生的中产阶级，年薪至少在6万元以上，这是一个随中国经济的发展而逐渐形成的、一个具有相当消费能力的精英阶层，因此，利郎商务男装的定价必须与"商务"二字匹配。在晋江、石狮一带，单件夹克的主流零售价通常在200～300元之间，一些没有知名度的牌子甚至更低。利郎商务不是谁都可以穿的，利郎将其上装的价位定在400～1200元之间，这一价位标明了自己在商务男装上的老大地位，模仿者在价格上只能望而却步，因为它们的品牌知名度和品牌亲和力追不上利郎，如果跟着提价就会更加卖不动。利郎的高价位把大批当地同行甩在了后头。

而今在欧美发达国家，波司登羽绒服持续畅销，始终打的是"波司登"商标，与国际品牌保持着同等价位，成为"中国品牌"的表率。

众所周知，我国这个茶叶大国有名茶却少有茶叶品牌，一个"立顿"茶全球年销售额达数十亿美元，利润额超过我国茶叶的出口总值。竹叶青用高端品牌改写了这个历史。竹叶青堪称中国茶产业第一品牌，在全行业唯一获得"中国驰名商标"。2006年4月，"竹叶青·论道"受邀参加摩纳哥世界顶级奢侈品展览会，跻身世界顶级奢侈品牌行列。

竹叶青的重要经验就是，用高端产品表达品牌。这是在鱼目混杂、品牌缺失的行业中，为消费者提供品牌识别和认同的妙法，是通过做品牌成就老大的必由之路。

案例

　　竹叶青中的极品"竹叶青·论道"，在品质上精益求精。它产于世界自然与文化遗产——峨眉山海拔 800～1200 米的万年寺、黑水寺一带，此地群山环抱，终年云雾缭绕。原茶由经验最丰富的老采茶人，在严格限制的时间内采摘，然后再挑选其中最新鲜、饱满、细嫩、完整的嫩芽作为论道原料。在 500 万颗高山独芽中，由茶叶顶级好手手工挑选，仅有 500 克符合论道原茶标准。为了实现论道的顶级品质，公司要求叶芽必须细嫩、完整，叶形卷曲必须达到一定的弧度。最后再经过抛、抖、撒、抓、压、带等 18 种复杂手法交替炒制，方成成品。

　　产品是这样精益求精，品牌精神也在为竹叶青·论道彰显着品质。竹叶青·论道崇尚"道"，宣扬在人得"道"即"知常"以后，纵然身亡，其精神也会与"道"一起常存。

　　为了让顶级客户体验到论道的意境，竹叶青盛情邀请 VIP 成员到原生态茶场去体验，目的很单纯，让客户理解竹叶青所传递的理念。仅仅是做生活体验，从来没有生硬地推销卖茶！

　　论道的包装非常古朴，用精致素雅的传统漆器作为包装。放弃小剂量的包装，目的是让顾客感受到购买论道竹叶青的超值感，而不是买包装。

　　论道的销售渠道只限直销、专卖店以及机场、星级酒店等特殊渠道。由于论道·竹叶青资源的稀缺性和巨大的市场需求，大大拉升了竹叶青整体品牌的价值和形象，促进了全线产品的销售。

　　用高端产品表达品牌，我们在营销中要学会"挂羊头卖狗肉"，即在做用高端产品表达品牌时，要有高度，要有品味，给消费者以高品质和可信赖感。同时，在实现销售当中还要有消费者买得起的产品，以满足看好品牌但是钱包不太鼓的消费者的需求。用高端产品打品牌，低端产品占市场，实现消费者心智和产品市场的双占位，品牌信任度和销量两个问题都解决了。

4. 中国奢侈品市场，通天的金阶梯

众所周知，中国社会是一个正在向上走的、越来越富裕的社会。

刚刚富裕起来的人们，"趋优消费"和"新奢华主义"盛行，"不求最好，但求最贵"，即花更多的钱买更好的，尤其是更有面子的产品和品牌。这个市场是一座未开发的金矿，奶业中蒙牛的特仑苏、伊利的金典奶，白酒行业的水井坊、泸州老窖1573，日化行业百草集，礼品行业中"中金集团的'99999'高纯黄金"，它们的成功都是一个强烈的信号。

中国的奢侈品市场正在急速增长。近年，奢侈品在西欧、日本市场上普遍遭遇了大滑坡，中国却逆风而上，成为世界第三大奢侈品消费国。目前世界公认的顶级奢侈品牌，有八成已进入中国市场，每年的奢侈品销售额超过80亿美元，并正在以年均20%的速度增长。

无论是来自荷兰、展示于上海滩的"世界顶级生活体验中国峰会"，还是世界上最有影响的奢侈品展·上海国际品味生活展登陆中国，抑或是世界顶级品牌纷纷在中国选址开店，从来没有见过的奢侈品让国人睁大了眼睛，同时睁大眼睛的还有来自全球各地的顶级奢侈品生产商们，他们确认中国可以拯救他们。世界奢侈品协会预测，到2015年，中国奢侈品消费在全球奢侈品消费市场中的份额将达到32%左右，成为名符其实的世界第一大奢侈品消费国。

2007年底香港发布的"2007中国500富豪榜中榜"显示，中国亿万富豪人数超过了1.8万，列美国之后，为世界第二。

以中国富翁消费的热点豪车为例，2006年中国豪车销售额为20亿美元。德国"大众集团"旗下的英国豪华轿车品牌宾利，2007年接到的中国内地订单多达400辆。连宾利（中国）一位高级官员也惊叹道："在我30多年的豪车销售生涯中，从未见识过如此强大的购买力。"在2008北京国际车展上首次亮相的豪华跑车布加迪，尽管售价超过2000万元，但很快就

接到了中国买家的订单。

据中国品牌战略协会估计，中国内地的奢侈品消费者目前已占总人口的13%，约为1.6亿人。中国有这么多消费者"只买贵的、不买对的"，如果能掏出他们口袋里的钞票，无异于找到了一座金山。可惜的是，中国市场上的奢侈品牌主要来自于欧洲、美国、日本等发达国家。

中国奢侈品在国内国外市场都可以大有作为：如果面向国内市场，那么要中国内核＋西方元素，即产品总体上是民族的，但要在营销传播中加入西方的设计，融入西方的观念，因为这对国内消费者来说是背书，是佐证，是价值；如果做国外市场，那么"越是中国的，越是世界的"。用西方人的视角，准确把握西方人头脑里的中国文化悠久神奇的密码，越古老越神奇，越民族越稀缺，就越有价值。在洋人眼里，中国的茅台、景德镇瓷器、珠宝玉器、红木家具、苏绣、唐装就是奢侈品。只有文化是独特的、是稀缺的，只有独特稀缺的才有可能变成奢侈的！

我们在汽车、手表等领域由于技术和传统的原因，打造奢侈品也许需要时日，但是在极具中国民族文化和传统工艺的领域，恰恰是中国企业运用稀缺资源可以大展身手的地方。

在欧洲，奢侈品范围广泛，涵盖银器、铜器、水晶玻璃、皮革、出版和装潢、陶瓷、美食、飞机、游艇，等等，无所不包。只要拥有极致的品质，最深厚的文化内涵和艺术性，一个灯具、一副眼镜都可以成为一件奢侈品。瑞士军刀、ZIPPO打火机令许多年轻人着迷，能给中国企业以启示。

中国悠久的历史、灿烂的文化，蕴藏着极为丰富的奢侈品品牌生长基因。做一套服装上万块的永正裁缝，有精美镶嵌工艺的红木家具，还有那些在中国历史上与皇家相关的贡品，如南京云锦等，这些都很有可能成为中国未来奢侈品品牌的符号，就看你有没有创新的思维和现代营销方法。我们相信，聪明勤奋的中国人一定会让中国的奢侈品风靡全球。

中国的本土奢侈品品牌是一个巨大的"空白"和机会市场，中国奢侈品市场大有可为！本土企业需要快速掌握奢侈品生产和品牌创建要领，在一个全新的跑道上成就世界老大，让全世界奢望，这一天不会遥远。

●第三部分
做老大的六条军规

军规，就是铁律，就是高压线，是做老大必须遵循的关键点。
如果你不想"以身试法"，就不要试图改变无数企业用数不清
的金钱换来的铁律。

第十三章

头脑先行：大智慧才有大未来
——做老大军规之一

在企业的竞争与发展中，从绝对性价值来讲，领军者的理想、信念、志向、胸怀、胆识等这些软实力，其重要性绝对要胜过硬条件。

思想有多广，舞台就有多大。所以，做老大，是脑袋决定手脚，思想要到位，头脑要先行！

老大

一、为什么刘邦胜，项羽败

历史是一面镜子。在中国历史上，刘邦与项羽争天下的故事耐人寻味。

刘邦是一个被人们贬视为"流氓"、"痞子"的下层人，可是他最终登上九五之尊的大汉开国皇帝宝座，成为中国历史上第一位平民皇帝。很多人为此鸣不平，他们认为，大好天下归项羽还说得过去！你刘邦算什么呀？

刘邦对手项羽是怎样的背景呢？项羽根正苗红，从反秦将领起家，后来成为分封十八路诸侯的"西楚霸王"，但是最后却兵败乌江，自杀身亡。

为什么两人的条件有如此大的差距，刘邦却能取胜？

刘邦之所以胜，总的来说就是：认同之胜，胸怀之胜，性格之胜，治人之胜，做事之胜。一句话，他胜在软实力上！

1. 刘邦能识大体、顾大局，审时度势，伺机以待天时

刘邦志向高远，不为眼前小利所惑，他攻下秦都后，封咸阳府库，以

待项羽。占天时地利，积蓄力量，主动作为；项羽则志大才疏，占有刘邦打下的咸阳，焚秦宫室，毁阿房宫，奸淫妇女，掠夺财宝，最终失去人心。

2. 刘邦为了大谋，气量过人，能够隐忍屈辱

刘邦兵败，蓄积力量，以图东山再起；项羽兵败，认为"天亡我也"，怨天尤人，不过乌江，自刎垓下。

> 企业家应该是有理想、有抱负的，只有理想层次高的才称得上企业家。精神的追求会驱使你往高走。因此我认为，尤其是大企业家，都是英雄主义者。——柳传志

刘邦能容纳有个性的人才，尤其是在关键时刻。大将军韩信攻克齐地，自立假齐王，并奏报刘邦。刘邦接到奏报，正在犹豫。张良一捅他，刘邦马上反应："大丈夫要做就做真齐王，不做假齐王！"于是封韩信为齐王；项羽则好大喜功，乱封诸王，引火烧身，四面树敌，成众怨之的。

3. 刘邦严于律己，昭信天下

刘邦听萧何计策，约法三章，取信于民，"观其志不在小……此天子气也"；项羽焚烧秦宫室，掠美人财物，成为刘氏大仁大义的反面陪衬。

4. 刘邦屈尊揽才，善于用人，接受忠谏

刘邦在登基后大宴群臣的庆功会上公开讲，自己的能力不及"三杰"（韩信、张良、萧何），又很不谦虚但很实在地说道："我能用之！"韩信用兵多多益善，刘邦则善于"将将"（统帅大将）。

刘邦筑台拜将，亲授帅符，用人不论身份和名声，皆尽为之用；项羽不懂知人善任，任韩信为执戟郎，大材小用，气走了亚父范增，贤愚不分，最后众叛亲离。

刘邦用人不疑，疑人不用，对有利于得到大奶酪的要求、计策，迅速决策；项羽则优柔寡断，妇人之心，加上决策失误，最终失去大好机会。

有德者居之，无德者失之。"皇天无亲，唯德是辅"（《左传·僖公五年》），这个"德"就是现在所说的能力、素养和品质。所以刘邦胜，项羽败，实属必然，顺理成章。

由此可见，一项事业的成功与否，与出身、实力之间没有必然因果关系，却一定与领军人的理想、信念、志向、胸怀、胆识等这些软实力直接相关，并且是决定性的！

做老大，软实力的重要性绝对要胜过硬条件，尤其是领军企业、领军人物！

二、头脑先行，脑袋决定手脚

做老大需要实力，实力又有软硬之分。

在企业的竞争与发展中，从绝对性价值来讲，领军者的理想、信念、志向、胸怀、胆识等这些软实力，其重要性绝对要胜过硬条件。

为什么？道理很简单！如果硬件决定一切，那么市场竞争就会变得异常简单和可预知，一切都可以数字化、精确化，投入和实力就完全可以决定未来，那么，这样的竞争在开始时就分出了胜负，事实果真如此吗？绝对不是！

在纷繁复杂的市场竞争中，我们看到了从弱到强，我们看到了后来居上，我们看到了巨星的陨落，我们还看到了英雄的夕阳。

是软实力改变了硬条件的力量对比！是软实力尤其是企业领军人的水准决定了企业能够做多大、走多远！

理想、志向、胸怀和胆识，看不见摸不着，但是它的力量是巨大的，是企业一切行为的源泉，在很大程度上决定着企业的成败。

柳传志说："企业家应该有向上走的欲望。向上走是代价、是风险、是付出，也可能是机会。"柳传志60岁之际，宣布收购 IBM PC 业务，很显然，向上走的欲望驱使着他把全部的声名"赌"了上去，最终，联想成功实现了国际化。

同济大学教授王健也说过类似的话："态度决定命运，你有什么样的命运，取决于你想要什么样的命运。人与人之间其实差别并不大，差别的是别人的目标比你大。"

胸怀远大，具有远见卓识、聚才实干的人，就是具有强大软实力的能量人！

当年的牛根生从伊利出来，两手空空，一没厂房二没奶源，从零开始，凭什么仅用六年时间就让蒙牛从行业的第1116位成长为液态奶老大？其中最重要原因是，以牛根生为首的团队在整合资源、创建品牌、营销推广等方面的能力异常突出，非凡超强，非一般企业能比，这就是软实力的力量！

软实力，可以变一切不可能为可能！软实力强，没有好的基础条件也能够创造条件，成就大业；如果没有软实力，给他一个好企业，也难以把企业带向辉煌。

中国最著名的民营集团复星集团，其当家人郭广昌也是这样的超级能量人。复星集团的"二当家"梁信军在回忆当年推举郭广昌做领头人时说，郭广昌的优势是情商高，能很好地整合与协调团队。在战略思考上，每次当一件事达到一个水准，觉得可以歇一口气的时候，郭广昌都能提出一个新的像大山一样的目标。

作为复星的灵魂人物，学哲学出身的郭广昌戏言自己"哲学没有读懂，又没有其他的专业知识"。"身无长技"反而成了郭广昌最大的"特长"，比如他高超的用人能力。

他说："要学会使用比自己强的人。"郭广昌明白，能不能找到最好的人、有没有眼光找到最好的人，关系到企业的成败。最大的投资失误，不在于一个项目的得失，而在于找错了人。郭广昌说："在复星大家庭里，每一个员工都能找到最适合自己的位置，最大限度地将自己的个人发展与复星的发展高度契合在一起。"

复星集团的大展示厅里，迎面墙上一行"修身、齐家、立业、助天下"的大字十分引人注目。这是郭广昌心目中的复星企业文化精髓，是复兴的企业哲学。而这个企业理念，就来自于《礼记·大学》中的"修身、齐家、治国、平天下"。郭广昌解释说，修身，就是不断地提升自己，要能够看到别人的长处和自己的弱点；齐家，就是团队精神，以对待家人的心态来对待员工，而员工也要像对待家庭一样对待企业；立业、助天下，就是通过复星这个载体为社会作贡献。

自诩为"学无所长"的郭广昌经过资本运作，使复星集团成功介入房地产、百货、钢铁、医药、传媒、流通等极具增长潜力的产业，并且在所进入的每个行业都具有很强的竞争优势，成为中国 500 强名单中名列第 83 位的多元化民营控股企业集团，并率领 4 位创业元老一同登上福布斯中国富豪榜。郭广昌被中国权威财经杂志《财经》选入"中国十大未来经济领袖"。

麻省理工学院教授、学习型组织提出者彼得·圣吉（Peter Seng）认为，许多企业领导人都有自己的远景，但是这些个人远景却从来没有转化为大家共同的远景，进入组织的血液。

中国的大部分企业家非常愿意给员工大讲特讲自我设计的"公司的伟大远景"，但是这些企业家从来没有致力于建立大家共同认可的价值体系和制度体系，结果，企业的经营成了一场大家跟着他跑的马拉松，最后，其跟随者不断地"背叛"老板而去，老板为此伤透了心．于是，老板更加坚定了自己原来的信念：员工只能用钱，不能用心交换。

如此这般，我们不难理解那些完全依赖权力和金钱维持经营的企业为什么会昙花一现，因为成本太高！既然员工努力的动力完全是为了钱，那么他的所有不满都要用钱来平衡，你有多少钱来维持？

想用员工对公司对老板的忠诚来维持吗？这种做法同样是靠不住的，因为员工要在老板的心里留下忠诚的印象，最好的策略就是迎合，是"无过即功"。这方面的问题，在数不清的家族企业中轮番上演着，路人皆知。这样的企业最后的结局可想而知。

三、要敢想，敢于先做"梦"

做老大也是一样，首先要有梦想，要敢于想老大、做老大！阿里巴巴的马云说："'有梦'是创业者最起码的先决条件。"

战略专家艾·里斯说："要把自己看成是刚起步的大企业。如果你把你的公司看做一个小企业，寻找的理念也适用于小企业，那你的公司就会一直是一个小而且盈利相对低的企业。"

不想当将军的士兵少有，不想当将军的将军绝无。目标和理想有多大，舞台和作为就会有多大！目标决定作为！

抢占老大的位子决不是逞一时之勇，当代市场条件下更没有一不小心就做成的，它是目标，是志向，是企业发展到一定阶段必须把握住的战略机会点，是决胜未来的战略决策！

许多企业在创业时就立下宏图大志，要做就做一番大事业。

蒙牛总部办公大楼旁竖着一个企业文化牌，上面写道："超乎常人想象的关怀，是明智；超乎常人想象的冒险，是安全；超乎常人想象的梦想，是务实；超乎常人想象的期望，是可能。"这些话印证着蒙牛的超速发展。

蒙牛的带头人牛根生说："目标决定行动。如果你确立的目标是 60，就会以 60 的导向行动；如果你确立的目标是 40，就会以 40 的导向行动。"

连做梦都不敢想的事，能做得到吗？

2001 年蒙牛全年完成了 7.24 亿元销售额。在当年的前三季度完成 6 亿元时，10 月份，牛根生提出一个 5 年规划，也就是"2006 年要完成 100 亿"——这相当于 2000 年中国乳业全行业销售收入的半壁江山！

这个话刚一出口，开会的人全乱套了。记得当时很多人跟副董事长说："邓哥，你带上老牛去看看病吧。"还有人和党委书记说："卢大姐，你带老牛看病的时候，到精神病院也查查。"可以理解，当时只达到 6 个亿，定 100 亿的目标就是它的十五六倍。

在一片质疑声中，牛根生耐心做董事的工作，做高管的工作……勉勉强强，大家通过了这个"五年规划"。

到了 2002 年，当蒙牛销售收入达到 16.7 亿元的时候，大家开始相信了。到了 2004 年，蒙牛销售收入蹿升至 72.138 亿元时，大家仿佛觉得老牛当初定的计划"偏小"了。2005 年，蒙牛提前一年实现目标，销售收入达到 108.25 亿元。

2001 年要是没有这个"百亿计划"，蒙牛几年来的资源配置结构就不可能那样"大派"，那样富有"吞吐性"——会不会盖第一批全球样板工厂，会不会建第一批国际示范牧场，会不会放眼华尔街携手摩根，会不会开拓香港市场并最终上市……一切都很难说。

在当年的领军企业每年为自己 40% 的高增长欢欣鼓舞时，蒙牛把增长速度设计成了行业平均速度的 10 倍、5 倍（前几年与后几年有所区别）。这样，蒙牛赶上了，超过了，走在了前面。

当然，硬件不是可有可无的，是重要的，但不是决定性的，软实力比硬实力更重要。

四、做老大要有非凡的定力

许多老板向我说，你帮我诊断诊断，看看是哪儿出了毛病，为什么我抓住了许多机会但总是做不大。许多老板都有这种苦闷。

持续成功的公司，虽然经营战略和战术措施总是随着外部环境的变化而变化，但其远景使命中"企业为什么"的理由不会变。强生公司不断地对自己的组织结构提出质疑，并改进和修补其生产程序，但唯一不变地是始终不渝地维护着企业经营的理想。1996 年，3M 公司廉价卖掉了自己的一些大型成熟产业，为的是重新把重点集中在其根深蒂固的目标上。1987 年，任正非创办深圳华为技术有限公司，成为中国市场 GSM 设备、交换机产品及接入系统的佼佼者。当年他倾其 8000 万元的"第一桶金"，全部投入到大型程控交换机的研发上，一举奠定华为的江山，并指出华为要"死死抓住核心技术"，不管外界风吹雨打，毫不动摇。

有信念，还必须要有定力。坚守自己的信念是一切成功者标志性的素质。

松下幸之助说："我为松下制定了250年的奋斗目标。要10代松下人不断奋斗，使这个世界成为物质的乐土。"

本土企业，要么发誓般地要"成为世界级的一流企业"，空洞不落地；要么只盯着钱，企业成为为赚钱而赚钱的机器。因为没有实在的理想宗旨，没有伟大的远景目标，所以，我们看到它们总是忙碌不停却始终找不到正确的方向。

你的企业理想、价值观体现有多高，你企业远景就有多大。做企业必须回答我们是谁，为谁存在。远景使命能够让企业真正懂得自己存在的理由。

做老大，要做战略机会主义者，而不是搞战术机会主义，不停地找机会抓机会，在抓住机会后，要以坚忍不拔的定力将机会变成战略，变成一生的事业，这样才能做强做大。

黄鸣，中国太阳能产业的开拓先锋，皇明太阳能集团的创业者，一个一生追逐太阳的人，他舍弃到国外直接做中产阶级的机会，而在国内从事太阳能事业，正是源于这样一个梦想：为人类寻求一种可持续利用的能源，给后代子孙留下一片蓝天白云。

黄鸣胸怀远大目标，在推广太阳能的十几年里，无论遇到什么阻力，从来没有退缩过。有记者问他："现在很多大公司已经准备介入太阳能产业，你担不担心？"黄鸣说："这个世界上没有人比我们更热爱太阳能，因为我的生命已经与太阳能融为一体了。"

2006年5月5日，黄鸣应联合国特别邀请，作为主讲嘉宾参加了第14次可持续发展论坛，向全世界推介中国人自己创造的产业模式。这是中国企业家首次登上联合国的讲坛，黄鸣也是这次论坛唯一的企业代表。

短短的十年时间，中国悄然成为世界上太阳能集热器最大的生产和使用国，总保有量达到7500万平方米，占世界的76%，覆盖1.5亿人口。当黄鸣讲到，皇明太阳能集团2005年推广量约200万平方米，超过欧盟的总和、是北美的两倍多时，来自世界各地的能源专家和各国官员发出阵阵"噢噢"的惊叹声。

皇明，执著地追逐着太阳，如今已经成为中国的太阳能老大，同时也是名副其实的世界太阳能老大！

【第三部分　做老大的六条军规】

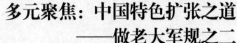

第十四章

多元聚焦：中国特色扩张之道
——做老大军规之二

聚焦是竞争的原则，也是做老大必须遵守的原则，是被市场逼出来的原则！

但是必须看到，由于中国市场爆发式增长所呈现出的唾手可得的市场机遇与财富，我们没有理由不去抓，这是中国市场特殊性所决定的。

在聚焦的前提下伺机而动，实现"专业多元化"；在多元的同时聚集核心优势，培养竞争力基因，这是中国市场聚焦的辩证法，也是一种企业哲学的复兴。

一、聚焦是被逼的，但这是取胜的原则

从竞争的角度讲，聚焦是取胜的原则，必须遵守。套用一句社会流行语就是：聚焦不是万能的，但是不聚焦是万万不能的！

在当代市场环境下，不管你聚不聚焦，都会有人聚焦。那么不聚焦者与聚焦者交手，胜负还用说吗？所以，聚焦是被逼的，这是取胜的原则！

我们的许多经营者常常忘记，市场上不只你一个人，每个市场、每个品类都充满着竞争对手。当你一找不到明摆着的空白市场，二不能独家垄断一个市场，这个生意怎样做？从绝对意义上讲，你的生意全是从竞争对手那里抢出来、挤出来的！你的成败不仅取决于自己的实力和决心，还取决于市场上对手的实力和专业专注程度！

如果不聚焦，哪来的核心专长?! 如果不聚焦，如何培养核心竞争力，又怎能干得过对手?! 扩张又从何谈起?!

在企业内部，聚焦，就是集中精力练内功，培养、锤炼核心专长和核心竞争力。

在企业外部，聚焦，改变的是力量对比，使弱小者在局部形成优势，

变得强大。这是弱小者化解风险、保持竞争优势，最后得以成功的唯一途径！（详见第七章）

聚焦是被逼的，无论你愿不愿意，必须这样做！这是想做老大和已经做老大的企业在任何时候都必须遵守的一条原则。

无数事实证明，聚焦才能做强，做强才能做大！

华为是被公认具备核心专长和核心竞争力的，它是聚焦的典范。

> 如果一家公司把全部有限的资源用于解决精心挑选的一个客户群的问题，那么该公司就能兴旺发达。——德国著名管理学家沃尔夫风·梅韦斯

华为将聚焦原则表述为"压强原则"，写入《华为基本法》第二十三条中：我们坚持"压强原则"，在成功的关键因素和选定的战略生长点上，以超过主要竞争对手的强度配置资源，要么不做，要做，就集中人力、物力和财力，实现重点突破。

今天在国内地产行业被称为第一品牌的万科地产，从创业初期直到最终将地产作为自己的主导行业，其间也曾经涉足过贸易、模特经纪人、广告业、展览业、服装、葡萄酒等十几种行业，直到后来走上房地产专业化的道路之后，它才变得强大。

华帝集团的当家人在多元化的诱惑面前不为所动（上个世纪90年代，一些多元化的企业赚钱赚得太轻松了），坚信将燃具产品做精、做专，才是企业长治久安之道。

华帝人把所有的资源集中于燃具产品的开发、制造和市场拓展上，很快便在全国市场打开了局面。由于专注，他们仅用了3年时间就奠定了华帝燃气灶具的专业市场领导地位。此后，华帝才开始有计划地梯次推进相关多元化产业发展。

国内企业非相关多元化发展的失败案例已经向中国企业敲响了警钟，就连最擅做品牌的海尔也无法改写这个规律。海尔电器集团有限公司由于受手机业务亏损的拖累，半年亏损高达3.97亿港元。

被誉为"中国白酒大王"的五粮液集团，是我国非相关多元化的始作

佣者之一，在继酒精、制药、威士忌、塑胶、纸业、水业、印刷等领域扩张之后，2003 年初又接盘华西证券，2005 年欲以 100 亿元进入"造芯运动"，结果呢？事实在证明着一切。五粮液还是五粮液，变不成全能王。

以洗衣机发家的山东小鸭集团，在 1999 年，利用所募资金开始了大规模的扩张与并购。从洗衣机到热水器、冰柜、空调、灶具，从家用电器到 ERP、电子商务、纳米材料，小鸭的视野越来越广阔，多元化的范围越来越大，结果小鸭被压成了病鸭。

我国企业经常犯一些常识性错误，把自己变成一个纯粹的机会主义者，像小商贩，成天都在忙着找机会、抓机会，不去从战略的高度强化企业的核心业务，培养企业的核心竞争力。结果，十几年甚至几十年下来，仍然是个到处找食吃的小企业，竞争力无从谈起。

TCL 总裁李东生曾经总结了 TCL 的两大战略失误，其中之一就是多元化的问题。TCL 在实行多元化战略时准备不充分，资源分散，真正形成有竞争力的产品不多，使得这些年来一直最困扰 TCL 的问题是，其业务范围开始国际化，但其主业却不具备国际化的竞争力。

美国企业大规模实行多元化经营是在 20 世纪 60 年代，但是这并没有给这些企业带来满意的结果。不少 500 强企业因盲目多元化而一度危机重重，如克莱斯勒汽车公司、索尼美国分公司、西尔斯、惠而浦、施乐等。

多元化发展导致公司资源分散，运作跨度和费用加大，产业选择失误增多，结果致使公司顾此失彼，品牌的核心竞争力受到极大的挫伤。上世纪 70 年代，美国最大的 500 家工业企业中，从事多元化经营的占 94%，然而这一时期也正是跨国品牌竞争力最弱的阶段，包括通用电气。

自上个世纪 80 年代末开始，包括通用电气在内的世界 500 强纷纷改弦易辙，普遍集中业务，回归主业，聚精会神发展核心专长。原来从事多元化的百事可乐公司，面对从事专业化发展的可口可乐公司的咄咄逼人攻势，也不得不把旗下的快餐业务出售，重新走上专业化经营之路。

二、中国国情，辩证聚焦

1. 中国市场的多元化战略机会

在我们强调聚焦的同时也必须看到，中国正处于一个经济高速增长的历史时期，市场容量和增量极其庞大，在向市场经济转轨和产业结构转型过程中，大量的市场机会涌现。这种市场，是具有强大市场需求拉动的饥渴市场，是适合多元扩张的市场。只要企业有能力满足这个市场，企业就会得到飞速发展，真是不进白不进。

复星集团是中国民营企业实施多元化经营战略而获得全面成功的典型代表，虽备受争议和压力，但最终成就霸业。在医药、地产、钢铁、金融等多个领域建功立业，并将集团打包成功登陆香港资本市场，受到国际资本追捧和认可，成为内地版的通用电气和长江实业。

复星集团董事长郭广昌认为：一个高速成长的新兴经济体，一定能托起一些多元化产业投资控股公司。"你相信中国吗？我相信中国经济经过30年发展，还会有15年、30年的快速发展期。"

郭广昌抓的就是机会，是蓬勃发展的中国市场为我们呈现的大好机会。这种机会对于以资本运作为推手的郭广昌来说，更是如鱼得水。在资本运作娴熟的郭广昌看来，运用资本运作抓住多元化机会远比搞几个企业辛苦经营得到的利益更大。他玩的就是优势资本，两种经营方式不能相提并论。

 案例

新希望集团也在中国经济高速发展的背景中，用多元化获得了超速发展。

从 1996 年开始，新希望集团聘请众多专家学者、业内人士等组成专门的研究机构，对自己的未来进行战略性研究。在分析了国内外企业成败的正反案例之后，刘永好决定向香港首富李嘉诚学习。从李超人身上，刘永好明白了"适时抓住机会搞多元化将会使资本迅速扩张"的道理。

"一个行业一旦由垄断走向开放，势必迎来一个迅速膨胀的短暂时期。这是历史赐予的良机，时间不多，必须切实抓住。"刘永好抓住了难得的历史机遇，成功地进入了金融领域。

刘永好判断，民营企业是中国经济迅速成长的重要组成部分，迫切需要一个为它们提供服务的银行。这样的银行一旦设立，回报肯定相当可观。现在，刘永好成为民生银行的最大股东，每年分红几千万元。刘永好透露，他已经介入了保险业，对证券、基金等金融领域也正在进行深入研究，只要机会适宜就大举进入。

....

在经济高速发展阶段，采用上述策略进入不相关多元化的企业能够获取成功，但这不全是企业经营的成功，而是企业抓住机遇的成功！在抓住机遇后能不能获得持续发展，还要看是不是能够培养出核心竞争力。

复星在捕捉战略机遇的多元化过程中，始终牢牢把握一个原则：必须在每一个产业板块建立具有专业化背景的执行团队，绝不依赖一个团队打所有的仗。同时，通过集团决策和监督，实现对发展战略和经营业绩的高效管控。这种策略我们可以称之为"专业多元化"。用《中国企业家》主编牛文文的话说，这是"一种企业哲学的复兴"。

聚焦是原则，多元化是机遇，不是此消彼长的关系，要看企业实力、核心竞争力和所处的经济发展阶段是否适应，适合就是对的。

同时，聚焦后所奉行的专业化是多元化的基础，只有做好专业化这个基本功，多元化战略才有可能成功。这是聚焦中的辩证法。

2. 盲目多元化的三个主观错误

一个事物总是有它的两面性，在抓住中国蓬勃发展的经济所呈现的多元化大好机遇的同时，一些企业没有在多元化的同时进行专业聚焦，投机、冲动和浮躁滋生泛滥，我们谓之盲目的多元化。这种多元化没有能够在每个多元化的领域领先做强，只维持在本行业最低的发展水平上，结果撒了大网却没能捕上大鱼，最终事与愿违，这样的企业无论有多少资产，也根本没有可能成为领先者，更不会持续成长。

这种盲目多元化，主要源自三种主观错误：一是缺乏战略和对战略的坚持，总是看着别人碗里的饭香；二是品牌"优"则"伸"。一旦在某个领域建立起品牌，立即把品牌延伸挪用到新的领域，想借光让新领域获得竞争力；三是庸人自扰，患了"恐聚症"，想方设法把鸡蛋放在不同的篮子里以躲避风险。

一是总是看着别人碗里的饭更香。

我们看到，做房地产的开始做药了，做药的也开始做房地产了，做电脑的开始做手机，做电视的开始做电脑，好不热闹。

我知道的山东一家企业，从禽肉加工出口起家做大，现在经营领域涉及钢铁、棉纺、乳品、生物保健、超市等多个不相干的行业，资源极其分散，没有专业团队，整个集团像一辆无论如何也组装不好的散架的破车，沉重地前行。可以想象，这样的企业哪里会有战斗力？除了起家的禽肉加工赚钱外，其余业务全部亏损。

业务方向是企业的一项重大战略决策，由于许多企业缺乏战略规划和坚持力，对战略决策，像一个花心的男人，总是梦想下一个女朋友更漂亮，找了二十多年还没结成婚，浪费了大量的时间和精力。

其实这是一个很简单的道理：你在你的老本行做得都不轻松，进入一个新行业要成功靠什么？

 案例

　　许多人爱拿通用电气多元化成功做例子，其实通用电气成功的核心恰恰是聚焦！

　　韦尔奇上任之后对通用电气进行一系列重大改革，其中之一便是进行业务重组，即缩减多元化领域，回归专业化。他要求通用电气经营的产业必须在同行业中名列前茅，否则就必须砍掉、关闭或出售！

此举使通用在它所做的每个领域中都是最优，建立了世界性的竞争优势。十年后，通用电气重登世界500强的前10名，韦尔奇时代成为通用电气最辉煌的时代。

做老大，要有超凡的定力，要抵御许多诱惑。专注才能专业，专注才出竞争力。

二是品牌"优"则"伸"。

一旦在某个领域建立起品牌，立即把品牌延伸挪用到新的领域，企图让新领域借上老品牌的光获得竞争力。

多年前，许多企业到处插足也能分上一杯羹的事实，一方面表明了中国经济的高速发展为企业的扩张提供了足够的空间，市场广阔，需要闯劲，市场集中度不高，只要进入就会找到机会和空挡，不至于颗粒无收。另一方面证实了我对中国市场的一个判断：许多市场不是自己太强，而是对手太弱！这种现象给许多企业家一种错觉，以为是自己的品牌力大无穷，无所不能，于是品牌"优"则"伸"。

当大家互相插足、忙着在对方的市场搞多元化时，企业之间的竞争主要拼的是规模和资金实力而非核心能力。在品牌竞争上，一些领域的品牌还没有多到争抢心智资源的程度。这时的市场，有品牌就比没品牌强，品牌知名度高的，就比品牌知名度低的强。但是，市场中一旦出现了专业品牌，多元化品牌就会败下阵来，因为专业品牌在核心能力和心智资源上均占据优势。

微波炉市场、空气净化器市场、豆浆机市场，多元化企业进得来吗？能成功吗？这些市场不仅已经有了品类老大，而且有了完全与品类画等号的专一品牌，进入这样的市场只能是自找苦吃。许多大牌跨国企业在中国微波炉市场无功而返就是证明！

娃哈哈通常被视为是利用品牌资产进军多领域的成功案例，其实它的品牌竞争力非常脆弱，经受不住专业品牌的攻击。娃哈哈也出杏仁露，可是为什么在全国难寻踪影，因为娃哈哈的杏仁露一遇见专一品牌的承德露露，立即相形见绌，自惭形秽；娃哈哈童装更是几番人马轮番上阵做不起来，是娃哈哈的投入少和队伍不行吗？不，因为当娃哈哈品牌延伸跨越到服装领域，不仅借不上原品牌的光，反而因为娃哈哈品牌在饮品上的强烈烙印，放在服装上非常搞笑，毫无公信力可言，娃哈哈原来所有的资源对此都不支撑，起的反而是反作用。

茅台啤酒、茅台红酒也一样，这种延伸办法不但不会成功，而且会削弱茅台作为国酒的至尊地位。

著名胶鞋企业把其胶鞋品牌"双星"直接延伸到它所生产的汽车轮胎上，还生怕别人不知道，广告里直接说："双星为汽车做'鞋'啦！"这个品牌延伸的错误已经到了搞笑的程度，我真不知道谁有胆量敢把"双星"牌轮胎装到自己的汽车轮子上。

在产品繁杂、严重同质的时代，市场竞争已经演变成消费者心智资源的争夺战，想获得一席之地多不容易。而品牌延伸的"贡献"恰恰相反，它模糊企业苦心建立起来的定位，稀释并不丰厚的品牌内涵。

> 品牌延伸就像自己吃自己的肉，本想走得更远，结果越吃体力越弱，一旦遇到稍稍强劲的专一对手，就会不堪一击。

三是把鸡蛋放在不同的篮子里，规避风险。

在战略上、在业务上不聚焦的另一个原因是，许多企业患有"恐聚症"，说是为了化解风险，要"把鸡蛋放在不同的篮子里"。

这种说法听起来很好，却不知害了多少人。

可能是这个道理实在太通俗、太浅显了，许多人连想都没想就把鸡蛋分开放了。事实上，恰恰是把鸡蛋放在不同的篮子里产生了更大的风险！

我要问有这样想法的企业：

第一，你的实力和能力能够确保分配给每个领域的资源都具有优势吗？如果不具备优势，你怎样保证鸡蛋的安全？

第二，当你新进入的行业比你原来所在的行业竞争水平和行业集中度还要高，那么就等于你把鸡蛋（投资）放到了比自己原来所在的篮子（行业）的生存环境还险恶的篮子里，你凭什么说更安全?! 凭什么说就能赚到钱?! 难道你在新行业的竞争能力比在老行业还强吗?

在当代市场环境下，每个领域都充满了对手，成败决定于你在行业中的优势和差异! 毫无竞争力的多元化，行业中只要出现稍稍专业一点的对手，先被砸掉的一定是因多元化而照顾不到篮子里的鸡蛋! 这种多元化不仅没有分散风险，反而加大了风险!

多元化是手段不是目的，多元化也不等于成功。我们不能本末倒置。

从历史上讲，现在生存下来的百年老店，全部是那些既不断进行战略调整和业务重组，但又不偏离主营行业的企业。发达国家的企业大多专注于行业价值链的某一个环节上，将其做到世界一流，在专业专注中，这样的企业也锻造了世界一流的竞争力。

3. 适合就是最好

我认为，现代社会是一个专业化与多元化共存的时代，但是在任何时候，专一化和专业化都是首选的主导的发展方向，在拥有优势和潜在优势的前提下，科学适时的多元化，可以使企业得到快速发展。

专业化和多元化不是绝对的，更不是对立的。专业化和多元化不是应该不应该的、对不对的问题，而是何时专业化、何时多元化和怎样专业化、怎样多元化的问题!

专一化一般是为了打造和强化竞争优势，多元化是为了加速扩张与发展，没有对错，适合就是最好。

选择专一化还是多元化，关键是要保持在你所在的领域里的优势和领先位置! 要做就做最好、做第一! 在未来的竞争中，如果做不到这一点，就根本谈不上赚取利润和分散风险。尤其在经济不景气的时候，这条规律十分灵验，淘汰的一定是处于劣势的企业。

靠机遇成功的企业要及时将机遇转变成核心竞争力，否则环境一变，看似风光的企业转眼就会陷入困境。目前我国人均 GDP 刚过 2000 美元，这一阶段的中国市场机遇与挑战并存，企业家要善于把握，辩证聚焦。

在产业选择过程中世界的发展趋势是，人均 GDP 5000 美元以上国家的企业经营越来越趋向于专业化。规律就是规律，我们不能不尊重它。

一句话，在聚焦的前提下伺机而动，实现"专业多元化"；在多元的同时聚集核心优势，培养竞争力基因，这是中国特色的辩证聚焦，这是中国特色的扩张之道！

第十五章
经营长板：老大因优势和不同而存在
——做老大军规之三

老大的成功，从来都是经营长板的成功！

大象再大也有弱点，蚂蚁再小也有优势。一个企业如果在战略上总是着眼于补短板，无论多么努力也补不出战略优势来，蚂蚁不会因此成为大象。

完美不等于优势，比完美更有价值的是差异，是不同！

发现长板，把长板加长，建立差异化优势，避短就长，以长击短，这是挑战者最睿智的战略选择。

一、反思：木桶理论害死人

我在营销咨询中发现一个值得深思的现象：

很多我们认为存在诸多企业管理问题或者说是有着明显短板的企业，却偏偏没有受到市场的冷落，仍然保持高速成长。这是为什么？究竟是理论错了，还是这些企业有着更为深刻、更为重要的正向因素在起作用？

长板！我发现这些企业的成功与成长是它的长板在起着主导作用。

创业的成功、发展的成功向来都是经营长板的成功，而弥补短板无论做得多么完美，也绝对不会成就伟大的企业。

没有一个创业企业不是靠优势特色成功的，没有一个优秀企业不是靠优势特长发展的。

许多本土企业家在取得了初步成功之后，忙着补企业的短板，希望通过补短板，使企业获得突破性的发展，结果，事倍功半。

大象再大也有弱点，蚂蚁再小也有优势。一个企业如果在战略上总是着眼于补短板，无论多么努力也补不出战略优势来，蚂蚁不会因此成为大象。

所以，木桶理论害死人！对99％以上的中国企业来说，抓住长板才是关键。

中国制造在全球的崛起，就是发挥了中国的长板——低成本的成功。

改革开放后，我国首先从劳动密集型产业入手，充分发挥中国的长板——廉价的劳动力、较低的土地成本等优势，形成了低成本洼地，将全球的制造环节大批地吸引到中国来。

一套生产线要几千万元，比亚迪只有现金350万元，买不起，怎么办？是找资金还是找长板？当年全套引进日本生产线的中国电池企业，它们现在在哪里？

比亚迪找的是长板！它们将生产线还原成中国最不稀缺的要素，也几乎是中国当时唯一能够挖掘出来的长板——廉价的劳动力上。比亚迪只购进关键设备，然后把生产线分解成一个个可以用人工完成的工序。这种半自动化、半人工化的生产线，显示出超强的成本优势，成为日后比亚迪战胜日本厂商成为全球电池老大的法宝。

✒ **案例**

格兰仕是做品牌广告做得多做得好吗？不。是功能最佳性能最优吗？不，是打价格战打出来的吗？好像是，但是别人为什么不跟它打呢？格兰仕成功的根本原因是总成本最低，它实施的是总成本领先战略，这是格兰仕真正的长板所在！是最重要的成功要素所在！

格兰仕在总成本控制上每前进一步，就淘汰一批竞争对手。表面上看这是打价格战的成功，本质上是对手根本不可能打得起，没有资格打。因为在规模与成本的控制上，谁也没有格兰仕的长板更长。格兰仕用它的总成本最优的长板一次次击退对手，最后成为无可争议的微波炉全球冠军。

现在，一家独大的格兰仕要提价了，没办法，老大说了算。

娃哈哈绝对算不得一个产品创新的高手，几乎在所有的成功产品上它都不是第一个吃螃蟹者，但是在不少领域能把市场做到数一数二，为什么？因为宗庆后有一个拿手的绝活，这就是无敌渠道资源"联销体"，"联销体"就是娃哈哈的长板！

这个仅有2000多人的高效网络可以在一夜之间，把娃哈哈的产品铺向全国的每一个角落。这个优势，即使是国际巨头可口可乐也为之叹服，也正是倚仗这个资本，宗庆后能够与达能屡屡抗衡叫板。

人生因长板而精彩，企业因长板而伟大。

——娄向鹏

发现长板，经营长板，把自己的长板加长，这是挑战者极为睿智的战略选择。

二、长板的本质是差异

什么是长板？长板不是简单的更好，其本质是差异！

因为不同，别人比不了，所以形成了长板。

我们对成功者常常用优秀、卓越等溢美之词来形容，这没有什么错，但是如果因此认为，是优秀和卓越铸就了成功者的成功，那就大错特错了。

✒ **案例**

....

在我国乒乓球刚刚崛起的时候，庄则栋在第18届世乒赛上再次获得冠军，成为乒坛历史上连续三次获得世乒赛冠军的第一人，这个成绩就是靠优势＋差异得来的。

庄则栋的长板是近台快攻，靠这个独门绝技，他连续两次捧起圣·勃莱德杯。可是到了第三次也就是第18届世乒赛上，他遇到了他最不想遇到的对手——日本乒坛新秀高乔浩。此前庄则栋与之三次交手三次皆输，高乔浩已经把庄则栋研究透了，怎么办？教练组研究后告诉庄则栋："用你的弱项打。"庄则栋说："我用我的强项打都打不过，用弱项怎么行？"教练说："现在你用强项跟他打，你比他稍微差一点点，你用你的弱项打，却比他强一点点。"还是近台快攻，但是经过调整后的战略战术与原来不一样了，庄则栋以三比零的比分，干净利落地战胜了高乔浩。

由此可见，有效的长板，绝大多数不是因为更好，而是因为不同，甚至完全可以说，因为不同，才具备优势，才更好！

长板如果想依靠在同样技能上好一点的优势来建立，那是靠不住和不能持久的。长板，必须首先建立在差异上，因为只有差异，才具备强大的竞争力！

在营销上，我们为什么如此重视差异，为什么说它更好更具有营销价值呢？

首先，让人相信你做得更好是件很费劲的事，需要有容易识别的标准和强力的传播和教育，因为你需要改变人们原有的认知，人们会在心里问："你做得好，原来我为什么不知道？"

再者，即使有办法使人相信你是最好的，也没有"不同"所产生的传播力量和消费者价值大！

> 竞争，因不同而凸显产品优势，因不同而凸显营销传播价值！

因为"更好"只是量的改变，常常被视为是应该的和必须的，只有"不同"才是质的飞跃。因为"不同"，所以令消费者一举绕过了对原老大的"依恋"，让你和消费者直接对接，能够比"更好"得到更多的市场青睐和回报。

白加黑首次把感冒药分成日夜分服白片和黑片，上市仅180天销售额就突破1.6亿元，一举成为领先品牌。其实它在药的成分与功效上并没有什么了不起的突破，关键是创造了不同，彰显出了自己。

美汁源果粒橙是好的，更是不同的。它有看得见的橙颗粒；农夫果园是有营养的，更是不同的，它是第一个走向全国的混合型果蔬汁；可口可乐是经典的，百事可乐是年轻的；奔驰是彰显主人身份的，宝马是属于驾驶者的；大家都用百利包时，蒙牛率先用利乐枕。

长板因差异而成立和存在，差异的往往就是优势的，是竞争对手无法模仿的优势！

几乎所有的超越，都是在不同中实现的。无论是产品，或是诉求传播，还是营销模式。试图用比第一做得更好的办法实现超越，往往是徒劳的。

营销因不同而具有价值，有价值的东西才会存在！

做老大，就是要把这样的长板挖掘出来，打造成战略优势，形成竞争力。

三、经营长板，做足差异，出奇制胜

有一个笑话，说一个人练了一身武术，自以为天下无敌，结果出门后遇到流氓，被流氓打倒在地。人们问他："你不是练了武术吗？怎么连个流氓都打不过？"这人悻悻地说："谁知道他竟然不按套路出拳！"

这人是可笑的。打你，不管用什么办法能把你打倒就行了，为什么要按套路出牌呢？

与对手不同，经营长板，做足差异，才能出奇制胜，这是弱者战胜强者的唯一希望！

想用可乐来超越可口可乐和百事可乐可能吗？成功的可能性几乎为零。无论是汾煌可乐、非常可乐还是世界上什么可乐都不可能，怎么办。中国凉茶王老吉有可能做得到，因为凉茶不是可乐，与可乐不同。

有人说，百事可乐是怎么成功的呢？百事可乐恰恰是因为找到与可口可乐的不同才起死回生。

在百事可乐追赶可口可乐最初的 70 年里，一直是地方性饮料品牌。如果百事可乐与可口可乐比质量卖正宗，百事可乐根本没有胜出的可能！可乐品类是由可口可乐创造的，可口可乐就是质量标准，它代表着正宗。

百事可乐选择的挑战方式是，在定位上差异化：可口可乐是鼻祖，是传统的、经典的，那么我百事可乐就是活力的象征，属于年青人的，是"年青一代的选择"。从此，百事可乐建立与可口可乐的平等地位，找到了挑战经典的秘籍。正是瞄着老大做不同，才使百事可乐走向成功。

又有人说，中国人自己的可乐——娃哈哈的"非常可乐"算不算成功？我们可以肯定地说，完全不成功，现在所谓的成功只是短时期地赚钱，因为非常可乐至今没有今后更不会取得主流消费市场的"合法"地位。当国际两乐腾出精力扫荡三、四级市场，或者喝非常可乐的孩子长大进城，还会再喝非常可乐吗？如果到时他还喝"非常可乐"，他在别人眼里就是非常可乐的。

非常可乐不可能成功的原因是，与可口可乐没有区别。非常可乐代表什么？"中国人自己的可乐"吗？这恰恰抬高了对手，承认自己只是个跟随品牌。因此，非常可乐没有地位，三、四级市场的消费者一旦"觉醒"，就会悄悄地离它而去，说不定生怕别人知道自己原来喝非常可乐。

史玉柱做《征途》就是大做差异化。别人都在做 3D，他却做 2D；别人做收费游戏，他却做免费游戏；一般人通常会把网游市场定在城市，而史玉柱却偏偏把它定义为农村市场和中小城市市场。他在全国设立了 1800个推广办事处，一年之间将推广队伍扩充到 2000 人；别的游戏让人玩得很累，他的游戏却又有代练又卖装备，让玩家轻松升级、买装备；网游不成文的规矩是投入时间越多，玩得越厉害，《征途》却是只要肯花钱，就能玩得爽……一年后，史玉柱交出了满意的"成绩单"：注册玩家 3200 万元，每天登陆玩家 240 万元，最高同时在线人数 87 万元。《征途》只用一年时间就做到了国内行业同类产品第一名，获得"2006 年度最受欢迎网络游戏"等十多项大奖。

跨国公司的竞争优势是什么？规模、品牌、核心技术……我们本土企业所差的是什么？规模、品牌、核心技术……那么怎样与跨国企业竞争呢？用对手的办法追赶对手，很难追得上，因为对手先你跑出一大截了，就算给你时间和机会，这个差距你何年何月才能弥补得过来？

庆幸地是，本土企业在实践中早已找到了应对的招数，即长板策略，以自己的长板应对竞争。

对于跨国公司的规模优势，本土企业发明了"用速度战胜规模"的招数，在破解跨国公司规模优势的过程中，逐渐形成自己的规模。

对于跨国公司的品牌优势，本土企业在国内发明了"渠道制胜"，在国外发明了"性价比制胜"的招数，在破解跨国公司品牌优势的过程中，逐渐培育出自己的品牌。

对于跨国公司的核心技术优势，本土企业发明了"买对手的子弹打败对手"的招数，强化技术转化为产品的能力，从而在购买核心技术的过程中，逐渐研发出了自己的专有技术。

华旗的海外出口业务 2007 年占到了营业额的 20%，在 2008 年预计会增长到 50%，为什么会有这么快的增长？华旗总裁冯军自信地说："我们所在的行业主要是和日本、韩国竞争，我们的优势在于可以比他们提供更具性价比的产品。"2007 年底出现的美国经济衰退，给中国企业一个很好的机会，此时那里的消费者更愿意寻找替代品，选择那些低价而质优的产品。

做企业打市场用不着追求完美，因为完美不等于优势，比完美更有价值的是差异，是不同！只有差异化的优势，也就是长板，才能带领企业从胜利走向胜利！

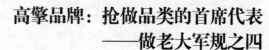

第十六章
高擎品牌：抢做品类的首席代表
——做老大军规之四

不可以想象，做老大没有品牌！

任何行业、任何品类都需要品牌。除非你能够垄断市场，市场上只有你一家。只不过企业类型不同，品牌的内涵不同罢了。技术就是华为的品牌内涵，而海尔品牌更多地体现在服务和精神层面上。

做什么样的品牌？做代表品类的品牌，并且让地球人都知道！这是品牌创建与成长的最大规律！老大品牌更要如此。

无法想象，做老大没有品牌！

世界最大的鸭产品企业是华英集团，中国最大的扬声器零配件制造商是浙江天乐集团，中国最大的纽扣电池生产企业是鹏辉电池，中国最大的安防生产基地是深圳市深安金鹰，中国最大的第三方物流公司是中外运（SINOTRANS），中国最大的珠核供应商是深圳市爱特丽尔……可是又有几个人知道？

中国制造在众多领域创造了第一甚至成为令人瞠目的世界之最，但是并不是行业老大，为什么？因为品牌不是自己的，那是奶妈抱孩子——人家的。

品牌决定归属！否则，无论你做多少个第一，都只是个打工仔，在经济上没有地位，没有主动权，不能主宰自己的利益和命运，永远是被选择的。

奥康集团老总说："我前十年是在追着钱跑，后十年是钱追着我跑，只因为其后十年把品牌做强了，才有了要风得风、要雨得雨的神功。"

一、老大，必须是品牌的

做老大，无论你处在哪个行业一定要做品牌。除非你拥有绝对的垄断市场和绝对的信息不对称市场。如果你找不到"只此一家别无分店"的市场，那么就一定需要借助品牌的力量。

> 创建品牌并不像大多数中国企业想象得那么难，要做的只是成为消费者心智中某个品类的代表。——定位之父：阿尔·里斯

品牌，在产品之外建立价值、差异和识别，源于产品高于产品，因此，一旦建立起品牌，你在市场上才会拥有独特的地位和价值，才不是可有可无，才不容易被替代。

产品可以相似，品牌必须不同。无法想象，一个没有品牌的企业，能够在市场上立得住、做老大?!

有一种说法，叫做"技术的华为、品牌的海尔"，因此有人就说了，技术型的企业不用做品牌。

错!

技术型的企业不是不需要做品牌，而是做品牌的内涵和方式有所不同。

如果你所处的行业，以新技术为市场驱动力，那么其技术本身就表明了产品的性能和差异，体现着消费者的价值。在这种行业中做品牌，无需在技术之外画蛇添足，不用再附加过多的精神层面的东西。华为的技术就是品牌! 联想的技术也是品牌! 用友的技术也是品牌! 而海尔所处的传统家电行业同质化严重，技术差异不够明显。因此，越是同质化严重，越是传统产业，越是在技术上功能上难以差异化的企业，就越是需要在产品之上赋予品牌内涵! 同理，在食品饮料行业做老大，更是离不开品牌。

二、做代表品类的品牌

做品牌的重要性众人皆知，可以被称为品牌的品牌多如牛毛，但是，能够做成老大品牌的品牌少之又少。许多人对形成伟大品牌最关键的因素是什么并不知道。我告诉大家，做老大品牌，一定要让品牌代表品类！做代表品类的品牌！

因为成功的老大品牌皆与某一品类相连，无一例外！比如红牛代表能量饮料，星巴克代表高档咖啡店，喜之郎代表果冻，今麦郎代表弹面，邦迪代表创可贴，白加黑代表昼夜分服的感冒药，QQ 代表平民娱乐化的即时通讯，等等。

品牌不能什么都代表，越是经典的品牌越是代表单一品类。代表的品类越是明确、越是单一，其品牌的力量就越是强大，就像可口可乐。

健力宝企业的"第五季"品牌一下子囊括几乎所有在市场上能见到的饮料品种，有汽水、果汁、茶和水，而汽水又包括可乐、苹果、柠檬、橙汁、冰激凌等多种口味，但是，全代表等于没代表。纯净水有娃哈哈，爽口果汁有统一鲜橙多，茶水有统一冰红茶、康师傅绿茶，"第五季"放在哪一类，算老几？

> 做老大，必须做品牌！

从消费的本质来说，人们购买的是品类而非品牌，顾客之所以选择某品牌，首先是因为它代表了品类。

消费者喝可口可乐，是因为人渴的时候，会想到要喝可乐（在这里可乐是一个品类），而可口可乐是可乐的代表，因而它成了首选。

如果你的品牌没有成为品类代表品牌，那将很难获得消费者的选择，就更没有可能成为老大了。

营销者要做的是，把自己的品牌抢在品类中的其他对手之前，代表品

类！

创建品牌的第一步就是，选择一个有前景的品类。（如何发现和开创品类，请参见本书第九章）

在严重同质化的中药市场，河南宛西制药正是这样做的。他们先人一步，瞄准了两个大市场品类：一个是"痛经宝颗粒"，一个是"六味地黄丸"，用央视大传播抢占品类资源，让"月月舒"代表"痛经宝颗粒"，让"仲景"代表"六味地黄丸"，分别在两个品类上拔得头筹，收获颇丰，如今，宛西制药成为中国中药企业的一面旗帜，是最具实力和最现代化的中药企业之一。

三、品类插旗，传播称王

动物们的领地感很强，它们在占有领地时会采用某种方式做声明，有的在树干上蹭，有的撒尿留下气味，用各种方法表明此地已经有主了。

做老大也是一样，在一个领域做老大需要"声明"，要用大传播来让全中国、全世界都知道。

当代市场营销，必须在消费者心中下工夫。甚至说，哪怕你在市场中的实际地位比老大差一点，如果先行一步，率先把领导者的形象镌刻到消费者心里，那么你就占得了先机，你就成了事实上的老大，地位就会更加巩固。从这个意义上说，喊出来与做出来同等重要！

一个行业一个品类只能有一个老大。这个位置一旦被占据，很难轻易被扳倒。所以，老大的资源值得倍加珍惜，应该全力抢占！做老大，不仅要做出来，还要把品牌喊出来。

不传播，白占位；不传播，白称王！

原来是低温肉制品老二的雨润，在 2007 年以中央电视台作为传播平台，在黄金时段不间断地投播雨润低温火腿和雨润冷鲜肉广告，市场知名度和美誉度得到了大幅提升，高端品牌形象初步形成。2008 年雨润一不做二不休，央视竞标，拿下《新闻联播》后 7.5 秒标版全年时段资源。大传播带来大效益，在国人对肉制品的健康安全高度关注的时刻，老对手得利斯却无动于衷、默不作声，雨润的品牌形象得到空前提高，于是雨润成为市场和消费者心中的双料冠军！

王老吉的成功无疑是得益于"防上火"占位的成功，但是，如果不用央视大传播喊出来，一举占据拥有巨大市场前景的凉茶品类，全国人民知道吗？它可能至今还是一个地方品牌，或者早让对手发现了机会，抢先发力，篡取"防上火"定位，坐上凉茶品类的王位。

提起果蔬饮料，大家不约而同地都会想到农夫果园，其实，北京顺鑫农业早在 1998 第一个推出了果汁和蔬菜汁混合饮料"牵手"，比农夫果园足足早了 5 年，可是为什么后来者的农夫果园成了果蔬饮料的代表呢？除了牵手摇摆不定的品牌定位和莫名其妙的产品诉求外，没有在全国开展占位式大传播，是牵手与老大失之交臂的主要原因！

福建泉州食品群的崛起是中国食品市场的一个奇迹。从地理条件来看，泉州在初级农产品资源上并没有什么优势，而现在，由泉州达利、福马、雅客、金冠等企业掀起的食品业品牌风暴，已经使整个福建食品业在国内的地位得到了整体抬升，盖过了传统食品大省山东、广东，其功臣就是传播。

雅客 V9 出资百万请演员周迅做代言人，又拿出 6000 万元投放中央电视台，一举将企业的年销售额从 3 亿元拉升到 5 亿元，其增长速度近60%，雅客企业从此呈现爆炸式增长，从区域走向了全国，成功开创一个新的维生素糖果品类并且成为品类老大。所以，当代市场，不传播，不称王！

四、做品牌，何时都不晚

做品牌，何时做，都不言晚。

我在本章开头就说过，品牌决定归属。一件商品不管是谁生产的，工厂在哪里，是品牌决定了产品这个孩子归谁所有，由谁养大。

我们已经做了世界工厂的主人，现在，我们必须抓紧转变策略，做品牌的主人。因为工厂到处都有，只有品牌才是唯一的。

我们做世界工厂的条件正在失去，我们别无选择！

做品牌，做世界级的企业！做世界级的企业家！

1. 吃最后让人饱的那张饼行吗

对做品牌，最畏难的是加工型企业。一些人对品牌的态度有点像寓言中的那个人，总想知道别人是吃到第几个烧饼吃饱的，他想直接去吃最后一张让人饱的那张饼。其实做品牌既不像有些人想象得那么容易，也不像一些人想象的那样难。说到底，做品牌只需把握两个战略要点：

一是选择有价值的品类，在有潜力的品类里做品牌；

二是做品牌需要始终如一、坚持不懈。做品牌需要积累，相当多的工作是在做目标消费者的情感和认知，不像做产品，可以立竿见影。

这两点，是做品牌的战略，其他都是战术。在做品牌上我们也要破除"迷信"。

我们不能永远生活在后悔当中。做品牌，从现在做起，迈出第一步，坚持下去，一定会有收获。

日本索尼公司刚问世时，纽约一家有名的大公司——布罗瓦公司提出要向索尼的盛田昭夫订购最新款的袖珍收音机10万台，但必须使用它的商标，理由是："我们公司是经过50年树立起来的牌子，而你们的公司谁也没听说过。"

盛田昭夫回绝了丰厚的眼前利益的诱惑，他说："50年以前，你们公司的牌子大约也和我们今天的牌子一样默默无闻。我现在推销一项新产品，是为本公司今后的50年迈出第一步，我保证50年以后，我们公司的牌子也要像今天贵公司的牌子一样赫赫有名。"

今天的众多出口加工型、质量上乘、苦于没有品牌的企业，正如六七十年前的索尼公司，不要去找最后让人饱的那张饼，要想拥有品牌，就从现在做起！

2. 快速下手，抢占公共资源

做老大品牌，就是要代表品类，代表行业，代表最优，代表权威和正宗，因此，做老大品牌就要尽一切可能，快速下手，"掠夺"一切对自己有用的、优质的社会公共价值和社会公众心智资源，这是一种高超的品牌智慧。

抢占的原理：基于祖国中医的排毒养颜概念，原来就留存于大众的脑海中，但盘龙云海的排毒养颜胶囊，将这一概念据为己有，一上市，即凭借过硬的产品品质和独特的排毒功效，深得消费者的欢迎。十多年持续旺销，已有近亿人次服用，取得了国内排毒产业领导品牌的市场地位，在世界范围内掀起了排毒养颜风潮。这充分说明盘龙云海占有了被现代人所理解和接受的排毒理念具有何等巨大的威力。

与此类似的案例还有："通心络"与脉络理论、"脑心通"与心脑同治说，等等。

抢占公地资源：解百纳是由三种葡萄混合酿造而成的干红葡萄酒，因原料广泛，有数百家厂商在生产，本来是一个共用的品类概念，但是张裕集团下大力量，经过六年的努力，终于"抱得美人归"。随着国家工商行政管理总局具有学术性质的行政机构商标评审委员会认定，解百纳成为张裕集团所有的葡萄酒商标后，张裕独占了行业资源，为以后的行业整合奠定了基础。

类似的案例还有：真功夫快餐与"李小龙"、宛西制药与张仲景商标，等等。

抢占生活方式、习惯：如江中健胃消食片——家中常备；果维康 VC 含片——补充维 C 少感冒。

抢占原产地标记、保护、文化遗产、保密配方：如陈李济传统中药文化、雷允上六神丸制作技艺、东阿阿胶的原料与工艺、水井坊的古酒坊等。

抢占行业、心理新标准：如三精蓝瓶、星群夏桑菊等。

公共资源，谁抢着就是谁的，做老大品牌，先下手为大！

第十七章

突破升级：老大一生的生活方式
——做老大军规之五

老大，永无止境。

世界上没有一劳永逸的优势和老大，所以，做老大和保老大必须不停地创新，不停地升级，不断实现从老大到老大的自我突破和超越！

如果你只满足于小小的成绩，那你只需短暂的阶段性的创新；如果你希望成就可持续的老大伟业，那你就必须时刻保持突破和升级的激情和状态！

一、突破，革命性创新

马云要求每一个进入淘宝团队的人都必须学会"倒立"，要倒过来看世界。

结果，倒立者赢。

马云的倒立，用汤姆·彼得斯的话说就是"颠覆"，用安德鲁·格鲁夫的话说就是"唯有偏执狂才能生存"，用柳传志的话说就是"重新写一份菜谱"，用熊彼特的话说就是"创新"，用我的话说就是突破，就是革命性创新！

当今市场，产品多得彼此越来越像，差别越来越小，营销手段越来越普及、越来越趋同，怎么办？只有突破和创新能够解决问题。

在过去的二十多年里，不少中国企业家们是拿来主义的信奉者，他们从美国和日本买来生产线，买来技术，却并没有创造出新的产品和服务，尽管技术创新一直像烟花一样每年都被高高地燃放，但是它从来都是昙花一现而没有落到实处。创新的缺乏，成为阻碍本土企业进步的最大障碍。

突破创新不仅包括产品创新、技术创新，还包括市场创新、企业组合创新、经营模式创新、管理制度创新，以及核心战略和企业"灵魂"创新。可以说，做老大的每一步、每一个工作层面都与创新相伴。完全可以肯定地说，没有创新就没有突破，没有突破就没有老大。

创新是优秀企业的生活常态，它不是一套拿来就用的方法，而是浸透企业骨髓的思维方法。

《全脑优势》作者奈德·赫曼说："如果你只想发生小小的改变，那你只需改变人们的行为方式；如果你希望带来成倍的改变，那你就必须改变人们的思维模式！"阻碍企业进步的墙就在企业家的头脑里，关键看企业有没有意识要突破它！

从胜利走向胜利，从老大走向老大，
是老大的老大之路。　——娄向鹏

所以，我这里不可能提供一套完美的对企业广泛适用的创新方案，我只能给企业家们开拓思维，提供启迪，让企业家拥有突破能力。

突破思维的两大路径是：模仿创新与杂交创新。

1. 在模仿中创新

中国人的模仿能力超强，各行各业存在着大量的模仿产品和品牌。消费者需求的多样性，决定了任何一个企业和品牌都不可能满足所有消费者的要求，这就给模仿者以机会。

除假冒伪劣那种侵权害人式模仿外，模仿作为一种生存手段甚至是一种企业战略无可厚非。但是，想做老大，就必须创新。

在每年糖酒会上，"名牌超级模仿秀"从来没有停止过上演。凡是市场上卖得好的，品牌知名度高的几乎都有自己的"粉丝"，各大品牌无一幸免。蒙牛的"超级女声"被模仿成"超极女生"，太子奶被模仿成"皇子"奶，"康师傅"被模仿成"康师傅公司出品"，"统一"被模仿成"统一地带"，成长快乐被模仿成"快乐成长"。产品包装更是全部克隆，模仿者以模仿得像而窃喜，然后将这些"疑似名牌"倾销到三、四级市场，与假冒伪劣"并肩战斗"。

这种低俗简单的模仿注定不能成就老大，因为低水平模仿不能使你领先。只有在模仿基础上创新，才会使企业修成正果！

● 在模仿中创新，站在前人的肩膀上。

在这个世界上，真正意义上的创新极少，它需要积淀、水平、悟性和机遇，而在模仿的基础上创造不同，是一条小投入、低风险的宽广捷径。这种模仿性创新，就连著名食品饮料企业们也不能免俗。

娃哈哈在许多品类里不是第一个做的，但这并不妨碍它成功，它特别善于在模仿中创新。AD 钙奶是乐百氏先推出来的，娃哈哈跟进时加上了"吸收"的概念；茶饮料是旭日升开创的，娃哈哈推出时省略了共性宣传，强调其个性·"天堂水，龙井茶"；非常可乐模仿可口可乐和百事可乐，在二、三线市场宣称这是"中国人自己的可乐"，等等。模仿基础上的创新，使这些品类在全国做到了数一数二。

农夫果园出生时，市场上 PET 包装的果汁饮料口味繁多，有橙汁、苹果汁、桃汁、葡萄汁等 20 多种，但这些产品是清一色的单一口味，例如统一的"鲜橙多"、汇源的"真鲜橙"、可口可乐的"酷儿"等。农夫果园作为一个后来者，没有简单地模仿，而是独辟蹊径，选择了"混合口味"作为突破口，强调健康的价值，在强手如林的果汁市场独树一帜。

很多时候，模仿是创新的起点，模仿，是发现了被模仿者的价值。从这个意义上说，你已经具备了发现市场机会的眼睛，这是创新的起码条件，也是值得欣喜的。

奇瑞 QQ 在中国车市取得巨大成功的例子就非常典型。

没有人敢说奇瑞 QQ 的质量能够赶得上通用 SPARK（乐驰），但是奇瑞在 QQ 外形的模仿创新上下足了功夫，将 SPARK 的前脸和尾部做了几处神来之笔的改动，一个长着水灵灵大眼睛、秀我本身、时尚自我的卡通形象跃然而出，人见人爱。

QQ 成功最重要的原因是，奇瑞发现了这一档次小汽车的营销密码：大玩具。这一档次的汽车有什么可供炫耀的呢？舒适？安全？驾驶乐趣？尊贵身份？统统不是！它只是年轻人买得起的第一辆车，就是一个代步工具，什么都代表不了。如果非要代表什么？那只能是玩！

只有玩，可以不分大小，不分身份，不讲舒适。"玩"的定位使奇瑞 QQ 与竞争对手成功实现了差异化。奇瑞 QQ 与通用 SPARK 比质量、比性能、比做工、比油耗比得过吗？比不过。比不过就换种比法，与你们比谁更好玩。玩，让好面子的年轻人找到买这部又小又便宜的车的最好理由！

老大企业的创新可以源于模仿，但不止于模仿，在模仿中创新，在前人的肩膀上超越，这是摆脱低水平混战，把企业做大的一条阳光大道。

● 跨界模仿也是创新。

傻瓜与智者有时只一步之遥，跨界模仿就是一种智者的创新方法。

模仿其他行业的成功做法，率先把这些成功做法引入到本行业中、引入到本企业来。由于这些成功做法在本行业内还没有人尝试过，这种模仿同样显示出巨大的威力。

特许经营是非常成熟的经营手段，但是谭木匠用这种经营模式来卖木梳，小肥羊把这种经营模式引入来开火锅店，它们都是通过在本行业中率先利用特许经营的经营模式，聚焦了社会闲散资金和人才，抓住了市场机遇，扩张了自己的地盘，将店面做到了全国大中城市，树立了品牌，成为行业领先者。

卖场式的终端也是非常成熟的经营手段，国美、苏宁就是家电行业大型卖场的代表，恒昌率先把这种模式引入到 IT 行业里，实现了渠道创新，使自己从一个默默无闻的二级代理商成长为一个著名的一级经销商。宏图三胞则在更大的广度上模仿，模仿麦当劳、戴尔、沃尔玛，推出了"WDM"模式，创造了"宏图三胞现象"。

这些企业所做的创新，都不是自己发明的，而是创造性地把别的行业的成功经验引入到本行业中来，使自己在本行业内获得了竞争优势，从而脱颖而出，后来居上。

2. 杂交，突破同质的创新思维

市场难做，到底难在哪里？归根结底是同质化。产品严重同质化，营销思想和手段也严重同质化！在营销越来越陷入僵局的时候，怎么突破？

杂交思维为我们提供了一种全新的营销思维方式。

让我们至今记忆犹新的蒙牛酸酸乳捆绑"超女"，为什么能够火起来？它的成功不是简单赞助的成功，而是杂交思维在营销上创新应用的成功！

蒙牛的策划者打破了过去所有娱乐文化和营销行为的思维边框和不可能，在捆绑"超女"的过程中，在产品中和传播活动中加入了大量的目标人群所喜爱的时尚化、娱乐化元素，充分激起了他们的潜欲望和潜激情，这时，你很难分清这是产品营销还是娱乐活动，产品与"超女"已经融为一体了。所以，在"超女""疯"起来的同时，"酸酸乳"火了。

我常说，不怕不专业，就怕太专业！营销本无墙，搞经验主义和因循守旧的人多了，便形成了墙。

墙，就是传统的、甚至是曾经经典的营销思维和模式，在旧的营销模式已经做到穷尽，无法突破竞争僵局时，打破它，翻越它，就是一片新天地！

杂交思维是一种创新的营销思维方法，它要求营销者"跳出行业看行业、跳出产品看产品"，打破各种观念束缚，颠覆一切传统甚至是经典的营销思维和模式，大胆借鉴、叠加、互补和融合其他产品、行业的资源、思想、技术、模式和方法，从而催生出全新的产品或者营销思路，获得竞争优势，或为我所用，或双赢多赢。

雅客借助杂交的力量，把刚刚在中国炒热的维生素概念嫁接到传统糖果上，开发出全新品类的维生素糖果，成为行业新的代言人。

果维康 VC 含片避开同类产品拥挤、竞争激烈的医药保健品市场，大胆跨入商场超市，以维 C 专家的身份进入休闲健康食品领域，优势凸显，快速打开了市场。

中国黄金集团根据月饼日益突出的礼品属性，推出了"黄金月饼"，颠覆月饼历史，抢占高端市场，成为世界上最贵的月饼。

统一润滑油第一个把少数人用的专业用品，用大众化营销来做，一下把对手甩在了后面。

女子十二乐坊，性感着装、站立表演，用原本是正襟危坐、含蓄内敛的民族乐器，魅力四溅激情奔放地演绎着拉丁、爵士和摇滚味道的新型音乐。

中华立领服装将让中华民族文化渗透到国际服装舞台。

劲酒，把保健酒当白酒卖，走餐饮终端，开创全新模式！

……

从以上例证中我们可以看出，杂交思维在产品创新上（请参阅本书第九章）、在营销组合上、在战术操作上均显示出广泛而巨大的效能。

杂交，营销创新的第一源泉！杂交出力量！杂交，更有生命力！

二、突破升级，从老大到老大，老大一生的功课

老大，是一个行业、一个品类的先行者、领军人，他是开拓者，他前进的路上可能永远没有先例，那么，他想保住老大位子，就必须像当初争做老大时一样，不停地进取，不断地战胜自我，不停地突破升级！从老大走向老大，这是老大一生的功课。

2000 年，华为以销售额 220 亿元，利润 29 亿元人民币位居全国电子百强之首，而总裁任正非却告诉大家：

"如果有一天，公司销售额下滑、利润下滑甚至会破产，我们怎么办？我们公司的太平时间太长了，在和平时期升的官太多了，这也许就是我们的灾难。泰坦尼克号也是在一片欢呼声中出的海。而且我相信，这一天一定会到来。

"十年来，我天天思考的都是失败，对成功视而不见，也没有什么荣

誉感、自豪感，而是危机感。也许是这样才存活了十年。我们大家要一起来想，怎样才能活下去，也许才能存活得久一些。失败这一天是一定会到来，大家要准备迎接，这是我从不动摇的看法，这是历史规律。"

从任正非的话中我们看到，华为没有一丝松懈，只有不断地进取。2007 年，华为销售收入超过 100 亿美元。

市场环境、技术工艺、消费者需求与结构、竞争对手以及营销管理理念方法全是动态的，是不停变化更新的。因此，做企业，如逆水行舟，不进则退，不变则废。

世界上没有一劳永逸的老大，老大，实际上是一个不断地从老大到老大的过程，老大必须与时俱进，超越自己，主动升级。

成功，有时是成功者的绊脚石。一切让自己成功的东西，是宝贵的，但同时有可能成为未来前进中舍不得丢下的包袱。战胜自我，超越自己，可能是最难的。

自己不超越，就会被别人超越！升级，就是自我超越！超越了，就会进入新的境界！

中央处理器（CPU）的绝对老大，长期占据个人电脑八成以上市场份额的英特尔，最近，其营销策略从"速度代表一切"中"慢"了下来，英特尔想让人们不要再那么关注速度，而是看重"迅驰"革命性的移动计算平台技术为广大用户带来的益处，特别是全新的、令人振奋的数字娱乐新体验。

这是英特尔的一次战略升级，这不是突发奇想，而是市场需求的变化所致。

"电脑生产出来是给人用的，而不是买回来准备不断升级的"，"一味追求电脑中央处理器速度的路快要走完了"的声音一直不绝于耳。现在，英特尔公司终于对这种与公司原来战略相抵触的调子做出了应对，推出"迅驰"芯片（Centrino）。

"迅驰"速度只有 1.6GHz，低于笔记本电脑专用 Pentium 4－M 芯片的 2.4 GHz，但是 Centrino 芯片拥有较高的综合性能。所以有人说"迅驰"

是有史以来最不英特尔的一款产品，因为它卖的不是速度，而是一种时尚的生活和工作方式。

"全能"的英特尔"迅驰"介入消费者的时尚生活，淡化超强的技术优势。在高科技领域树立时尚楷模，前无古人后无来者。这就是英特尔，一旦发现了一个趋势，就能够做到主动变化，迎接并引领新的潮流。

2006年1月4日，英特尔正式发布了全新品牌标识和宣传标语："Intel, Leap ahead（超越未来）"，37年的"下沉的e"被取代，一时间被人看作是一个疯狂的举动。然而，改变何止这些！让"外人"（从三星电子挖来了埃里克·金（Eric Kim））负责公司的营销，迅驰广告变脸，"奔腾"淡出，英特尔CEO欧德尼正式就任英特尔掌门人，发布数字家庭解决方案"Viiv"（"欢跃"）、20亿美元打造新标志……

英特尔创始人罗伯特·诺伊斯有一句经典话语："不要被历史所束缚，走出去创造更美好的未来"。一向稳重内敛的英特尔有颗"超越"之心，未来再一次因英特尔战略升级而被英特尔人提前掌控。

在英特尔顺应时代"慢"下来的时候，另一家老大型公司却因"慢"与市场拉开了距离，在多个领域落伍，它是在1979年推出第一款随身听造就了庞大电子帝国的索尼。

 案例

这家曾经制造了世界上第一台晶体管收音机、第一台CD播放器以及划时代的游戏主机Play Station的家电巨人，在数字时代来临之际却步履蹒跚。

索尼66岁的首席执行长出井伸之（Nobuyuki Idei）的一席话道破了索尼不进反退的天机："20世纪的商业模式并不能保证索尼在21世纪也取得成功，公司目前所面临的最大问题就是转型所带来的阵痛。"索尼不缺乏技术，它所欠缺的是在数字时代背景下，商业模式的及时更新，没有在新技术、新市场条件下进行产品的升级换代。

曾经以创新著称的索尼，在数码产品研发方面已经远远落后于主要的竞争对手苹果。在苹果推出第一款 iPod 音乐播放器两年半之后，索尼才刚刚推出了 iPod 的竞争对手 Vaiopocket。索尼的 Connect 在线音乐服务也要比苹果的 iTunes 音乐商店晚了近一年。夏普在平面电视和平面显示器的销量上已经超越了索尼，而根据日本照相及成像产品协会公布的数字，佳能在数码相机领域已经同索尼不相上下。

老大，将永远生活在自我超越、不断升级的过程当中。做老大，没有终点，开拓、进取是做老大永远的过程。只有持续创新持续升级，才能持续领先！

第十八章
速度至上：先者为强，不讲理的老大逻辑
——做老大军规之六

因为更快，所以更强。

强大常常不是缘于你更好，而是因为你更快！这就是不讲理的老大逻辑。

有速度，就有可能！速度比完美更重要！快人半步，成功一半！

对速度的敏锐捕捉和果敢把握，是企业核心竞争力的典型体现之一，也是中国式企业家和营销家的成功必修课。

拿破仑是常胜将军，他在总结自己成功的经验时说："我的军队之所以常胜不败，就是因为在与敌人抢占制高点时，我们总是早到5分钟。"

这一法则不仅没有过时，在以数字化、全球化为特征的经济进程中，其作用越来越大，在数字化等新兴领域，速度甚至可以成为压倒一切的单一的决定性取胜要素。

一、因为更快，所以更强

在2002年韩日世界杯足球赛上，韩国足球队不仅战胜了意大利队，最后又打败了西班牙队，历史性地进入了四强。虽然韩国足球队胜利的因素很多，但是一个很关键的原因在于，韩国人在场上不知疲倦、永不停息地快速奔跑，终于将意大利人和西班牙人都拖垮了。

俗话常说，先下手为强。"先"者易"强"，这个"先"就是靠速度得来的。有速度才能赢得先机！有速度才能赢得未来！

战略机遇，不能等，要全力拼抢。快人半步，成功一半！有速度，才有可能；没有速度，再好的机会也会丧失殆尽。

微波炉全球老大格兰仕是如此地重视速度：它们采取"分裂繁殖"来防止企业变大带来的缓慢。在组织还没有变得很大的时候，就将其分为几个不同的部分，每个部分直接和上层对接，使得管理的"金字塔"不能形成，从而使信息通达，决策果断，执行迅速。

格兰仕如此重视速度是因为它们尝到过甜头。早年当它们和一个跨国公司竞争时，对方的实力远在格兰仕之上，但是很不幸，它们很慢。市场方案要先送到香港分部审批，然后再送到美国总部审批，一来一回要两三个月。这个弱点被格兰仕抓住了，梁庆德当机立断，每一个半月改变一次价格策略。结果对手只能眼睁睁地看着格兰仕进攻，毫无招架之力，最终一败涂地。

从某种程度上讲，因为快，所以强！强大不是缘于你更好，而是因为你更快！

速度战略使三星在数字时代称王。

> 石头能在水上漂起来吗？把石头用很快的速度掷出去！——张瑞敏

三星首席执行官尹钟龙认为，高科技产业中最重要的是速度。"为了赶上早起的鸟，我们在初创技术的商品化方面一定要做到最快。速度就是一切！"

在索尼还在与微软、诺基亚争夺知识产权标准控制权的时候，三星等待着，当它们开发出技术应用之后，三星立即进行修改，然后以最快的速度推出多种产品。

三星要求自己，新品要比日本同行快 3~6 个月，比国内同行快半年。到了 2001 年，它们与日本同行的时间差距拉大到一年。现在，许多日本公司已经放弃了同三星的竞争。

这就是速度的力量！速度有时比技术重要，比完美重要！

山外有山。三星超越索尼，中国华旗资讯在某些领域又领先三星，其看不见的武器也是速度！

华旗资讯率先推出彩屏 MP3，售价与三星普通的 MP3 相仿，几个月后，三星才推出类似的产品。华旗资讯总裁冯军说："他们做彩屏 MP3，我们就做视屏 MP3；他们做视屏 MP3，我们就做 MP4……只要始终领先六个月就够了。"

当今竞争游戏规则更加清楚地表明，企业之间的竞争不再局限于谁吃掉谁上面，而是比谁的速度快。速度快的鱼能抢先吃到最好的资源，获得最好的回报。而那些动作慢的鱼要么被饿死，要么被激活，也成为一条鲨鱼。

> 速度，是超越者的利剑，是领先者的盾牌，是麻木者的墓碑！

如果你的产品还没有做到行业的前几名，你一定要加快速度追赶！

通用电气前 CEO 韦尔奇对业务部门讲，"The first important thing is to be the first"（第一重要的是做第一）。他要求他们快速地跑出去，加快起跑的速度。

世界每天都是新的，是速度让这个世界更加精彩！

速度，只有速度，才能实现后来居上，才能位居老大当上第一！

二、速度比完美更重要

在当今这个迅速变化的市场上，速度比完美更重要。

谁能以最快的速度，抢先在行业占据某种第一，谁就会获得比循序渐进多得多的东西。

全世界都能够听到对微软操作系统的抱怨，庞大、不稳定和漏洞百出，可是为什么偏偏是微软成为了软件世界的超级霸王？

有人说，微软强大是因为它占据了标准，是行业标准的制定者和主宰者。没错，但是为什么标准让微软给定制了？让我们重温一下历史，我们不能因果倒置！

在别人还在埋头修改自己伟大作品的时候，微软却以前所未有的速度抢占市场。

那是一个大多数经理人不敢尝试的做法——把尚未完善的产品投放到市场，让客户来发现、举报产品的缺点。

尽管许多客户因微软产品早期版本不完善而不敢试用，但微软作为市场进入的领先者所获得的优势却足以抵消其早期丧失的客户。缺少微软那种优势地位的企业不太愿意把不完善的产品投放到市场。然而，没有人比比尔·盖茨更加深知，在"只有第一，没有第二"的操作系统市场里，速度就是一切，占据了市场才能占据标准，完美并不能够给它们带来市场。

同样，发明了复印机的施乐公司由于过分追求功能的完美，最终输给了速度领先的日本佳能公司。

案例

"我要求速度！"黄光裕说。

"我不会花3个月来谋划，把规划书的标点符号都改清楚了再去实施。"黄光裕一再宣称，只恨扩张速度还不够快。

国美的一位高层如此评价："黄总是一个行动快速的人，有想法马上做，发现不对马上改。"一件事只要有三分把握，他就去做。

国美走到今天，经过三次重大变革。

第一次，在1993年，黄光裕意识到要拥有品牌，他将自己在北京的门店统一叫做"国美"。

第二次，在1996年下半年，以长虹、海尔等为首的国内家电企业崛起，黄光裕感受到中国家电制造业所具备的优势以及巨大潜力，他迅速地将产品结构由先前单纯经营进口商品，转向经营国内品牌。现在，国产、合资品牌已占国美所售商品的90%。

第三次，是在1999年，国美走出京城。从天津开始，上海、成都……一路"攻城略地"，迄今在40多个城市有了自己的"地盘"。而在

1987年刚起家时，国美只是北京珠市口一家100平方米左右的小店。

从百平米小店到如今的全国家电零售连锁业的巨无霸，无论在空间拓展上，还是时间抢占上，黄光裕都遵循着超级速度的原则。

国美以猎豹般的速度扩张着，2007年国美将大中收归旗下，门店数由2001年的32家猛增到1100家，将苏宁再次远远地甩开，并计划在2015年做到全球第一。

⋯⋯⋯⋯⋯⋯⋯⋯⋯⋯⋯⋯⋯⋯⋯⋯⋯⋯⋯⋯⋯⋯⋯⋯⋯⋯⋯⋯•

本土企业在与跨国企业同台竞技时，在技术、规模和经营管理体系的完善上绝无优势，怎么办？要等到学会了、完善了再来比试吗？那是天方夜谭！

在考察国内外市场并对比国内外企业后我发现，中国企业的竞争力是以"快速营销体系"应对发达国家的"经典营销体系"。

"经典营销体系"是对消费者典型需求准确把握的结果，它能够把握消费者的最典型、最本质的需求。

中国的市场不经典，消费者也不经典，企业的市场营销体系更不可能比发达国家经典，怎么办？用"速度"解决问题！

"快速营销体系"是以更快的方式对消费者的需求变化做出反应。与国外超市的经典产品相比，中国超市的产品更丰富，变化更快。尽管在"快速营销体系"中，新品的成功率要低于"经典营销体系"，但是，我们只能做早起的鸟、快飞的鸟、辛勤的鸟。

消费者经常有这样的惊喜：这就是我要的产品，自己都没有意识到，厂家就生产出来了。这种对消费者需求的快速把握，使企业追赶了上来。

我们在很多行业都发现了这种现象。华龙和白象的单品销量不如康师傅，但产品数倍于后者；中国润滑油企业的规模远不及跨国公司，但品种规格数却数十倍于跨国公司。很多中国企业的新品虽然不入跨国公司的"法眼"，却能打动消费者。这正是中国企业的优势。

牢牢掌控着速度，中国本土企业成为行业老大绝非痴人说梦，想做老大的中国企业，加油啊！

三、速度战略的秘诀

速度战略如何落地？

2001年2月，在海尔全球经理人年会上，海尔美国贸易公司总裁迈克先生提出了一个产品创意。他说："美国冷柜用户在使用时遇到的一个难题是，传统的冷柜比较深，拿东西尤其是翻找下面的东西非常不便。"他建议，海尔能不能发明这样一个产品，从上面可以掀盖，下面能够有抽屉分隔，让用户不必探身取物。

会议还在进行的时候，设计人员已经通知车间做好准备。下午在回工厂的汽车上，大家拿出了设计方案。这天，设计和制作人员一同连夜加班，到凌晨两三点钟，第一代样机诞生了。

迈克回忆那天的情景时说："他们让我闭上眼睛，说给我个惊喜。当我睁开眼时，17个小时之前我的一个念头，已经变成一个真实的产品展现在我的眼前，简直难以相信，这是我所见过的最神速的反应。"

第二天，海尔全球经理人年会闭幕晚宴上，迈克先生要求的新式冷柜被正式命名为"迈克冷柜"。当天，这款迈克冷柜就被各国经销商订购。如今这款冷柜已经被美国大零售商西尔斯包销，在美国市场占据了同类产品40%的份额。

海尔拥有如此神速的执行速度，什么机会能够跑得掉?! 拥有这种速度和能力的企业不想赢都难！

高档商务川味中餐的代表俏江南，在2007年获得再次提速的机遇。当俏江南接到北京奥组委发来的奥运定点供餐招标邀请时，距离正式竞标只有短短的一个月。

时间就是命令，速度就是生命。俏江南团队用这一个月时间拿出了总共8套、每套3000页的标书。由于发给评委的标书太重，以至于他们用手推车推着标书进入会场。

中餐企业竟然也有如此细致严谨的标准体系，这让评委们既意外又欣喜。俏江南最终凭借已经在实践中检验多年的质量管控体系，成为奥运会餐饮供应商名单中唯一一家民营餐饮企业。奥运会期间在自行车、射击、射箭、篮球等几个重要的场馆，由俏江南提供餐饮服务和 VIP 人士的午餐。

兵法有云：巧迟不如拙速。

奥林巴斯能够研发和制造最好的数码相机，但是它动作缓慢，总是比竞争对手晚几个月推出新产品，不仅无法享受先入市场的撇脂定价机遇，反而屡屡陷入产品同质化和价格战的漩涡，公司财务情况逐年恶化，市场地位夕阳出现。

在众多竞争对手到来之后，代表性品牌此时需要先行一步，一方面要主动预防和应对竞争对手的品类拓展，另一方面要根据竞争形势准确定位，调整战略部署和资源配置，以确保未来占得主动。

农夫山泉通过"纯净水之战"在市场确立了天然水的定位和地位后，迅速出手，掌控了千岛湖、长白山、丹江口、万绿湖中国四大优质天然水源地，并且迅速向市场推出了长白山矿泉水，以速度确保自己在天然水资源上的绝对优势，巩固了天然水老大的地位。

汶川大地震后，向来低调的养生堂董事长钟睒睒携赈灾物资火速奔赴抗震一线，并许诺将在四川建立天然水生产基地，参与灾后重建。值得称道的慈善行为背后，是养生堂一贯的敏锐眼光和快速行动力。做人可以低调，做事必须刻不容缓，这正是养生堂天然水老大的谋略和原则。

后记 "老大"是怎样炼成的

一年前，我在公司内刊《影响》的最后一页写了一篇短文：老大是一种稀缺资源。

始料不及的是，许多看到短文的企业家朋友纷纷打电话给我，表达了强烈的共鸣；更有山东和广东两位做食品和水产的企业家，在电话里激动不已，说读完文章后反复思量、彻夜未眠。

这让我备受感动和鼓舞！在这种情绪的感染下，以及诸多同事、好友及家人的支持和鼓动下，我有了把"老大"观点写成一本书的愿望和冲动，期望与更多的企业家朋友分享。

在我十年的咨询顾问生涯中，接触最多的是营销高管、企业家和老板，关注最多的是市场、品牌和营销，思考最多的是观念、模式与发展。

一个重要的发现是，不成功的企业（品牌）各有各的不同，而成功的企业（品牌）都有一个惊人的相似：那就是对中国式战略机遇的深刻洞察和智慧把握，以及对系统战略资源的高超整合能力！

这是问题的关键。中国本土企业和品牌的崛起，正是中国全面实施改革开放、快速走向市场化、与世界融合的成果和见证。中国企业和品牌的现在和未来，也必须放在国际国内大的历史阶段和时代背景下去求索和创造。

而"老大"作为一种稀缺资源，恰恰是当下乃至未来，中国企业把握历史性战略机遇，实现跨越式发展的商业谋略、战略抉择与品牌路径。这也正是我最期望能给大家带来启发和价值之所在。

一本书的诞生，实际上是诸多良师益友帮助、支持和推动的产物，是集体智慧的结晶。在《老大》一书的诞生过程中，他（她）们的名字和贡献必须铭刻：

我的创作搭档、资深营销传播顾问、《影响》杂志执行主编张正老师；

北京大学出版社、北京博雅光华教育科技有限公司玉晶莹老师、付会敏老师；

中信出版社社长王斌先生；

科特勒咨询集团中国区总裁曹虎博士；

中金黄金投资有限公司总经理李清飞先生；

《中国企业家》杂志社社长助理、行政总监孔德海先生；

《销售与市场》资深记者潦寒先生；

……

特别要感谢的是，现代营销创始人之一、美国科特勒咨询集团全球总裁米尔顿·科特勒先生，杰出商业思想家及媒体经营家、《中国企业家》杂志社社长刘东华先生，以及《经济观察报》社长、总编辑刘坚先生，在百忙之中为本书作了评论和推荐。

当然，还有许许多多我曾经或正在服务的客户，他们的思想和实践正是本书创作的源泉。

最后要感谢的是，我的父母，以及我的太太和不足四岁的儿子，是他（她）们给了我生命、勇气和坚持的力量。

没有他们，就没有《老大》的问世。但愿没有辜负他（她）们的期望，也没有浪费您的钱财和时间。

2008 年岁末　北京·奥运村

福来品牌营销顾问机构
【用中国智慧快速提升品牌和销量】

　　福来品牌营销顾问机构是一家以公信力、思想力和实战力著称的品牌策略及营销顾问传播机构。

　　基于世界上独一无二的中国国情和市场环境，福来坚持以"中国智慧"为中心，以"实战和杂交创新"为基本点，全心全意为立志建立伟大品牌的客户服务。

　　福来十年，为中国黄金集团、石药集团、宛西制药、蒙牛乳业、华龙今麦郎、雨润食品、滇虹药业、东阿阿胶、神威药业、史丹利化肥、领航教育集团、新天葡萄酒、海尔王冠石化、百事服饰、武汉汉正街等上百家客户提供 战略突破、模式创新、营销策划、品牌提升、公关传播、影视制作、创意设计 的整合解决方案，协助企业捕捉中国式战略机遇，打造强势品牌，快速提升品牌和业绩，实现跨越式发展！

　　有沟通，就有可能！
　　（010）64898455 64917711　flyteam@vip.sina.com
　　更多资讯，欢迎访问 www.flyteam.com.cn

延伸阅读

《自慢——从员工到总经理的成长笔记》

台湾经管类畅销书第一名
风靡台港澳及海外华人企业的团购图书
上班族传阅率最高的职场励志杰作

"自慢"，形容自己最拿手、最有把握、最专长的事。自己的拿手与在行，是不是比别人更好，其实不知道，但绝对是自己最自信、最有把握的事。每个大厨都有"自慢"的料理，每个职场高手都有自豪的本事。面对职场上的竞争与起落，成功的最关键之处在于态度。

本书是台湾著名出版人何飞鹏一路从员工做到老板的学习心得，他将自己的职业心态、工作方法与成长秘诀和盘托出，帮你找到最"自慢"的本事！

作者：何飞鹏　定价：32.00 元　ISBN：978-7-301-14002-4

《无欲之争——我所领悟的至关重要的原则》

一个毫无工作经验的历史系毕业生如何成长为宝洁全球总裁？
一个拥有 14 万员工的企业航母如何点燃每一位员工的激情？

这是一本讲商业与个人发展的书，告诉我们什么是决定成就的最基础、最关键的原则，如何才能在生活和事业上获得真正的成功。

作者约翰·白波是宝洁公司前董事长、CEO，耶鲁大学前副校长，现任迪士尼公司董事长。他不是媒体上经常出现的那种炫目的企业领袖，他低调、谦逊、宽厚，服务宝洁40年，从一名历史系毕业生成长为一位宝洁全球总裁，担任宝洁公司的总裁、CEO和董事长长达16年。他把自己亲历的大量案例客观而生动地再现出来，不仅总结了一些案例成功的原因，更重要的是，他客观地分析了自己失败的案例，讨论了变革和创新，提出了一些比较独到的企业经营理念，揭示了宝洁日化帝国的百年经营之道。这本书中讨论的经验和心得不止于宝洁的工作内容，还包括作者在耶鲁大学和为其他机构服务的收获。

商业竞争是激烈的，无欲之争不过是将企业建设的重心，放在一些比数据和市场占有率更有价值的事上，之后，一切皆随之而来。对于快速发展的中国企业来说，在过于崇拜英雄和传奇的娱乐化时代，也许这本看起来不那么热闹的书，特别需要被广泛地认真研读。

作者：【美】约翰·白波　定价：39.00 元　ISBN：978-7-301-14235-6